K. Westerbeck

ABSTURZ ÜBERLEBT!

AF139498

K. Westerbeck, Jahrgang 1968, geboren in Ostwestfalen. Studium der Romanistik (Lateinamerikanistik), Ethnologie, Soziologie und Kulturmanagement in Mainz, Frankfurt am Main, Mexico D.F. und Madrid.

Nach einer Hotelausbildung in Süddeutschland, jobbte sie zunächst auf einem Kreuzfahrtenschiff. Der Weg an die Uni führte über Umwege. Jobs in verschiedenen Branchen und Auslandsaufenthalte. Bei einem Freiwilligeneinsatz in Südchile, lernte sie ihren späteren Ehemann kennen.

»Schreiben ist ein Ventil, eine kleine Flucht aus dem Alltag.«

Die Autorin liebt ausgedehnte Reisen und die großen lateinamerikanischen Erzähler. Sie arbeitet bei einem Zeitschriftenverlag in Frankfurt am Main und lebt mit ihrer Familie im Main-Kinzig-Kreis.

Weitere Titel der Autorin

»Oxossis Farben« (2008, Shaker Media)
»Tagebuch der verlorenen Erinnerung« (2015)
»Wegkreuzung in den Anden« (2015)
»Joanna im freien Fall« (2016)

Auch als Ebook
www.kerstin-westerbeck.de

K. Westerbeck

ABSTURZ ÜBERLEBT!

Bibliografische Information der Deutschen Nationalbibliothek: Die Deutsche Nationalbibliothek verzeichnet diese Publikation in der Deutschen Nationalbibliografie; detaillierte bibliografische Daten sind im Internet über www.dnb.de abrufbar.

Bild(er) & Umschlagsgestaltung
Joel Sergio Westerbeck, Kerstin Westerbeck

Lektorat
Kerstin Westerbeck

© 2015 Kerstin Westerbeck
(Neuauflage 2018)
Herstellung und Verlag:
BoD – Books on Demand, Norderstedt

ISBN 9783738629019

Wenn wir bedenken, dass wir alle verrückt sind,
ist das Leben erklärt.
Mark Twain

Das ist keine Heldengeschichte, kein dramatischer Überlebenskampf, kein Ausharren und Warten auf Rettung. Wir müssen uns selbst retten.

Prolog – *oder* ...
ABSTURZ

Es ist zehn Uhr in der Frühe. Aeropuerto Internacional
Comodoro Arturo Merino Benítez. Santiago de Chile. Das
Innere der peruanischen Maschine der Fluggesellschaft
Peruandino Air, kurz PAA, ist verstopft. Verstopft von
den durch den schmalen Schlauch drängenden Menschenmassen. Es herrscht Platz- und Sauerstoffmangel. Passagiere stehen neben ihren Sitzen, warten auf die Möglichkeit ihr Handgepäck in der Gepäckablage über dem Sitz
zu verstauen. Oder sie hoffen darauf, die Flugbegleiterin
erledige das für sie.

Zwei Flugbegleiterinnen gibt es. Nur eine fällt mir auf
Anhieb ins Auge. Sie heißt Elena Arevalo. Es kommt
nicht oft vor, dass ich mir den Namen einer Frau merke.
Elena Arevalo schon. Sie ist klein, zierlich und rein op-
tisch, mein Typ. Sie spricht nur Spanisch. Schnell spricht
sie noch dazu.

Es ist heiß, schwül. Gibt es hier keine Klimaanlage? Verzweifelt sehe ich aufwärts. Die Maschine vom Typ ATR
72 mit grob geschätzt sechzig Passagieren an Bord, ist mit
allem ausgestattet – aber steril. Wir befinden uns in einem
gut verschlossenen Plastikbehälter. Neue, moderne Klein-
bildschirme mit komfortabler Tastatur in die Sitze einge-
arbeitet. Alles Hightech vom Feinsten, und das auf kleiner
Fläche. Aber *aire acondicionada*? Fehlanzeige.

Kein günstiger Moment sich darüber Gedanken zu machen, was heute sonst noch passieren könnte. Hält der
Plastikbehälter die Menschenmassen? Was wenn das Unglaubliche passiert und die Maschine abstürzt? Sicher geht

einem dieser Gedanke durch den Kopf. Wie jedes Mal, wenn ich ein Flugzeug betrete. Ich schaue instinktiv nach oben, an die Decke, und frage mich, ob sie auch über mir zusammenbrechen könnte. Abstürze sind selten, definitiv selten. Sie sind sogar sehr selten. Wozu also dieser marternde Gedanke. Ich verbanne ihn ins Abseits. Andere Dinge halten mich gerade nicht weniger bei Laune. Eine Frau mit kompaktem Hüftformat, unmittelbar vor mir. Der laufende Schweiß und das immer noch nicht verstaute Handgepäck.

Ich ziehe ein Papiertaschentuch aus meiner Hosentasche, tupfe es über meine Stirn. Dann schiebe ich mich an dem Hüftmonster vorbei, weiter vorwärts. Praktischerweise bin ich schlank.

Platz 46 steht auf meiner Boarding Card, Fensterplatz. Langsam arbeite ich mich bis zu der ausgewiesenen Reihe vor. Jemand sitzt bereits dort. Auf der Gangseite. Eine junge Frau, Typ Studentin. Der mittlere Platz ist noch frei. Ebenso der Fensterplatz, mein Platz. Ich verstaue mein Handgepäck über dem Sitz.

»*Permiso Señora*«, mache ich mich bemerkbar. Ich habe das Wort bei der Flugbegleiterin aufgeschnappt. Sicher hat sie es schon ein halbes Dutzend Mal ausgesprochen, allein in den letzten zehn Minuten hat sie nichts anderes gesagt.

»*Permiso*«, wiederhole ich noch etwas lauter, als die junge Frau nicht reagiert. Ist meine Aussprache wirklich so schlecht? Zugegeben, nach sechs Monaten Pendeln durch Chiles Metropolen, könnte mein Spanisch besser sein.

Fragend sieht sie jetzt auf. Dann zieht sie ihre Beine an, damit ich vorbei kann.

»*No problem*«, antwortet sie mit Akzent.

Ich lächle – vielleicht etwas gezwungen, worauf sie gleich wieder in ihr Buch getaucht ist. Seitdem ich sie hier gesichtet habe, hat sie es nicht aus der Hand gelegt. Nicht einmal als sie ihre Beine anzieht. Sie hat mich also verstanden. Und sie sucht eindeutig nicht das Gespräch, was mir gelegen kommt. Ganz ehrlich, ich hasse dieses sinnlose *Und-woher-kommen-Sie?*-Gefasel. Dieses künstliche sich für den anderen zu interessieren, obwohl man ihn, oder sie, einmal und nie wieder in seinem Leben sieht. Es gibt kurzweiligere Unterhaltung. Wie eben ein Buch. Zur simplen Entspannung. Flugzeug-Bekanntschaften? Muss nicht sein.

Als ich endlich sitze, kann ich´s nicht abwarten. Ich krame meine Brotdose heraus. Ein wabbeliger Sandwich, belegt mit Rindfleisch, Avocado, Tomate und Mayonnaise befindet sich darin. Gierig schlinge ich ihn hinunter. Seit dem frühen Morgen habe ich nichts Richtiges gegessen. Eine Tasse dünner Kaffee, Instant, geschmacklich ein No-Go. Das wars.

Um vier Uhr früh bin ich aufgestanden. Es war mein vorläufig letzter Arbeitstag gestern. Man gönnt mir zehn Tage Urlaub. Ich arbeite in der Hafenstadt Valparaíso, unweit der Hauptstadt Santiago. Valparaíso, das Paradiestal. *La Perla del Pacífico.* So hat ein spanischer Leutnant einst die Stadt betitelt. Geblieben ist ein angeschlagener nostalgischer Charme. *Cerro Alegre* und seine Künstler. Das Viertel der *ascensores* könnte eigentlich ein Magnet für Touristen sein. Tatsächlich aber ist der Stadtteil recht heruntergekommen. Nur wenige Kulturliebhaber verirren sich hierher. So auch ich, Lennard Krupp, Umweltingenieur und gelernter Bauzeichner aus Frankfurt am Main.

Schwer liegt er mir jetzt im Magen, der Sandwich. Ich packe die leere Brotdose wieder weg.

Der Gang hat sich geleert. Elena Arevalo weist die letzten noch stehenden Passagiere an, sich zu setzen, eine dunkelhäutige Frau mit einem Kind an der Hand, und ein blasser grauhaariger Mann. Der Platz neben mir ist noch immer frei. Offenbar bleibt er das auch, und trennt mich somit während des Fluges von der lesenden Frau, zwei Sitze weiter.

Ich sehe aus dem Fenster. Eine dunkle Wolke liegt über der Stadt. Die Abgase vom frühen Morgen haben sich in ihr gesammelt. Irgendwo über den Anden ziehen sie ab.

Über mir aus dem Lautsprecher erklingt die Ansage der Flugbegleiterin: »*Por favor, pónganse el cinturón de seguridad*«, fordert sie uns auf den Sicherheitsgurt anzulegen. Ich höre nur ihre Stimme. Eine gleichmäßige Stimme in dieser musikalischen Sprache. Dann steht Elena Arevalo leibhaftig vor mir.

»Señor, Ihr Sicherheitsgurt bitte«, weist sie mich mit süßlichem Klang erneut darauf hin, mich anzuschnallen. Eine Haarsträhne bedeckt ihr linkes Auge, nur kurz. Sexy, finde ich und bin gefesselt.

»Äh … aber klar doch, mein Sicherheitsgurt«, antworte ich gedehnt. Meine Sitznachbarin auf der Gangseite wirft mir einen kurzen stechenden Seitenblick zu. Vielleicht verdreht sie sogar die Augen, was ich aber gerade nicht sehe. Dann taucht sie wieder in ihr Buch. Für sie existiere ich nicht.

Langsam setzt sich das Flugzeug in Bewegung.

»*Welcome on board*«, erfolgt die Ansage endlich auch auf Englisch vom Flugkapitän. »Die Flugzeit nach La Paz beträgt fünfeinhalb Stunden. Nächstes Ziel, nach unserem kurzen Stop in La Paz, ist Lima. Wir erwarten sonniges Wetter in La Paz. Genießen Sie den Flug. Ich wünsche Ihnen einen angenehmen Zeit an Bord«, vollendet er seine Begrüßung mit starkem US-Akzent.

Ich werfe einen letzten Blick auf Santiago. Unter mir verändert sich die Perspektive. Mit jedem Meter, den das Flugzeug sich vom Boden entfernt, erlebe ich eine neue Ansicht der Stadt. Der Blick von hier oben ist wie der Blick des Adlers in unermessliche Weiten. In diesem Fall ein undefinierbares buntes Gewimmel. Menschen, Häuser, Autos. Unzählig in ihrer Zahl, schachbrettartig angeordnet. Ordnung und Chaos. Santiagos Reiz sticht nicht gleich ins Auge. Dennoch gibt es da ein paar Anziehungspunkte, sie sind wie kleine Inseln. Auf einer Seite der Stadt rumort es, rund um den historischen Kern, lauter Ameisen. Dann der *Cerro Santa Lucía*, ein kleiner grüner Fleck, irgendwo dazwischen.

Doch wie bin ich hier hergekommen?

Valparaísos Hafen soll effizienter werden. So lautete das in Deutschland ausgeschriebene Bauvorhaben für Valparaísos zweiten Terminal. Ingenieure wurden dafür gesucht. Ich bewarb mich. Dass man beim Thema Effizienz die Funktionalität für den steigenden Frachtverkehr im Auge hatte, und weniger die Ästhetik, liegt für einen ästhetisch Denkenden wie mich nicht gleich auf der Hand. Und würde man einen Chilenen, unabhängig davon, nach seiner Meinung fragen, stimmte er dem sofort zu: *A construir! A explotar!* Man will Anteil haben am Weltmarkt, vorankommen. Man will nicht vergessen werden, am anderen Ende der Welt. Chile ist nicht mit der letzten Nobelpreisvergabe gestorben. Es lebt, Santiago pulsiert. Genau das durfte ich in den letzten Monaten erfahren.

Drei Monate habe ich in der Hauptstadt gearbeitet. Dann zog ich um nach Valparaíso. Man hatte mir und ein paar anderen Ingenieuren dort, am Rande des *Cerro Artillera*, mit Blick auf den Hafen, jeweils ein Büro eingerichtet. Somit konnte ich jeden Tag einen hautnahen Eindruck von dem Gigant-Modernisierungsprojekt gewinnen.

Unglaubliche Summen hat man für das Hafenprojekt eingeplant. Lange Zeit gab es keinen Investor. Jetzt, rund ein halbes Jahr später, haben sich die Dinge eingespielt.

Mein Blick schweift durch das Innere der Maschine. Einige Passagiere dösen bereits. Andere sehen auf den kleinen Bildschirm im Sitz vor ihnen. Elena Arevalo rollt einen großen Speisencontainer heran. Man erkennt gerade noch ihren dunkelbraunen lockigen Haarschopf hinter dem monströsen Gefährt. Sie rollt es vom einen Ende des Flugzeugs ins andere. Es dauert noch eine halbe Ewigkeit bis sie, sich langsam vorarbeitend, zurückkommt und vor meiner ... unserer Sitzreihe Halt macht.

»*Permiso Señora, Señor.* Huhn oder Steak?«, wendet sie sich dann an meine entfernte Sitznachbarin und an mich. »Möchten Sie Wasser, Saft oder Wein?«, fragt sie weiter, steht dabei unmittelbar vor der lesenden Frau.

»Ich nehme Huhn und einen Orangensaft, bitte«, entgegnet der Bücherwurm im korrekten Lehrbuch-Spanisch.

»Für mich dasselbe«, fasse ich mich kurz.

Wieder wirft mir meine quasi Sitznachbarin einen kurzen Seitenblick zu.

Elena platziert jeweils Orangensaft und das gewünschte Hühnergericht auf zwei Tabletts gleichzeitig, reicht erst ihr und dann mir eins davon.

Seit dem Sandwich ist mein Hunger etwas gestillt und ich warte noch ab. Derweil beobachte ich *sie* aus dem Augenwinkel, den Bücherwurm, wie sie die Alufolie von ihrem Styroporbehälter zieht und skeptisch mit der Gabel in das Hühnchen sticht. Sie führt das aufgespießte Geflügelstückchen zunächst zur Nase und dann zum Mund, kaut mit geschlossenem Mund, ohne einen Mucks von sich zu geben. Heimlich beobachte ich sie von der Seite. Das Buch hat sie in die Netztasche am Sitz gesteckt. Ich versuche den Titel zu entziffern. Es ist tatsächlich ein deutsches Buch, ein Sachtitel. Es geht um Problemkinder, soviel kann ich dem Untertitel entnehmen.

Sie ist also Deutsche. Pädagogin? Vermutlich die einzige Deutsche an Bord. Außer mir, weshalb man sie wohl mit Absicht neben mich gesetzt hat. Umso schlimmer, denke ich, und wende mich dem Fenster zu.

Santiago ist nur noch ein Fleck in der Ferne, eingebettet in kleine bepuderte Hügel. Wir überqueren die Anden. Eigenartigerweise muss ich beim Anblick von Hügeln an meine letzte Beziehung denken. Ich erkenne eine gewisse Parallele. Extreme. Schnee liegt auf den Gipfeln der Anden. Schnee. Weiter nördlich gibt es Wüste, Salare in Bolivien, Regenwald in Peru.. Doch zurück zu dem gerade begonnenen Gedanken: Ich weiß nicht, warum ich es nie lange mit einer Frau aushalte. Irgendwann fängt jede damit an, sich in ihren Ansprüchen – an mich – zu überereifern. Und ich habs nicht gern dirigiert zu werden. Lieber lasse ich die Dinge langsam auf mich zukommen. Eine Freundin hat mich mal als unfertig bezeichnet, unfertig mit mir selbst. Das könnte es treffen.

Das Flugzeug schaukelt. Kurz aber intensiv; es kommt recht plötzlich, völlig unerwartet. Irritiert sieht sie – die Dauerlesende – in meine Richtung, zum Fenster.

»Turbulenzen«, kommentiere ich. Sie nickt, als wären wir gerade darin übereingekommen, dass der Orangensaft bitter schmeckt. Tatsächlich tut er das auch.

Mein Blick überfliegt unauffällig ihr Tablett. Suche ich das Gespräch? Wenn dem so ist, scheint sie darauf nicht anzuspringen. Auch wenn ich sie gerade unvermittelt habe wissen lassen, dass ich auch Deutscher bin.

Mein Blick schweift von ihrem Tablett auf ihre Hände. Feingliedrige Finger, gepflegte Nägel. Sie trägt ein Ché Guevara T-Shirt und hat ihre braunen Haare im Nacken gebändigt. Von ihrem Gesicht gleitet mein Blick unauffällig über ihr Dekolleté. Eine spontane Nummer auf der Bordtoilette? Sicher nicht ihr Ding. Ihre steife Körperhaltung signalisiert Ablehnung, *bitte keine Anmache!* Alles klar, denke ich.

Mein Blick fällt zurück auf ihr Tablett. Tatsächlich hat sie nicht viel gegessen. Die Süßspeise ist noch übrig.

Nervös zerrt sie sich eine Haarsträhne aus dem Gesicht. Das ist ein Zeichen, *starr mich nicht an!* Umgehend wende ich mich den essbaren Dingen vor mir zu. Ich entpacke das Hühnchen – und esse.

Danach nicke ich irgendwann ein.

Ich weiß nicht, wie lange ich schlafe.

Das Ruckeln der Maschine weckt mich. Noch halb dösend, schiele ich zur Seite. *Sie* liest noch immer. Wie viele Stunden sind vergangen? Eine? Eineinhalb, oder mehr? Tatsächlich scheint auch sie gedöst zu haben. Das Buch in ihrer Hand ist weggekippt. Das Ruckeln hat sie ebenso geweckt.

Warum habe ich mich zu diesem spontanen Trip ent-schieden, schießt es mir, angesichts eines spontanen Bauchgefühls, durch den Kopf. Es muss mit den ungewöhnlich ruckartigen Bewegungen des Flugzeugs zusammenhängen. Eigentlich wollte ich ausspannen. Dann aber sah ich diese bombastischen Aufnahmen von Machu Picchu bei einem befreundeten Ingenieur. Vor kurzem war er mit seiner chilenischen Freundin dort. Somit kamen meine Pläne ins Rollen. Von La Paz in Bolivien will ich nach Peru. Puno am Titicacasee, Cuzco, und von dort ein kleines Stück über den Inca Trail bis nach Machu Picchu. Eine Tour, die man in knapp einer Woche gerade so schaffen kann. Konditionell sollte es soweit reichen, trainiert habe ich nicht.

Als ich mich etwas aufrichte, fängt die Maschine erneut an zu ruckeln. Ähnlich wie wenn man nach einem kalten Bad am ganzen Körper zittert. Beunruhigt sucht mein Blick nach Elena Arevalo. Sie ist nicht in der Nähe. Ich drehe mich zur Seite. Zu ihr, meiner Sitznachbarin, dem Bücherwurm. In genau diesem Moment erfährt bebt die Maschine, als wäre sie elektrisch aufgeladen.

»Was ist l-o-o-o-s?«, spreche ich meine Frage in ihre Richtung und gleichzeitig ins Leere. »Was ver … ver-VERFLUCHT!«, brülle ich das letzte Wort, ohne zu wissen, wohin ich brülle.

Sie reagiert nicht, starrt an mir vorbei. Ich entdecke den Ansatz von Panik in ihrem Blick.

Wie soll man sich auf einen Flugzeugabsturz vorbereiten; wenn es passiert, passiert es ohne Vorankündigung. Ohne Fallschirme oder Rettungsnetze, die im passenden Moment aufspringen und uns auffangen. Es gibt keine hundertprozentige Sicherheit im Leben. Nicht hier oder sonst wo. Keine Garantie unversehrt ans Ziel zu kommen.

Niemals. Wir hoffen immer, dass wir landen, ankommen – sind glücklich, wenn es so ist. Und wenn nicht …

Die herausspringenden Atemmasken sind nur ein kurzes Hinauszögern. Luft holen für den letzten Atemzug. Wir werden sterben. Hier und jetzt … (oder später).

Der Himmel ist schwarz, ein donnerndes Loch. Das Gewitter hat uns umzingelt. Noch in weiter Ferne erkenne ich Baumkronen.

Dann geht es tatsächlich rasend schnell, und dabei gleichzeitig wie in Zeitlupe. Ich sehe eine leere Flasche über den Gang rollen. Ein Buch fliegt knapp an meiner Stirn vorbei, es schwebt. Ich spüre Druck auf den Ohren. Elena Arevalo eilt … wohin auch immer. Oder sehe ich einen Geist? Eine Frau vor mir schaut sich erschrocken um, drückt sich gleichzeitig die Finger in die Ohren. Zeitlupe. Stimmen, die zu einem einzigen, schrillen Schrei werden. Die Maschine fällt rasend schnell ab und befördert mich und die anderen Passagiere augenblicklich in die Bewusstlosigkeit.

... überlebt!

EINS

Wie habe ich mir den Urwald vorgestellt? Eine grüne exotische Welt. Artenreich, geheimnisvoll, bedrohlich. Quelle für Mediziner und Philosophen. Angefüllt mit den letzten Geheimnissen der Menschheit.

Im Moment als ich zu mir komme, ist es tatsächlich erst einmal gespenstisch still um mich herum. Mein Gehör ist noch betäubt durch die Geräusche vom Aufprall.

Was passiert, wenn man erwacht, obwohl man nicht damit rechnet, jemals wieder zu erwachen; wenn der Körper sich entschieden hatte stillzustehen und das Leben langsam aus sich herausgleiten zu lassen – solange, bis nur noch zerlegte Masse zurückbleibt, der Mensch sich auflöst – was, wenn dieser Prozess sich plötzlich umkehrt.

Genauso passiert es mit mir, die Lebensenergie wechselt, ohne dass ich Einfluss darauf hätte, plötzlich die Richtung, fließt zurück in meinen Körper, zur Mitte. Dort sammelt sie sich, um mir dann langsam – ganz langsam – neues Leben einzuhauchen. Erst ist es nur ein Spritzer dieses noch an der Kippe stehenden neuen Lebens. Schnell aber wird daraus mehr. Unglaublich viel mehr.

Es ist das Wunder, das ich am eigenen Leib spüre – das Wunder noch am Leben zu sein.

Mein linkes Auge will sich öffnen. Ein Schlitz Licht, inmitten des dunklen Tunnels. Was mein Auge durch diesen engen Schlitz erkennt, ist kaum in Worte zu fassen. Definitiv ist es nicht der Paradiesgarten, es ist das Gegenteil: die Hölle. Das nackte Grauen bietet sich meinem Auge.

21

Die Frage ist nur, ob ich den Anblick annehme. Ob ich die Hölle ertrage, die mein Auge mir übermittelt. Ein Meer aus Blut und Staub. Entstellte Körper, abgetrennte Gliedmaßen, vermischt mit Geröll aus zerlegten Flugzeugteilen, Essensresten, Plastik, Blech, Kabel, Asche.

Mit dem letzten vorhandenen Bisschen an Kraft, klammere ich mich an dem fest, was über mir ist: der blaue Himmel. Ich ziehe mich aus dem Sitz, in den ich eingeklemmt bin. Ich sehe nichts, ich höre nichts, ich taste mich durch das Nichts dieser unbeschreiblichen Hölle. Ich. Wer bin ich? Und bin ich tatsächlich noch am Leben?

Irgendwann spüren meine Füße weichen Boden unter sich. Mein Haar ist feucht von Blut und Regen. Tatsächlich hat es angefangen zu regnen. Ich bin erleichtert, erschöpft. Kraftlos geben meine Beine nach und ich sinke ins feuchte Gras dieser unbekannten, unfassbar grünen Hölle.

Fern und gleichzeitig nah, ist die Vorstellung davon, was mich in naher Zukunft erwarten könnte – die vage Ahnung, dass dies erst der Anfang eines Albtraums sein könnte.

ZWEI

»Hören Sie mich?«

Was ist das? Eine Stimme. Eine Frauenstimme.

»Señor, geht es Ihnen gut?« Eine Männerstimme. Von weiter weg, kraftlos.

»*No reaciona.*« Eine Frauenstimme. Eine bekannte Frauenstimme.

Ich schlage die Augen auf und sehe ein Frauengesicht vor mir. Unscharf erkenne ich die Konturen eines Kopfes, ein Gesicht … sehr unscharf.

Ich schließe die Augen wieder, lasse das zurückkehrende Leben noch ein bisschen in mir arbeiten, Kräfte sammeln.

»Sie und ich, wir haben unheimliches Glück gehabt. Wir saßen auf der *richtigen* Seite des Fliegers. Niemand sonst hat überlebt«, höre ich sie reden. Es ist die Stimme meiner Sitznachbarin, dem Bücherwurm. Sagte sie nicht gerade, *niemand* hätte überlebt, wer waren dann die anderen beiden Stimmen?

Ich halte meine Augen geschlossen.

»*Somos los únicos …*«

»Wir sind die einzigen Passagiere, die überlebt haben.«

Sie übersetzt, stelle ich fest. Sie übersetzt das, was die andere Frau auf Spanisch sagt.

»Und wer ist der Mann?«, frage ich.

Stille.

»Der … der Mann …« Sie stammelt. »Der Mann stirbt«, röchelt sie in mein Ohr.

»*Ya murió*«, bestätigt die andere Frauenstimme. Es ist die Stimme von Elena Arevalo. Er ist gestorben, sagt sie.

Wie kann es sein, dass auch sie überlebt hat, wenn nur wir auf der *vermeintlich* richtigen Seite des Fliegers saßen, vermutlich auch in der richtigen Reihe. Hatte man diese Sitze eigens für uns reserviert, damit wir das hier überlebten? *Reserviert für die Überlebenden. Weniger Privilegierte, bitte auf den Absturzsitzen Platz nehmen.* Die bittere Ironie des Zufalls.

»Elena?«, frage ich.

»*Sí?*« ...

Stille.

»Sie hat überlebt, weil sie zwischen uns gesessen hat«, erklärt sie – der Bücherwurm, nach einer Weile. »Wir hatten riesiges Glück.«

Ich höre ihre Stimme gebrochen, schwächlich.

Um mich herum ist es schwarz.

DREI

Ich spüre meinen Atem. Er geht langsam. Unbeschreiblich langsam. Meine Augen sind geöffnet. Die ganze Zeit über habe ich bereits ins Tageslicht gestarrt, ohne wirklich etwas zu sehen. Zwei Augen, die im Nichts ausharren.

Langsam aber passiert etwas mit dem Nichts. Es füllt sich mit Farben, Düften, Geräuschen. Ich erkenne Formen, die nähere Umgebung. Unfassbar viele Blätter. Aus der Höhe keifen sie wie zankende Kleinkinder, Brüllaffen. Insektenschwärme erobern uns von allen Seiten. Am Tag und später auch in der Nacht. Auf einem riesigen Blatt hockt eine behaarte Spinne.

Nicht eine Sekunde empfinde ich Furcht. Das alles scheint mir vertraut. Es ist das intakte Leben.

Eher fürchte ich mich vor mir selbst. Vor dem, was ich bin. Das, was von mir noch übrig ist. Wie viel es wohl ist? Habe ich vielleicht ein Bein verloren, eine Hand, ein Ohr? Ist mein Gesicht entstellt, mein Kopf, mein Körper deformiert? Bin ich gelähmt, taub, stumm?

Nein, nichts von dem scheint der Fall zu sein. Ich erinnere mich schwach daran, wie ich mich aus den Trümmern eines abgestürzten Flugzeugs herausgezogen habe, dass ich gesprochen und gedacht habe. Außerdem können meine Augen sehen, ich sehe.

Das alles stimmt mich dankbar. Fast ist es Glück. Fast. Ich bin in der Lage meine Dankbarkeit – im Ansatz – in Glück umzusetzen! Inmitten der unbeschreiblichen Hölle, empfinde ich Glück – denn, was wäre mein Leben noch gewesen, wenn ich nur einen einzigen meiner Sinne verloren hätte? Es wäre alles anders gewesen.

Ich weiß nicht, wieviel Zeit ich damit verbringe, nur vor mich hinzustarren und dabei doch immer mehr um mich herum wahrnehme. Wie lange ich nur mit meinem Gedanken, über mein unfassbares Glück beschäftigt bin.

Dann plötzlich kommt mir ein anderer Gedanken. *Wir sind die einzigen Passagiere, die überlebt haben,* hat sie gesagt – sie! Da waren doch Stimmen. WO sind sie jetzt?

Ich konzentriere mich auf meinen Atem. Er geht bereits schneller. Ich versuche meinen Kopf zu bewegen. Tatsächlich verändert sich die Perspektive. Ich sehe an mir herunter. Etwas liegt auf mir. Ich erkenne nicht richtig, was es ist. Eine Decke? Jemand hat eine Decke auf mich gelegt. Also muss noch jemand hier sein.

Ich drehe meinen Kopf in die andere Richtung. Es geht erstaunlich gut. Aber auch dort, wohin ich jetzt sehe, finde ich keinen Hinweis auf die Anwesenheit eines anderen Menschen – auf einen oder eine andere Überlebende. Ich bin allein, ganz allein. Was mein Glück unweigerlich schmälert.

Ya murió, hat Elena Arevalo gesagt. Es war doch ihre Stimme? Er ist gerade gestorben. Sind sie auch gestorben, die beiden Frauen? Wieviel Zeit mag vergangen sein, als ich das letzte Mal ihre Stimmen hörte?
Die Anstrengung der Kopfbewegung hat mich schlapp gemacht, ebenso das viele Denken. Ich schließe die Augen. Stille.

VIER

»Señor!«

»Hmn …«

»Señor, richten Sie sich etwas auf. Bitte. *Señor, por favor!* Sie müssen trinken. Hier ist Wasser. Sie müssen Wasser trinken.«

Sie hält mir etwas hin, was ich schwammig als einen gefüllten Wasserkanister erkenne. Ohne dass es mir bewusst ist, merke ich wie ein Teil meines Oberkörpers ein kleines Stückchen hochfährt – oh Wunder(!), ich bin in der Lage meinen Körper zu bewegen.

Ich bewege mich auf die Flasche zu, die sie mir hinhält, trinke. Bei jedem Schluck, der durch meine Kehle rinnt, fühle ich neue Kraft. Ich möchte mehr davon. Es ist, als würde eine Armee in meinem Körper geweckt. Eine Armee aus Zellen, Blutkörperchen, Wasser, Muskeln, Sehnen.

Als sie die Flasche wieder absetzt, sehe ich in ihr Gesicht. Sie lächelt. Mir ist vorher gar nicht aufgefallen, wie hübsch sie ist. *Vorher.* Wann genau war das? Vor einer Woche, einem Monat oder länger? Oder ist es erst ein paar Tage her?

»*Cuánto tiempo?*« frage ich.

»*Tres días.*«

Drei Tage. Nur drei Tage. Kann es sein, dass tatsächlich nur drei Tage vergangen sind? Was ist passiert in diesen drei Tagen.

»Was genau …?«

Elena schweigt. Weint sie?

Dann stammelt sie: »Das Flugzeug hatte ein Problem mit dem Motor … plötzlich. Ich wusste nicht, was los war … Ich wollte helfen, aber Ed brüllte mich an: SETZT DICH! SETZ DICH ZU DEN PASSAGIEREN! Danach … der Aufprall … die Stille. Es war der Horror! Der totale HORROR!! Sie lebte noch, die Deutsche. Und der Mann … es war ein Wunder, dass er mit einem halben Körper noch leben konnte. Ein Wunder!! Aber es war nur ein Augenblick. Ein kurzer Moment. Gott sei Dank leben Sie! *Gracias a dios, Señor Krupp.*«

Tatsächlich habe ich sie verstanden. Jedes einzelne Wort. Es ist, als kämen ihre Worte, mit denen sie die Szene beschreibt, aus meinem eigenen Mund. Das Szenario ist wieder da. Es sind nur kurze Sequenzen. Nachhaltige Bilder. Schreiende Bilder. Abgehackte Töne. Ich schließe die Augen.

»Was ist mit der anderen Frau?«, frage ich. »*La otra mujer?*«

»*She's too debil*«, sagt sie in einem Mischmasch aus Spanisch und Englisch.

Zu schwach. Was meint sie? »Stirbt sie?«

Elena antwortet nicht.

FÜNF

Erneut habe ich kein Gefühl, wieviel Zeit vergeht. Zeit ist das Rinnsal einer Sanduhr. Man hat ein Tuch über sie gelegt, damit ich nicht über Zeit nachdenke.

Ich schlafe immer wieder ein, und wenn ich aufwache, ist es entweder Tag oder Nacht. Mal brennt die Sonne, mal regnet es. Elena pflegt mich. Sie versorgt meine Wunden, gibt mir Wasser und irgendwas zu Essen. Dann schlafe ich wieder. An Rettung denke ich nicht. Merkwürdigerweise. Elena hat mehrere Notsignale abgesendet. Angeblich hatte sie Funkkontakt. Wie und mit welcher Technik, diese Fragen stelle ich mir nicht. Rettung würde kommen. Wir müssen Geduld haben. Einzig Geduld!

Etwas an ihren Erklärungen scheint mir dennoch merkwürdig. Ich frage jedoch nicht nach, bin zu sehr mit mir selbst beschäftigt. Vielleicht möchte ich gerade gar nicht weg von hier. Ich befinde mich in einer Art Dauerdämmerzustand.

Ich lege mir allmählich einen Rhythmus zu und schlafe überwiegend in der Nacht. Am Tag bin ich wach. Zunehmend über längere Strecken. Es gelingt mir mittlerweile mich komplett aufzurichten, zu sitzen. Ein enormer Fortschritt.

Elena und ich reden nicht viel, mehr schweigen wir. Mal reden wir Spanisch. Mal ein Mischmasch aus Spanisch und Englisch. Zusammen verarbeiten wir das, was passiert ist, die schmerzliche Konsequenz verschweigend.

Sie erzählt mir ein bisschen von Santiago, wo sie mit ihrer Familie lebt, ihre Eltern. Sie hat einen kleinen Sohn,

Ramón. Er ist vier Jahre alt. Elena ist alleinerziehend. Sie erzählt von seinem Lieblingsspielzeug und Lieblingsessen, macht ihn nach, wie es aussieht wenn er lacht oder schimpft, wenn er versucht seinen Willen durchzusetzen. Anschließend hat sie unglaublich viele Tränen in den Augen.

Es klingt absurd, aber ich habe mich ein bisschen in diesen Moment verliebt, wenn die Tränen ihre Augen überschwemmen und sie versucht mit einer möglichst unauffälligen Geste diese wegzuwischen.

Überhaupt spielt das Leben gerade in einer völlig anderen Dimension. Wo ich bin, was ich mache, welche Verpflichtungen ich habe – es ist völlig egal. Offiziell gibt es mich nicht mehr. Die Maschine ist abgestürzt. Keine Überlebenden. So lese ich die Schlagzeile. Im dichten Regenwald, aller Wahrscheinlichkeit nach auf peruanischem Boden, denn Chile hat keinen tropischen Regenwald, muss man eine Weile suchen, um ein Flugzeugwrack zu finden. Wenn die peruanischen Behörden sich überhaupt um den Verbleib einer Maschine scheren, deren Insassen zu rund 96 Prozent aus Südamerikanern und unerheblichen vier Prozent aus Deutschen bestanden. Wir leben in einer globalisierten Welt und auch hier hat die Datenerfassung Zugriffsmöglichkeiten. Angehörige stellen Fragen.

Aber Rettung hin oder her, noch sehe ich mich körperlich gar nicht in der Lage zu kämpfen. Das ist das Eine. Andererseits macht mich das pure Ausharren langsam nervös.

Was Elena betrifft, frage ich mich: Warum ist sie noch hier? Sie ist Mutter, hat ein vierjähriges Kind, das auf sie wartet. Warum schleppt sie sich nicht mit mir – in welcher Verfassung auch immer – durch den Regenwald, um hier wegzukommen, um gerettet zu werden? Oder auch: Warum lässt sie mich nicht einfach liegen, schlägt sich alleine durch? Der Mensch ist ein Raubtier.

Gelegentlich kommt mir auch der Gedanke, da ist noch was. Sie verschweigt etwas. Sie weiß mehr als sie mir mitteilt. Sie verheimlicht etwas, um mich nicht zu beunruhigen. Aber noch ist mein Verstand nicht so weit, und das Eingeschlossen-sein in die Natur tut mir gerade gut.

Langsam kann ich mich auch wieder vollständig aufrichten, erste Gehversuche unternehmen. Dabei entdecke ich, in kleinen Schritten, meine nähere Umgebung. Ich beobachte Käfer bei der Paarung; eine Viper, die sich an ihre Beute heranschleicht. Dichte Netze webender Achtbeiner. Einen Ameisenarbeitertrupp, Libellen, fleischfressende Pflanzen, bunte Vögel – von denen ich keine Ahnung habe, wie sie heißen.

Nach und nach wage ich mich weiter ins Dickicht vor. Langsam, denn die schmerzfreie Fortbewegung klappt nur über kurze Strecken. Ich kämpfe mich durch, starre immer wieder ohne Zeit tatsächlich bemessen zu können, meiner Empfindung nach aber unsagbar lange, auf das, was mich interessiert oder meine Aufmerksamkeit erregt.

Der Radius meiner motorischen Möglichkeiten wird stetig größer. Und je mehr ich mich frei und mit weniger Schmerzen bewegen kann, desto größer wird auch der Drang nach Bewegung. Nach immer mehr Aktivität. Ich bin das Produkt zivilisationsgeschichtlicher Entwicklung, was bedeutet: Ich will mehr als nur wahrnehmen, ich will etwas erschaffen.

Als ich an diesem Punkt ankomme, stellt sich mir die Frage, die ich mir lange nicht gestellt habe: Wer bin ich – oder vielmehr: Wer war ich vor dem Absturz?

Erstaunt stelle ich fest: Es gibt ein Leck in meiner Erinnerung.

SECHS

»**Warum nennst du mich Len?**«, frage ich Elena.

»Weil du Lennard heißt, Lennard Krupp.«

»Woher weißt du wie ich heiße?«

Sie lächelt. »Weil der Name in deinem Pass steht.«

»Mein Pass?«

»Den brauchst du hier nicht. Ich habe ihn aufgehoben, weil mir dein Foto gefällt.« Wieder lächelt sie. »Und warum weißt du, dass ich Elena heiße?«

»Ich habe mir deinen Namen gemerkt. Elena Arevalo – er ging mir die ganze Zeit über durch den Kopf. *Davor.*«

Sie zuckt zusammen. Es kommt nicht oft vor, dass wir über das »Davor« sprechen.

Wir hausen in sicherer Entfernung zum Flugzeugwrack, in einem Zelt mit zwei abgenutzten, alten Schlafsäcken. Elena konnte einiges unter den Wrackteilen sicherstellen. Ein paar Passagiere waren gut ausgestattet, gerüstet für Trekking-Touren, die jetzt niemals stattfinden würden.

Außerdem hat sie haltbare Lebensmittel und Wasserkanister aus dem Wrack geborgen. Cracker, Feuerzeuge, Zahnbürsten. Nicht viel ist noch zu gebrauchen. Der Großteil ist zerstört. Es ist eine Art Notreserve, die wir uns zulegen konnten. Was noch zu retten war, haben wir gerettet.

Irgendwo hinter uns, liegt jetzt das Wrack. Langsam wächst die Natur darüber. Ich selbst habe es nicht noch mal betreten, weil ich dazu bisher nicht in der Lage war.

Was Elena jedoch betrifft, tappe ich im Dunkeln. Immer wieder verschwindet sie für ein paar Stunden während des

Tages. Ich vermute, dass sie zum Flugzeugwrack zurückgeht. Sie sagt, sie hole Nachschub. Aber ich bezweifle, dass es wirklich das ist, was sie dorthin zieht.

Wir sind beide vom Absturz traumatisiert – keine Frage. Es mag sein, dass sie mit ihrem Trauma anders umgeht, als ich es tue. Vielleicht kehrt sie deshalb immer wieder zum Absturzort zurück, um für die Seelen der Verstorbenen zu beten. Oder auch für uns, für unsere Rettung. Elena ist streng gläubig. Möglich ist auch, dass sie etwas in den Trümmern verloren hat. Was auch immer es ist, sie ist mir ein Rätsel. Wenn sie zurückkommt, schweigt sie für einige Zeit. Ich akzeptiere ihr Schweigen, stelle keine Fragen, wo und warum sie dort war.

»Heute ist sie gestorben«, sagt sie eines Tages zusammenhangslos, als sie erneut nach längerer Abwesenheit zurück ist. Sie sagt es leise, als wolle sie eigentlich nicht mehr als das preisgeben.

»Wen meinst du?«, frage ich. Dabei habe ich plötzlich wieder diese Stimmen im Ohr; darunter eine ganz bestimmte, unmittelbar nach dem Absturz. *Ihre* Stimme – die Stimme des Bücherwurms.

»Sie heißt Louisa Schumann, *la alemana.*«

»Sie hat doch überlebt?«

Elena schweigt. Tatsächlich hatte ich nicht ein einziges Mal mehr nach ihr gefragt. Ich hatte sie schlichtweg vergessen.

»Du hast sie gepflegt?«, frage ich.

»Bevor ich bei der Fluggesellschaft gearbeitet habe, war ich Krankenschwester.«

Überrascht und neugierig zugleich, betrachte ich ihr Gesicht.

Mir wird mit einem Mal bewusst, dass ich bis zu diesem Moment nie danach gefragt habe, was *sie* eigentlich durchlebt hat, als ich noch nicht bei Bewusstsein war. Was sie gesehen hat, welche Bilder in ihrem Kopf spuken. Unter welchen Umständen, sie sich aus dem Wrack gerettet hat.

Ich habe auch nicht nach den Toten gefragt, nach dem Mann, dessen Stimme ich gehört hatte, als er mich fragte: *Señor, geht es Ihnen gut?*

Vermutlich wollte ich es nicht wissen. Elenas Information, das Wunder mit einem halben Körper noch zu leben, hatte mir gereicht. Mehr wollte ich nicht wissen. Es war einfach zu viel. Man versucht das Elend zu minimieren.

Dabei habe ich Elena allein gelassen. Mit ihren Erlebnissen. Mit dem, was sie vielleicht für mich und die anderen Menschen getan hat, um uns zu retten.

Ihre dunklen Augen liegen hinter einem Schleier. Auf ihrer Stirn, unter dem dichten Haar versteckt, erkenne ich die Schrammen vom Absturz. Es sind erstaunlich wenige Zeugen dessen, was passiert ist.

»Hast du die Leichen weggeschafft? Allein?«

Sie antwortet nicht.

»Wie? Ich meine, wie hättest du das allein schaffen sollen? Wie konntest du überleben, fast ohne eine Schramme?«

»Louisa hat mir geholfen, die Deutsche. Wir haben die Leichen weggeschafft, frag nicht wie. Es hat Tage gedauert. Das waren ja keine Leichen, das waren … Wir haben alle sterblichen Überreste unter Blättern und Ästen verborgen. Louisa hat sich dabei eine Infektion geholt. Sie bekam hohes Fieber. Ich konnte ihr nicht helfen. Es gab nicht genug Desinfektionsmittel. Der größte Teil war zerstört. Ihre Abwehr hat versagt. Es war klar, dass sie nicht durchkommen würde. Die Frage war nur, wie lange sie es noch schaffte. Sie wollte unbedingt beim Wrack bleiben, damit jemand dort ist. Falls sie uns fänden. Einmal am Tag habe ich sie versorgt, ihre Wunden gereinigt. Sie wollte allein sein.« Elena sieht mich nicht an, während sie erzählt.

Ihre Geschichte klingt in meinen Ohren sehr merkwürdig. Nahezu unglaubwürdig. Eine ehemalige Krankenschwester, würde sie tatsächlich eine schwer Verletzte *allein* zurücklassen? Nur schwer kann ich mir das vorstellen. Noch weniger kann ich mir den Grund dafür vorstellen. Warum sollte sie das tun, wo sie auch mich niemals längere Zeit allein gelassen hat.

Ich glaube Elena nicht. Aber ich denke auch nicht weiter darüber nach, weshalb sie mich belügt. Das viele Denken beunruhigt, denn im Prinzip dreht man sich hier im Kreis. Wir sind auf uns selbst zurückgeworfen.

Elena steht auf. Sie legt ihre gesammelte Holzscheite auf einen Haufen, ordnet das Holz so an, dass die Flamme geschützt ist – und gleichzeitig atmen kann. Es brennt nicht gleich, Geduld ist gefragt.

Aus ihrem Rucksack zieht sie eine Packung Mate-Tee, gibt Wasser aus dem Kanister in einen einfachen Blechtopf. Zerbeultes Campinggeschirr, das Loch im Deckel hat sie mit Blättern gestopft.

»Den Tee habe ich zwischen den Trümmern der Bordküche gefunden. Magst du davon?«

Ich nicke stumm. Noch immer ist mein Kopf voller Fragen. Wir waren noch nicht fertig mit dem, was sie gerade erzählt hat. Noch weniger mit dem, worüber sie schweigt. Bilder steigen auf. In meinen Gedanken male ich sie aus, bringe Farbe ins Düstere. Ich bin ein Meister der Verdrängung, ein wahres Genie. Der Regenwald ist ein idealer Ort dafür.

Es dämmert bereits. Elena möchte noch mehr erzählen, habe ich den Eindruck. Deshalb hat sie Tee gekocht. Es braucht Zeit. Zeit, von der wir gerade genug haben. Es gibt noch ausreichend unverderbliche Lebensmittel, Trockenobst und Cracker aus der Bordküche. Das Flugzeug war gut ausgestattet. Wir haben zumindest Wasser, Feuer und unsere Notbehausung. Darüber hinaus, steht uns ein ganzer Wald zur Verfügung. Wir haben bisher wie durch ein Wunder überlebt. Wir werden auch weiterhin überleben.

Das Wasser hat angefangen zu kochen. Es hat etwas gedauert. Sie nimmt es von der Feuerstelle, gibt den Tee hinein.

»Hast du dich noch nicht gefragt, warum wir hier gelandet sind?«, fragt sie plötzlich. »Ich meine, hier im peruanischen Regenwald, der lag doch gar nicht auf der Route. Ziel war La Paz in Bolivien. Wir hätten die Anden überquert, nicht den peruanischen Regenwald. Von La Paz aus, wäre es dann weiter nach Lima gegangen.«

Ihre Worte dringen ganz langsam zu meinem Verstand durch. In Gedanken male ich mir die Karte des Kontinents auf. La Paz liegt an der östlichen Grenze zu Peru. Südöstlich grenzen die Anden an Chile. Somit hätten wir das Land an keiner Stelle überquert. Tatsächlich ist mir dieser Umstand noch keinen Moment in den Sinn gekommen. Ich habe über die Ursache des Absturzes gegrübelt. Darüber hinaus aber …

»Der Pilot hat die Route geändert. Es gab eine Anweisung über Funk. Wir sollten das Flugzeug nach Puerto Maldonado umleiten.«

»Warum? Denkst du, es hat was mit dem Absturz zu tun?«

»Ich denke nicht. Das heißt, ich weiß es nicht. Vielleicht doch. Zuerst gab es technische Probleme und dann das Gewitter.« Sie verhaspelt sich.

Ich warte darauf, dass sie weiterspricht. Doch statt zu sprechen gibt sie den fertigen Tee in einen Becher, rührt eine Weile darin und nimmt anschließend einen Schluck davon. Dann reicht sie mir den Becher.

»Woher genau kam die Anweisung über Funk?«

»Wir dachten sie käme aus La Paz. Kurz hieß es auch, es könne möglicherweise eine Bombe an Bord sein. Ed, der Pilot, hat die Meldung entgegengenommen. Angeblich hatte er keine Details. Der Co-Pilot war gerade nicht im Cockpit, als die Meldung kam. Ed hielt sich bedeckt. Vielleicht wurde er erpresst, es hieß nur, dass wir die Route ändern. Die Passagiere sollten später darüber informiert werden – dann wenn der Kurs klar gewesen wäre. Es sollte niemand beunruhigt werden.«

»Ist euch das nicht merkwürdig vorgekommen?«

»Doch.«

Ich trinke etwas von ihrem Tee. Er schmeckt wässrig und auch irgendwie holzig – echter *selva mate,* Urwald-Mate-Tee.

Was Elena erzählt, erscheint mir wie aus einem Actionthriller. Cocodile Dundee in Peru. Erfindet sie Geschichten?

»Aber das war nicht alles. Der ganze Tag war irgendwie merkwürdig. Ich hatte morgens schon dieses Gefühl im

Bauch, dass etwas passieren würde. Es muss mit dem Flug davor zusammenhängen.«

Sie stochert mit einem Stock im Feuer. Die flackernde Flamme gibt ihrem Gesicht einen Ton wie schmelzendes Gold. »An Bord waren drei Männer. Die waren wie aus einer anderen Welt. Zwei von ihnen trugen so afrikanische Ketten mit Tierzähnen, Federn. Dazu bunte Tücher, Gewänder, wie afrikanische Priester, Schamanen. Der Dritte war eher normal gekleidet: Jeans, Rastas. Vielleicht ein Künstler. Er schenkte mir ein Armband. Nichts Besonderes, aber – er sah mich mit einem derart eindringlichen Blick an, das war gruselig. Merkwürdig. Er hat mir fast gedroht, ich solle es tragen. Es würde mich vor bösen Geistern schützen. Blödsinn, habe ich gedacht. Dann aber meinte er«, Elena hört auf mit dem Stock zu scharren, starrt auf die Flamme. »Diese Maschine würde abstürzen. Nicht jetzt. Sie würde irgendwann abstürzen. Jedoch keine Gefahr für mich – denn mit dem Armband ...«

»Sag jetzt nicht, dass es dich retten würde«, komme ich ihr zuvor und schüttele dabei den Kopf.

Sie nimmt mir den Teebecher aus der Hand, trinkt, ignoriert meinen Kommentar. »Ich müsste es *unbedingt* tragen. Außerdem«, fährt sie unbeirrt fort, »seien die drei Sitze, dort wo die Männer gesessen hatten, sicher. Wer dort säße, würde einen möglichen Absturz überleben.«

Das nenne ich einen Kulturaufprall! Ich bin total Baff. An dieser Stelle kann ich einfach nicht anders, ich muss lauthals loslachen. »Elena! BITTE!«

Der Gesichtsausdruck, mit dem sie ihre Geschichte vorgetragen hat, gibt mir buchstäblich den Rest. Derartigen Schwachsinn kann ich unmöglich für voll nehmen.

Sie sieht auf die Flamme, ignoriert mein Lachen.

»Redest du von gesegneten Sitzen – oder so?! Das ist absoluter Quatsch! Und das glaubst du nicht wirklich«, entfährt es mir.

Überrascht bemerke ich, wie sie sich bei meinen Worten versteift. Sie entzieht ihren Blick der Flamme, schweigt.

»Es waren unsere Sitze, Len«, sagt sie nach einer Weile. »Und wir haben überlebt.«

Tatsächlich schleicht eine Gänsehaut über meine Haut. Wenn auch nur kurz. Mein Verstand weigert sich das Gehörte als real anzuerkennen. Auch habe ich das Gefühl, dass ihre Story nur zur Hälfte stimmt. Sie erfindet Geschichten. Sie sucht irgendeine Erklärung.

Langsam hat sie gesprochen. Wort für Wort, mit Bedacht. Zugegeben, ich bin auch irgendwie berührt von dem, was ich gerade gehört habe.

Elena sieht mich noch immer nicht an. Ich studiere ihr Gesicht. Ein kindliches Gesicht mit den großen dunkelbraunen Augen und einem Hauch von Bernstein darin.

Aus dem Regenwald dringen die Geräusche zu uns. Die Sonne bezieht langsam ihr Nachtquartier, hüllt den Wald in honigfarbenen Nebel. Ich liebe diese Abendstimmung. Das Licht, die Geräusche. Das alles macht einem begreiflich, warum der Mensch anfängt an Übersinnliches zu glauben. Warum er mit Hilfe von Drogen halluziniert, um eins zu werden mit dieser faszinierenden Umgebung.

Bei mir allerdings zeigt diese Droge kaum Wirkung. Ich komme aus einer auf den Verstand trainierten Gesellschaft. Ich bin es gewohnt, Dinge zu hinterfragen, die mir ungewöhnlich scheinen. Fast immer kommt man zu einem logischen Schluss. Wir vertrauen auf die Aussagekraft der Wissenschaft, ein Flugzeug fällt nicht einfach so vom Himmel, weil ein kultischer Vertreter an Bord einen Ritus vollzieht. Das sind fantastische Geschichten. Elena weiß das. Ich begreife, warum sie ihre Gedanken zu dieser Begegnung so lange zurückgehalten hat. Das Erlebnis mit den drei Männern – auch wenn es so vielleicht nie stattgefunden hat – trägt irgendeine Bedeutung für sie. Sie glaubt an diese Dinge. Irgendwie. Oder auch nur: Sie möchte daran glauben und ihren Glauben nicht durch mich gestört sehen.

»Du hast mir das nicht erzählt«, taste ich mich vor, »weil du denkst, ich würde dir nicht glauben?«

Wieder antwortet sie nicht.

Oft meine ich, Elena und ich ticken ganz ähnlich. Dann aber gibt es Momente wie diesen, in denen ich mich völlig außerstande sehe zu begreifen, was in ihr vorgeht.

Ich suche ihren Blick über die Flamme hinweg. »Gut«, räume ich schließlich ein, »dann lass uns zum Flugzeugwrack gehen.«

Es ist das erste Mal seit dem Absturz, dass ich das Flugzeugwrack wieder vor mir sehe. Sicher, ich habe diese Begegnung gescheut, weil ich den Horror in mir trage. Er begleitet mich bei jedem Schritt.

Jetzt jedoch denke ich nicht an das »Wie« oder »Warum«. Ich denke über die Zeit nach, die vergangen ist. Die Tatsache, dass der Urwald etwas geflickt hat. Wir stehen an einem Ort des Schreckens, und gleichzeitig … Über uns zwitschern Vögel. Das Loch am Himmel ist fast zugewachsen. Das Wrack hat sich in die Natur eingefügt. Auch wenn es noch nicht vollständig eins mit ihr geworden ist. Die Vegetation will sich ausbreiten, Ameisen erobern Blech und Geröll. Überall ist Leben. Kaum vorstellbar, dass unter den Überresten der zerbeulten Einzelteile

Leichen gelegen haben (und noch liegen). Die Leichen des Absturzes.

Ich beobachte Elena dabei, wie sie geschickt über den gebrochenen Flügel der Maschine klettert, warte bis sie eine bestimmte Höhe erreicht hat, und sich wieder zu mir dreht.

»Was ist, kommst du?«

Ich stehe unschlüssig da, wage es aus naheliegenden Gründen nicht, mich weiter zu bewegen. Die Erinnerung kommt in Sequenzen. Bei jedem Schritt.

Elena wartet einen Moment. Dann klettert sie weiter. Dorthin, wo sich vermutlich einmal die Einstiegsluke zum Flugzeug befunden hat. Sie verschwindet aus meinem Blickfeld.

Kurz fühle ich mich außerstande, mich von der Stelle zu bewegen. Skeptisch sehe ich um mich. Gerade erst hat es geregnet. Der Geruch von feuchter Erde liegt noch in der Luft. Nebel umhüllt das letzte kraftvolle Strahlen der späten Sonne. Es ist ein unglaubliches Schauspiel. Jedes Mal. Und doch gerade jetzt, an dieser Stelle, ist es mehr als schaurig.

Langsam setzen sich meine Beine in Bewegung.

»Len! Komm her, schnell!« Elenas Stimme unterbricht meinen Taumel. Sie klingt schrill und aufgebracht.

Ich erkenne sie unterhalb des Flügels. Eine Art Verschlag ist dort eingerichtet, wie ich aus der Nähe entdecke. Eine Höhle aus Blättern und Wrackteilen. Ich lasse mich zu ihr hinuntergleiten.

Sie sieht mich an, als wäre sie soeben einem Außerirdischen begegnet. Dann wieder starrt sie an mir vorbei, oder durch mich hindurch. Dabei deutet sie wortlos auf die Stelle am Boden.

»Was ist los?«

»Das kann nicht sein, das kann einfach nicht …«, stammelt sie.

»Was?«

»Hier …«

An besagter Stelle ist der Boden trocken. Ein kleiner Rucksack steht dort. Der Unterschlupf ist regensicher.

»Hier hat sie gelegen.«

»Wer?« Ich sehe mich um.

»Louisa!«

Tatsächlich ist dies ein guter Ort, um eine verletzte Person zu versorgen. Nach wie vor aber habe ich große Zweifel an Elenas Story, *dieser Story*. Würde sie Louisa hier allein zurücklassen? Entschieden: NEIN(!), das würde sie nicht.

»Sie ist weg. Ihre Leiche ist weg. Sie lag hier. Genau hier. Ich fantasiere nicht!«

»Aber wie kann denn jemand von hier verschwinden, denk doch mal nach! Hier ist doch niemand außer uns«, lasse ich durchblicken, dass ich ihre Aussage nicht ganz ernst nehme.

»Eben.« Elena starrt an mir vorbei.

»Nicht eine Menschenseele. Oder meinst du, noch jemand hat den Absturz überlebt?«

»Nein, ausgeschlossen«, antwortet sie gleich.

»Wie soll dann eine Leiche verschwinden? Sie wird sich wohl kaum über Nacht zersetzt haben.«

»Ich habe dir doch erzählt …«

»Jetzt komm nicht wieder mit deinen Schauergeschichten. Gegen Abstürze gesegnete Sitze. Willst du wirklich dein Schicksal in die Hände irgendeines Vodoo-Spinners legen? Elena, *por favor!*«

Ich ernte einen überaus vorwurfsvollen Blick.

»Ich meine nur«, relativiere ich meine Worte, »mein purer Menschenverstand würde sich sträuben. Vielleicht waren die drei Typen Drogendealer. Aber sie haben sicher nicht voraussehen können, dass die Maschine abstürzen würde. Damit haben sie dich manipuliert. Und was ist mit diesem Armband, wo hast du es denn? Hast du es überhaupt getragen?«

»Ich habe es vor der Essensverteilung abgelegt.«

»Dann kann es ja keine Rolle gespielt haben. Also kein Zauberarmband.«

»Und das hier?« Sie deutet erneut auf den Boden.

»Auch dafür gibt es eine logische Erklärung. Wer weiß, wo wir hier sind. Irgendwo müssen Menschen sein. Zivilisationen. Vielleicht hat sie tatsächlich jemand entdeckt und wollte Hilfe leisten.« Ich sage das nur, um irgendwie auf sie einzugehen.

»Seitdem wir hier abgestürzt sind, bin ich nicht einer Menschenseele begegnet. Du etwa?«

»Nein. Dann hat eben ein Tier sie weggezerrt.« In Gedanken verdrehe ich die Augen.

»Deswegen lag sie hier, an dieser Stelle.«

»Was weiß denn … Wir wissen es nicht! Wir waren nicht die ganze Zeit über hier. Jede Spekulation ist nichts weiter als … eben Spekulation.«

Ich steige bereits wieder aus dem Verschlag, setze mich irgendwo auf einen Teil des gebrochenen Flügels, starre auf meine Füße und das Gewimmel von Ameisen.

Was denkt Elena von mir, geht es mir plötzlich durch den Kopf. Hält sie mich für einen Feigling, einen Ignoranten? Irgendwie ist wohl was dran, sollte sie wirklich so denken. Angesichts unserer Situation, fühle ich mich eingeschränkt in meiner Handlungsfähigkeit. Eine vollkommen fremde, ungewohnte Situation. Ich merke, dass ich allmählich an Grenzen stoße. Und dabei bin ich nicht sicher, was genau mich mehr irritiert: die Tatsache im Regenwald eingeschlossen zu sein – oder auch nur Elenas Anwesenheit. Natürlich bin ich froh, einen Menschen bei mir zu haben, nicht allein zu sein. Dann wieder habe ich das Gefühl, nicht zu wissen, wie ich mit Elena umgehen soll. Sie ist permanent da. In der Vergangenheit konnte ich entscheiden, wenn es genug war, wenn ich einer Frau überdrüssig wurde.

Oft aber nehme ich sie nicht einmal als Frau wahr – weil wir in derselben Situation stecken. Andererseits beschäftigt mich gerade diese Tatsache. Elena verfügt, für wie schwach ich sie auch anfänglich gehalten habe, über entschieden mehr Mut und Ausdauer. Ich habe fast das zuversichtliche und zugleich unangenehme Gefühl, dass sie es sein wird, die uns hier rausholt. Und das wiederum zerrt an mir. Ich sehe meine Rolle in Frage gestellt. Tatsächlich bin ich nach Südamerika gekommen, um anzupacken, um zu helfen. Jetzt aber, in dieser Ausnahmesituation, bin ich auf Hilfe angewiesen, auf *ihre* Hilfe.

Elena erscheint wieder an der Oberfläche. Sie hat sich Louisas Handgepäck-Rucksack über die Schultern gestreift. »Ich nehme ihn mit«, erklärt sie.

Ich möchte etwas entgegnen, verkneife es mir aber. Sie klettert bereits wieder vom Flugzeugwrack herunter.

Nach einer Weile folge ich ihr.

Stumm laufen wir hintereinander her. Auf einer Höhe, hole ich sie ein. Ohne ein Wort gehen wir nebeneinander weiter. Unauffällig betrachte ich sie dabei von der Seite.

Elena wirkt auf mich durchaus ziehend. Es ist diese Selbstverständlichkeit, die manchmal von ihr ausgeht. Als könne sie das alles nicht schocken. Ich weiß, dass es nicht so ist, denn gerade noch, beim Feuer, habe ich die *andere* Elena gesehen.

Es ist bereits dunkel, als wir unser Zelt erreichen. Ich sehe meine zarte Begleiterin sich geschickt durch das Gebüsch schlagen. Sie kennt den Weg auswendig, was mein Glück ist. Ich hätte mich zu dieser Tageszeit vermutlich verlaufen.

Es dauert nicht lange, bis Elena, nachdem sie sich die Zähne an der Wasserstelle geputzt und noch einen Schluck Wasser getrunken hat, ins Zelt und in ihren Schlafsack schlüpft. Kurz darauf ist sie auch schon eingeschlafen.

Ich dagegen liege wach, wälze mich unruhig hin und her. Elenas Gegenwart, so sehr sie gerade noch im Zentrum gestanden hat, ist plötzlich Nebensache. Die Frage, wie es weitergehen soll, beschäftigt mich auf einmal mehr. Wir müssen hier weg, denke ich. Wenn tatsächlich eine Leiche verschwindet, gibt es Möglichkeiten. Wir dürfen nicht länger einfach nur unsere Zeit mit Warten totschlagen. Warten auf Rettung, die nicht kommt.

Mein Blick gleitet zu dem kleinen Lederrucksack, der neben Elenas Kopf am Boden liegt. Vorsichtig ziehe ich ihn zu mir heran, öffne ihn. Meine Hand tastet zur Taschenlampe, neben meinem Schlafsack. Ich knipse sie an, um das Innere des Rucksacks zu beleuchten. Er beinhaltet die üblichen Dinge, die Frauen mit sich tragen. Ein Buch. Das Buch, das Louisa im Flieger gelesen hat. Ein kleines Schminktäschchen, ein Portemonnaie mit ihrem Pass, ein Notizbuch, ein Kugelschreiber und sonstiges Kleinzeug wie Boardingcard, Eintrittskarten, Zuckertütchen. Nicht wirklich interessiert, schlage ich ihr Notizbuch auf. Auf den ersten Blick sieht es so aus, als würde sie ihre Reiseandenken darin aufbewahren. Bustickets, Postkarten, Fotos, Zeichnungen. Dazwischen auch ein paar Notizen mit Datum. Sie ist erst seit einem Monat in Chile. Am 1. Februar ist sie in Santiago angekommen. Offenbar mit ihrem Freund. Beide haben ein Praktikum in Santiago absolviert, wie ich ihren Notizen entnehme. Sie arbeitet in einem Kinderheim, er bei einem Sender. Sein Name ist Andreas. Sie nennt ihn Andi. Louisa und Andi. Ein Auslandspraktikum mit Folgen, denke ich. Ob Andi bereits weiß, dass seine Freundin Louisa niemals zurückkommen wird?

Und wie steht es mit mir, schweife ich plötzlich bei diesem Gedanken ab. Gibt es jemanden, der sich an mich erinnert, der mich vermissen könnte? Wenn ich an Valparaíso denke, kommt mir außer meinem Chef und den Kollegen niemand in den Sinn. Und was war in Deutschland? Wer hat mich zum Flughafen gefahren? Wer hat mir in der Zeit, die ich jetzt bereits in Chile verbringe, E-Mails oder Briefe geschrieben? Hat mir überhaupt irgendjemand geschrieben?

Alles ist weit weg. Alles, was zeitlich vor Chile liegt. Unbegreiflicherweise kommt mir nicht ein Gesicht, nicht ein Name in Erinnerung. Als gäbe es kein Vorleben. Als wäre alles ausgelöscht.

Erstarrt über diese Erkenntnis, greife ich wieder zu Louisas Reisenotizen. Ich blättere vor zu einem Datum, knapp vor der Abreise nach La Paz und lese:

Ricardo möchte, dass ich nach La Paz reise. Andi ist wenig begeistert davon. Er meint, es wäre nicht ungefährlich und ist fast ein bisschen panisch. Mir ist nicht klar warum. Ich soll ein bolivianisches Kinderheim besichtigen. Sie wollen eine Kooperation eingehen, ein Austauschprogramm. Interkultureller Dialog. Das klingt für mich okay. Mein Flug geht morgen früh. Ricardo hat mir einen Umschlag mitgegeben. Ich weiß nicht, was sich darin befindet, habe ihn auch noch nicht geöffnet. Man vertraut mir. Andi findet das alles mehr als fraglich. Ständig ist er misstrauisch, übertreibt. Seit seinem letzten Beitrag für den Sender, wittert er überall korrupte Machenschaften ...

Dort brechen ihre Notizen ab. Ich blättere weiter, suche nach einer Stelle, an der sie den Umschlag noch einmal erwähnt. Aber nichts. Ist es ein kleiner Umschlag? Ein Großer? Wenn sie ihn tatsächlich bei sich hatte, muss sie ihn in ihre Reisetasche gesteckt haben, sofern sie überhaupt eine Reisetasche oder auch noch einen Rucksack bei sich hatte. Ich schlage das Notizbuch zu und lege mich hin. Eine Weile geht mir das Gelesene noch durch den Kopf. Dann schlafe ich ein.

SIEBEN

Ein leises Zischen reißt mich aus dem Schlaf.
»Sei still!«, höre ich Elenas Stimme neben mir. »Ich glaube sie ist giftig. Es ist eine kleine Grüne.«

Sie legt den Finger auf die Lippen.

Ich warte einen Moment lang ab, bin zu verschlafen um über Schlangen nachzudenken. Sicher ist der Wald voll davon.

Dann höre ich Regentropfen auf das Zelt tropften. Vorsichtig ziehe ich den Zeltreißverschluss hoch, spähe ins Freie. Elena streift sich gerade ein anderes T-Shirt über. Sie schüttelt ihre dunkelbraunen Locken.

Vorsichtig taste ich über den Boden vor dem Zelt. Ich bekomme nur noch das Ende der Schlange zu sehen, wie sie durch das hohe Gras davonhuscht.

Aus einer Plastiktüte, in der Elena Wäsche für uns lagert, ziehe ich ein Handtuch, werfe es mir über die Schulter und schlendere das kurze Stück bis zur nächsten Wasserstelle. Der Regen hat wieder aufgehört. Die vielen kleinen Seitenarme eines größeren Stroms, vielleicht des Amazonas, haben sich über Nacht mit Schlamm gefüllt. Dennoch findet man immer irgendeine Stelle, an der man einigermaßen baden und sich waschen kann. Ich genieße das Erwachen der Natur. Das Zanken der Brüllaffen, das Flattern der bunten Falter.

Eine halbe Ewigkeit verschwende ich mit Waschen und im Wasser planschen.

Als ich mich auf den Rückweg mache, entdecke ich Elena. Sie badet an einer anderen Stelle des Flusses, wäscht sich das Haar. Fasziniert sehe ich ihr eine Weile zu, hocke mich ins Gras, um sie unbemerkt zu beobachten. Dabei bewundere ich heimlich ihren festen Körper, ihre kleinen runden Brüste, ihre schlanken Arme, die sich beim Waschen vor und zurück bewegen. Das Wasser lässt ihre gebräunte Haut wie Seide schimmern.

Ich wende mich ab, schlürfe zum Lager zurück.

Dort angekommen, entdecke ich, dass sie bereits ein kleines Feuer entfacht und dieses durch Steine geschützt hat, damit es nicht ausbricht. Die Flamme ist noch klein.

Ich lege Holz nach, damit es nicht ausgeht.

Im Topf auf der Flamme ist etwas Wasser. Daneben liegen Cracker, Nüsse. Unsere tägliche Notration. Gelegentlich sammeln wir essbare Pflanzen. Regenwürmer und Heuschrecken hat sie mir schon serviert. Ich habe mich geweigert. Dabei gelten diese Dinge in manchen Ländern als Delikatessen.

Ich setze mich auf die ausgebreitete, löchrige Decke mit dem Logo der Fluggesellschaft, zerteile einen Cracker und betrachte die Blüten einer essbaren Pflanze. Irgendwann kommt Elena dazu, setzt sich neben mich.

»Wir sollten uns etwas zum Unterstellen bauen, für die Wäsche. Der ständige Regen lässt es kaum zu, dass die Wäsche trocknet.«

Ich murmele irgendetwas Unverständliches vor mich hin. Elena nimmt das Wasser von der Feuerstelle, gibt löslichen Kaffee hinein, ebenfalls aus dem Reservoir der Fluglinie, und reicht mir den Becher. Wortlos trinken wir chilenischer Instant.

»Hatte sie einen Koffer bei sich?«, frage ich, mich an unseren gestrigen Ausflug erinnernd.

»Wen meinst du?«

»Louisa.«

Elena zuckt mit den Schultern. »Ich habe nicht auf die Namen der Gepäckstücke geachtet.«

Ich überlege, ob ich Elena von der Reisenotiz erzählen soll, entscheide mich aber dagegen.

»Suchst du etwas Bestimmtes?«, fragt sie nach einer Weile, als hätte sie meinen Gedanken erraten.

»Nein. Ich dachte nur. Vielleicht gibt es eine Adresse darin. Immerhin hat sie noch gelebt.«

»Du meinst, wir sollten uns mit ihren Angehörigen in Verbindung setzen, sobald ...« Sie bricht den Satz ab.

»Sobald wir gerettet sind, wolltest du das sagen?«

»Gerettet sind wir bereits.«

»Nur weiß niemand von uns.«

Bei meinen Worten hat Elena eine Träne im Auge. Sie musste sicher gerade an Ramón denken, ihren kleinen Sohn. Wenn sie nicht ohnehin jede Sekunde an ihn denkt. Schnell wischt sie die Träne weg.

Ich berühre ihre Hand. Spontan lege ich den Arm um sie.

»Er hat dich nicht vergessen«, beruhige ich sie. »Wie könnte er seine Mama vergessen.«

»Er ist noch ein Kind.«

Während ich Elena im Arm halte, überkommt mich plötzlich eine tiefe Zärtlichkeit für meine Begleiterin. Gestern erst hatte ich sie bewundert, sie fast als Bedrohung gesehen – sie und ihren Mut. Gerade aber wird mir bewusst, dass Mut eine äußerst fragile Angelegenheit ist. Wir sind definitiv keine Helden, nur weil wir überlebt haben. Im Gegenteil. Mutlos würde ich unser Dahinvegetieren fast bezeichnen. Wir wagen es nicht das Flugzeugwrack zurückzulassen, weil es uns – wie wir denken – das Überleben sichert. Doch wie lange noch.

»Wir sollten weg von hier. Möglichst bald, bevor die Vorräte komplett aufgebraucht sind. Rettung kommt ohnehin nicht mehr. Sie hätten den Absturzort längst lokalisiert – zumindest grob. Lass uns noch einmal zum Flugzeugwrack gehen. Ein letztes Mal«, schlage ich vor. »Vielleicht finden wir noch irgendwas. Einen Kompass, eine Karte.« Dabei denke ich auch an den geheimnisvollen Umschlag.

»Hmn«, entgegnet sie nur.

»Dieses Dahinvegetieren macht depressiv. Die Absturzstelle ist mittlerweile gut zugewachsen, und dass man aus der Luft noch etwas erkennt, wird immer unwahrscheinlicher. Es ist bislang niemand gekommen um uns zu retten, und es wird auch niemand mehr kommen. Wir sollten uns keine Illusionen machen und unser Schicksal selbst in die Hand nehmen. Ich bin wieder fit und wir haben ein Zelt, das zumindest noch ein paar Tage übersteht. Unter Umständen sogar noch Wochen.«

»Gut«, stimmt sie mir zu und befreit sich aus meinen Armen.

Als wir das Wrack erreichen, fängt es wieder an zu regnen. Elena klettert bereits auf den abgebrochenen Flügel. Sie will sich noch einmal davon überzeugen, dass dort keine Leiche mehr liegt.

Ich schlage mich derweil zur anderen Seite des Wracks durch. Elena hat herausgefallene Koffer und Taschen an einer Stelle angehäuft. Ihnen hat sie die Dinge entnommen, die wir täglich verwenden. Einige Gepäckstücke sind noch verschollen oder völlig zerfetzt und unbrauchbar.

Ich gehe die aufgestellten Koffer und Taschen durch. Keiner sieht nach Louisa aus, zumindest auf den ersten Blick nicht. Vermutlich ist sie doch mit Rucksack gereist.

Hintereinander räume ich Metallteile, Plastik, Kabel und anderes Geröll beiseite, arbeite mich in die Tiefe vor. Dorthin, wo unter dem Schutt noch mehr begraben liegt. Es staubt und riecht gleichzeitig nach Schimmel. Ich halte mir die Hand vor die Nase.

Zwischen verbogenem Blech und kaputten Sitzen entdecke ich tatsächlich noch ein paar Rucksäcke. Ich stütze ich mich mit einem Bein ab, um mit aller Kraft die Rucksäcke herauszuziehen. Drei oder vier sind es. Nach ein paar Anläufen ist es geschafft.

Glücklicherweise sind sie noch einigermaßen intakt. Als ich alles ins Freie befördert habe, gehe ich die Sachen einzeln durch. Tatsächlich ist ein Modell dabei, das in Frage kommt. Ich suche nach dem Namensschild. Unter einem Plastikschutz finde ich noch die Reste eines Namens mit Kugelschreiber notiert. Es könnte Louisa Baumann geheißen haben – vorher – als man es noch einwandfrei lesen konnte. Der Rucksack ist aus khakigrünem, wasserabweisendem Material, nicht sonderlich groß. Ich nehme ihn an mich und bin gleichzeitig erleichtert, nicht weiter suchen zu müssen.

Als ich die anderen Rucksäcke gerade inspizieren will, sticht mir etwas Buntes am Boden ins Auge. Ich bücke mich, hebe es auf. Interessiert betrachte ich den gefundenen Gegenstand.

Es ist ein Armband, geflochten aus bunten Bändern. Dazwischen Federn, Perlen. Elenas Zauberarmband? Ich schmunzele und stecke es mir in die Hosentasche.

Als ich mich kurz suchend nach Elena umsehe, entdecke ich sie in Richtung des ehemaligen Cockpits klettern.

Erleichtert darüber, dass sie in der Nähe ist, wende ich mich wieder den Rucksäcken und deren Inhalten zu.

Meine Hand erkundet gerade das Innere eines Lederrucksacks mit indianischer Stickerei. Blut ist darauf. Getrocknetes Blut. Ich ziehe die Kleidungsstücke einzeln heraus. Wäsche, ein Minikulturbeutel im praktischen Trekkingformat, ein Stück Seife, ein Rasierset, eine verschimmelte Bananenschale ... Ich sortiere aus.

Zuletzt nehme ich mir Louisas Rucksack vor. Außer den üblichen Kleidungsstücken, stoße ich tatsächlich auf etwas Nützliches: eine Karte von Bolivien und Peru, ein Reiseführer. Sie wollte nach Machu Picchu, hatte vermutlich geplant ihre Besichtigung des bolivianischen Kinderheims mit einem Abstecher dorthin zu verbinden.

Aus dem Reiseführer fliegt mir ein Zettel mit einer Adresse entgegen. Die Adresse des Kinderheims? Möglich. Ich wühle weiter. Irgendwo muss der mysteriöse Umschlag sein ... nur wo?

Enttäuscht stelle ich den Rucksack schließlich ab, überlege. Dann wende ich mich erneut der Stelle zu, an der ich die Rucksäcke gefunden habe. Etwas könnte herausgefallen sein.

Aber nichts.

Noch einmal nehme ich mir den Rucksack vor, ziehe die Reißverschlüsse sämtlicher Seitenfächer auf, taste alles ab.

Ich stoße auf einen weiteren Gegenstand. Ein Ledermäppchen mit einem Band zusammengehalten. Ich klappe es auf und finde: ein Taschenmesser, eine Armbanduhr und – tatsächlich – einen Kompass! Perfekt, denke ich. Das kommt wie gerufen. Ich stecke alles ein.

Die Armbanduhr lege ich mir gleich um, denn wie ich freudig feststelle, funktioniert sie sogar noch. Sie hat den Absturz überlebt.

Vor mir liegt das Wrack. Die Vorstellung weiter ins Innere vorzudringen, behagt mir ganz und gar nicht. Der Gedanke lässt mich dennoch nicht los. Wo ist der Umschlag, von dem Louisa in ihren Reisenotizen schreibt und was befindet sich darin?

Meine Neugier auf das, was schließlich auch ganz harmlos und unbedeutend sein könnte, lässt mir keine Ruhe. Ich brauche Antworten. Irgendwelche. Oder auch – ganz simpel – eine Beschäftigung.

Ich lasse den Rucksack stehen und klettere auf die andere Seite des Wracks. Elena sagt, sie hätten die Toten mit Laub und Trümmern bedeckt. Ich denke nicht weiter darüber nach und zwänge mich zügig durch die kaum noch vorhandene Luke ins Innere der Maschine.

Die Hölle ist tatsächlich verstummt. Gestorben. Und sie ist in zwei Teile gebrochen.

Ich ertaste die magische Sitzreihe, wie es Elena indirekt ausgedrückt hatte. Ich weiß nicht, warum ich es tue, aber ich kann nicht anders. Etwas drängt mich. Es ist völlig absurd, irrational. Die Versuchung mich nochmal an die Stelle zu setzten, an der ... Ich muss verrückt sein.

Die drei Sitze sind tatsächlich erstaunlich gut erhalten. Warum?, frage ich mich. Warum hat es uns nicht erwischt?

Um mich herum ist überall Staub, trockenes Blut. Auch hier drängt die Natur sich herein. Spinnenweben, Ameisen, Schaben. Einen Moment lang durfte der Mensch das Gefühl auskosten, die Natur bezwungen zu haben. Langfristig aber hat er keine Chance. Durch den Bruch in der Mitte der Maschine, ist ein großes Loch entstanden, durch welches man den Himmel sieht … sah. Der Blick ist nicht mehr der gleiche, wie am Tag des Absturzes. Zweige und Blätter haben die Lücken gefüllt. Das Handgepäckfach ist heruntergestürzt. Wollte ich noch etwas finden, müsste ich am Boden im Schutt wühlen.

Und so mache ich es. Es ist schier absurd, aber ich suche. Ich suche tatsächlich ein verdammtes Stück Papier. Warum auch immer ich das tue, als ob mein verfluchtes Leben daran hinge.

Das Resultat ist ernüchternd: Auch am Boden finde ich nichts, was einem Umschlag gleicht.

Ich sinke zurück in einen der Sitze. Diesmal Louisas Sitz. Mein Blick fällt dabei auf die Netztasche. Gedankenverloren greife ich hinein.

Hinter den (erstaunlich gut erhaltenen) Prospekten der Fluggesellschaft ertasten meine Finger etwas, das sich wie ein Umschlag anfühlt. Ich ziehe das Gefundene heraus, und … tatsächlich! Es ist ein Umschlag. Ein Kleiner, ohne Namen, zugeklebt, mit Inhalt. Ich knicke ihn noch einmal in der Mitte und stecke ihn in meine Hosentasche.

Wenig später treffe ich auf Elena.

»Hast du was gefunden?«, frage ich.

»Kompass und Karte«, bestätigt sie, »und ein paar Kekse.« Sie freut sich wie ein Kind.

»Deine Lieblingskekse?«

Sie lacht.

»Meine Ausbeute sind Karte und Kompass.«

»Umso besser«, bemerkt sie und stopft sich einen Keks in den Mund.

»Wir haben es gar nicht so schlecht getroffen, was?«

»Gar nicht schlecht«, bestätigt sie.

»Lass uns zurückgehen zum Zelt und dann überlegen, was wir machen.«

Auf der Flamme steht schon wieder *mate*. Mate ernährt uns zu beinahe neunzig Prozent.

Elena hat die Karte im Gras ausgebreitet und studiert sie.

»Wenn wir von den Daten des Flugschreibers ausgehen, müsste die Maschine ungefähr hier abgestürzt sein.« Sie deutet auf eine Stelle auf der Karte. Dichter Wald befindet sich dort.

»Das ist ziemlich mitten drin. Der nächste Ort ...«

»Das können wir nur vermuten«, unterbricht sie mich.

»Wir sollten versuchen uns Richtung Cuzco zu orientieren. Von dort sind die Anschlüsse am besten. Warst du schon einmal dort?«, frage ich.

»Ja.«

»Dann würdest du die Strecke erkennen?«

»Den alten Inca Trail? Ich weiß nicht. Die Wege sind total ausgelastet. Wenn uns die ersten Touristenhorden umrennen, dann ... Aber das ist unrealistisch. Wir sind noch weit ab von den touristischen Pfaden. Und wir müssen uns für eine Richtung entscheiden. Vielleicht können wir uns an den Seitenarmen des Flusses orientieren.«

»Wir haben jetzt den Kompass. Also? Morgen? Morgen brechen wir auf.«

Elena bestätigt kopfnickend.

»Übrigens«, fällt mir plötzlich mein Fundstück wieder ein. Ich ziehe das bunte Armband aus meiner Hosentasche.

»*Das* gehört dir, stimmts?«

Überrascht sieht sie mich an. »Woher hast du das?«

Sie nimmt es zwischen ihre schmalen Fingern, streicht über die Federn. Eine Weile ist sie völlig versunken.

»Ich habs im Gras gefunden.«

»Ach …« Sie verschließt ihre Hand mit dem Armband darin. »Wir haben eine Aufgabe, Len«, überlegt sie. »Ganz sicher. Ich spüre das. Es kann doch kein Zufall sein, dass wir überlebt haben. Wer überlebt einen Flugzeugabsturz? Niemand. Das überlebt niemand! Der Mann, der sein Bein und andere Teile seines Körpers verloren hat. Im ersten Moment dachte ich: Es ist ein absolutes Wunder, dass er noch einen Moment lang gelebt hat, dass er sogar gesprochen hat. Er wollte nur wissen, ob dort noch irgendwer ist. Außer ihm. Aber was sind dann *wir*? Sind wir Geister? Nein, wenn ich dich in den Arm kneife«, sie kneift mich in den Arm, »dann spürst du das.«

»AUA!«, schreie ich. Vielleicht etwas übertrieben laut.

»Ich frage mich, ob es nicht nur ein Traum ist, oder wir halluzinieren. Ich möchte mir nicht vorstellen, wie es wäre zu erwachen und noch immer in diesem Albtraums zu stecken. Das Flugzeug ist abgestürzt und ich … ich bin eine Leiche. Alles wäre wahrscheinlicher als *das hier*. Ich denke oft, gleich wache ich auf, und dann merke ich, dass ich doch tot bin.«

Ich lache. Dabei fühle ich durchaus, was sie fühlt. »Du denkst unser Überleben ist eine Art Ultimatum. Wir können noch immer sterben. Sozusagen rückwirkend. Oder ganz einfach, weil wir nicht im Urwald überleben können. Wir sind zu zivilisiert.«

Tatsächlich habe ich von Zeit zu Zeit den Gedanken, mir wurde eine zweite Chance geboten. Ich kann etwas besser oder anders machen, quasi bei null anfangen. Das jedoch setzt mich unter Druck. Denn: Was, wenn ich wieder die gleichen Fehler begehe, wenn sich Dinge wiederholen, wenn ich meine – unsere – Chance verspiele?

In der Nacht wälze ich mich durch einen wirren Traum. Ich sehe Elena darin. Sie steigt nackt aus dem Fluss. Ich bin einen Moment lang wie versteinert von ihrem Anblick, ihrer kupferfarbenen Haut, bemerke meine eigene Nacktheit nicht gleich. Wir liegen unter freiem Himmel. Der Regen tropft auf unser Haar. Es ist warm, kalt.

Plötzlich jedoch – wir fallen. Unter uns, über uns. Alles ist schwarz. Der Himmel selbst ist ein Loch, das uns aufsaugt. Ich falle bei vollem Bewusstsein. Aber es kümmert mich nicht. Elena hält mich. Alles andere ist egal.

Plötzlich dann löst sie sich von mir, löst sich auf. Was folgt ist Stille. Ein Regenwurm hat sich um sein Hundertfaches vergrößert. Ich spüre Wasser an meinen Füßen. Kaltes Wasser. Der Fluss ist meine Rettung, denke ich. Leben pumpt durch meine Adern, Arme, Beine.

Wo ist Elena? Sie ist nicht mehr da. Elena.

Auf dem Höhepunkt des Traumes erwache ich.

Verwirrt drehe ich mich zur Seite. Dabei fällt mir Elenas Nacken in den Blick. Sie bewegt sich nicht. Ich höre ihren gleichmäßigen Atem, sie schläft. Meine Hand holt nach ihr aus, streicht sanft über ihr Haar. Ich bin unglaublich froh, dass sie da ist.

Vorsichtig ziehe ich meine Hand wieder weg, richte mich leise auf, um sie nicht zu wecken. Ich ziehe den Zeltreißverschluss hoch, zwänge mich durch die Öffnung ins Freie.

In der Dunkelheit suche ich nach dem Flussufer. Silbergrau schimmert es im Mondlicht. Es ist eine helle Vollmondnacht.

Spontan ziehe ich mich aus, lasse mich ins Wasser gleiten.

Ich muss über meinen Traum nachdenken. Die Vorstellung mit Elena eine aufregende Nacht zu verbringen ist verführerisch. Merkwürdig, dass ich diesen Gedanken bis jetzt nicht zugelassen habe. Dabei sind wir hier vollkommen allein. Die Möglichkeiten sind unbegrenzt.

Der Traum wirkt nach. Elena als Objekt meiner Begierde. Dabei schulde ich ihr Respekt. Respekt, natürlich ... Aber allein mit Respekt kommen wir uns nicht näher. Und das will ich plötzlich, ihr näher kommen. Auf eben diese eine Art, die ich seitdem wir hier gestrandet sind, nicht mehr erleben konnte. Die Schlange in mir ist erwacht – der Traum ist schuld.

Jeden Tag begegnen wir uns, als wäre es das normalste von der Welt. Wir essen gemeinsam, führen Gespräche, rätseln über unsere Zukunft. Wir sind durch *das hier* miteinander verbunden. Dabei haben wir noch andere Bedürfnisse.

Der Fluss hat mich ein ganzes Stück weiter getrieben. Ich halte mich jedoch am Ufer. Schatten tanzender Mücken schwirren um meinen Kopf. Der Wald hat Augen und Zähne ... scharfe, stumpfe, lange, giftige. Schilf und Lianen verknoten mir die Beine unter Wasser.

Man muss beim Schwimmen gelegentlich mit plötzlichen Stromstellen rechnen. Ich wage es daher nicht, mich vom Flussufer zu entfernen, ertaste immer wieder die Tiefe. An einer niedrigen Stelle hocke ich mich hin, sehe dem dahinfließenden Wasser nach.

Für einen Moment schließe ich auch die Augen, wippe dabei mit dem Kopf auf der Wasseroberfläche, treibe ...

Hinter mir raschelt es plötzlich im Gebüsch. Benommen fahre ich herum – nicht unbedingt schnell. Jedes Raubtier hätte genug Zeit gehabt.

Natürlich bin ich hier nie allein. Nicht einen Augenblick. Wer weiß, was gerade jetzt neben mir hockt. Ein schlafender Alligator. Die meisten wilden Tiere sind scheu. Aber was weiß ich schon von Botanik oder Zoologie?! Nichts. Oder nicht wirklich viel.

Der schwarze Nebel aus surrenden Insekten folgt dem Fluss des Wassers. Ich sehe nichts, döse nur, genieße die Abkühlung. Ich bemerke *sie* nicht. Zumindest nicht gleich.

Im ersten Moment erscheint sie mir wie ein Geist. Ein übersinnliches Wesen in einem hauchzarten, transparenten Nachthemd. Ein Fabelwesen ... Gibt es Elfen? Vielleicht ist sie eine Mischung aus Tier und Traum.

Ich reibe mir die Augen. Langsam erkenne ich deutlicher, was ich gerade nur vage wahrgenommen habe.

Sie ist es. Es ist tatsächlich Elena, die wie eine Schlafwandlerin zum Wasser taumelt. Ihre Haare wehen im Nachtwind – ihre vollen dunklen Locken. Bemerkt hat sie mich offenbar noch nicht. Ihre Arme gleiten ins Wasser, dann ihre nackten Beine ... grazil wie ein Flamingo. Sie geht ein paar Schritte, bleibt wieder stehen und sieht in meine Richtung.

Ich tauche vorsichtig unter Wasser, bilde mir ein, nicht bemerkt worden zu sein. Es ist viel zu dunkel. Ich versuche mich von den Unmengen herumschwimmenden Grünzeugs zu befreien. Krabbeltierchen erobern meine

Schultern, verteilen sich in alle Richtungen – wie eine ausscherende Armee. Keine Chance zu entkommen. Ich bin dem ausgeliefert.

Noch immer starre ich zu Elena, halte die Luft an, damit mein Atem mich nicht verrät.

Sie zieht ihr Hemdchen aus – tatsächlich ist es ein weißes, etwas zu groß geratenes T-Shirt – und steigt jetzt vollständig ins Wasser.

Ich bewege mich nicht vom Fleck.

Ihr Körper ist jetzt eins mit dem Wasser. Ich beobachte sie, als wäre sie irgendein Phänomen, ein Wesen von einem anderen Planeten. Dabei ist *sie* es, Elena.

Ich drücke mich noch tiefer ans Flussufer, tauche fast mit dem Kopf ins Schilf.

Sie weiß, dass ich hier bin, denke ich. Sie muss bemerkt haben, wie ich das Zelt verlassen habe und ist mir gefolgt.

Als ich ihren Körper nur noch wenige Meter von mir entfernt wahrnehme, tauche ich wieder unter Wasser. Es ist dunkel um mich herum. Die Dunkelheit hat verschiedene Nuancen, welche mal ins Rötliche, mal ins Grünliche gehen. Der Fluss kennt unendlich viele Farben. Elena und ich sind ein Teil davon.

Was jetzt im Wasser passiert, gleicht einer Fortsetzung meines Traums. Elena hat meinen Traum betreten, lässt ihn real werden. Ich bezweifle mittlerweile nicht mehr, dass sie ganz genau weiß, an welcher Stelle des Flusses ich mich befinde. Sie handelt berechnend.

Ich schnappe nach Luft, tauche erneut unter, spüre sie auf mich zu kraulen. Dabei stelle ich mir vor, wie das Wasser von ihren Armen und Schultern perlt ... bei jeder Bewegung.

Ich tauche auf und erneut unter, tiefer. Im selben Moment, als meine Hände nach ihr ausholen, meine Finger ihre Hüften berühren, spüre ich wie sie ihre Beine um meinen Körper schlingt. Sie reißt mich mit sich, so dass wir zusammen weitertreiben. Ihre Haare kleben auf meinem Gesicht, Strähnen mit Flusswasser getränkt.

Wir treiben einfach dahin. Ohne ein Wort. Zwei Liebende.

Dann plötzlich taucht ihr Gesicht unmittelbar vor mir auf. Der Mond strahlt in einem Augenblick, zeitgleich mit ihren Augen, die mich wie zwei Kristalle – oder auch wie die eines bittenden Kindes ansehen.

Intuitiv ziehe ich sie an mich, bedecke ihr Gesicht mit Küssen. Ich muss sie einfach küssen. Immer wieder. Sie lässt es geschehen. Ihr Körper bewegt sich im Wasser, als wäre es ihre natürliche Umgebung.

Unser Liebesspiel unter Wasser beginnt wie ein Versteckspiel. Suchen, finden ... Alles läuft in Zeitlupe, steigert sich langsam. Und dauert dabei beinahe die ganze Nacht hindurch. Wann habe ich jemals eine Frau im Wasser geliebt, und vor allem, wäre es derart intensiv gewesen?

Gegen Morgen schlummern wir am Flussufer ein. Glücklich, tief befriedigt – und vollkommen ahnungslos, dass mit dem heranbrechenden Tag alles ganz anders werden würde.

ACHT

Nachdem der Morgen mich freundlich mit einem Kitzeln in der Nase geweckt hat, bin ich wieder eingeschlafen. Die Sonne liegt bereits auf der Höhe der Büsche, als ich mich benommen aufrichte und realisiere, wo ich bin. Ich liege noch immer am Flussufer. Die vergangene Nacht ist noch nah, und doch fühlt es sich so an, als läge sie bereits unsagbar weit entfernt.

Die erste Tatsache, die mich zu dieser Erkenntnis bringt, ist der Umstand, dass Elena nicht da ist. Es ist nicht unbedingt ungewöhnlich, dass sie nicht neben mir liegt. Ungewöhnlich ist eher, dass sie mich bis jetzt nicht geweckt hat.

Ich suche mit konzentriertem Blick das Flussufer ab, entdecke sie jedoch nirgends.

Noch immer schlaftrunken, reibe ich mir die Augen, versuche mich zu erinnern, ob sie neben mir eingeschlafen ist. Der Moment ist weg. Vermutlich bin ich vor ihr eingeschlafen.

Eine Weile starre ich geistesabwesend vor mich hin, konzentriere mich auf das, was die vergangene Nacht in mir hinterlassen hat. Ich habe alles wie im Rausch erlebt …

Und jetzt? Warum erwache ich mit dem unguten Gefühl, dass etwas nicht stimmt. Etwas hat sich verändert – weit über die Tatsache hinaus, dass die Liebesnacht bereits Vergangenheit ist.

Ich betrachte den Himmel. Es sind die gewohnten Farben. Dasselbe Licht, zu den um diese Tageszeit üblichen langen Schatten der Bäume. Alles scheint mir normal, wie immer.

Und doch. Eine unterschwellige Wahrnehmung lässt mich plötzlich herumfahren. – Wo ist das Zelt? Es ist nicht da.

Beunruhigt stehe ich auf, gehe zu der Stelle, an der es gestanden hat, befühle den Boden. Relativ trocken ist es dort. Das Zelt wurde gerade erst abgebaut. Was ist hier los?

Verwirrt haste ich weiter, schlage mich ein kurzes Stück durch das Gestrüpp, tiefer in den Regenwald. Auf einer Höhe verharre ich, hocke mich hin und horche auf die Geräusche. Ist da ein Mensch zu hören, zwischen all den *anderen* Stimmen des Waldes? Irgendwo muss jemand sein.

Mit einer etwas zu abrupten Bewegung fahre ich hoch. Dabei habe ich das Ende eines größeren Astes übersehen. Mit unerwarteter Heftigkeit trifft er mich am Kopf.

Reisemomente

*Mein Leben bis hierher war und ist eine Achterbahnfahrt. Die
Dinge, die ich verbockt habe ... ich möchte mich nicht in Details
verlieren – das erspare ich dir.*
*Wenn du mir vorwirfst, ich würde nicht auf mich achtgeben, liegst
du richtig. Das hier ist ein einziges Beispiel meiner Unfähigkeit etwas zustande zu bringen. Einerseits.*
*Andererseits: Wenn du mich jetzt sehen könntest, würdest du ver-
mutlich kaum glauben, dass ich es bin. So gut habe ich lange nicht
ausgesehen. Ausgeschlafen, braun gebrannt. Das ausgeglichene
Schaukeln, das der Bus, in dem ich sitze, unter mir erzeugt, unter-
streicht diese Tatsache. Man sagt Reisen sei eine Art Medizin ...*
*Wir fahren Richtung Süden. Eine lange Reise liegt vor mir. Und
etliche Zeilen. Ich habe mir einiges vorgenommen. Du bist mein
Zeuge.*
*Was ich mir vorgenommen habe ist: Ich möchte diesen Teil meines
Lebens aufschreiben: meine Geschichte. Eine Geschichte nur für
mich. Für dich.*
*Begonnen hat alles an dem Tag, an dem es diesen einen Absturz
gab. Alles was danach geschah und noch geschieht, ist ein unglaub-
licher Trip ... vollständig unberechenbar. Aber lies selbst. Du sollst
mit Spannung diese Zeilen lesen. Es ist erst der Anfang.*
*Das Notizbuch in meiner Hand habe ich gerade in einem Laden
gekauft. Die Verkäuferin hatte kurzes, schwarzes Haar und sehr
große Augen mit dichten dunklen Wimpern – fast wie Elena –, die
bei ihrem Augenaufschlag flatterten wie kleine Schmetterlingsflügel.
Ich erinnere mich immer sehr intensiv an Gesichter und Gesten. Namen verschwinden aus meinem Gedächtnis.*

Der Stift, den ich zu dem Notizbuch gekauft habe, ist ein Füllfederhalter. Klassisch, mit blauer Tinte. Ein Utensil, das ich normalerweise nicht gebrauchen, sondern nur irgendwo aufbewahren würde – etwa in einem Lederetui. Einige Zeilen und eine undefinierbare Zeitspanne, müssen beide jetzt herhalten, Notizbuch und Tinte. Dazu meine sprunghafte Entscheidungsfreude, meine dumme Angewohnheit, mich ständig zu korrigieren und mehrere Gedankengänge gleichzeitig zu gehen. Bei allem, was ich mache.

Wofür soll ich mich entscheiden: Vergangenheit? Gegenwart?

Es ist eigentlich keine lange Überlegung. Warum auch. Meine Zeit ist kostbar.

Ich packe Notizblock und Tinte weg, krame mein Laptop hervor. Meine Entscheidung ist rein praktisch gefällt. Ich wähle die Gegenwart.

CUZCO

EINS

Ich weiß nicht, wie lange mein Dämmerzustand angedauert hat. Als ich wieder zu mir komme, hat sich meine Umgebung verändert. Warum sie sich verändert hat, frage ich mich natürlich. War ich bewusstlos? Gab es einen Zeitsprung? Wenn ja, habe ich ihn verpasst.

Etwas jedoch kommt mir in Erinnerung: Stimmen, Menschen. Ein Hubschrauber? Etwas in der Art muss es gewesen sein. Das alles aber ist gerade nicht greifbar, und ich bin einfach nur *hier*, nehme meine Situation an. Was bleibt mir auch anderes übrig.

Ich befinde mich in einem spärlich eingerichteten Zimmer. Steriles Ambiente. Ein Krankenbett in einem Krankenhaus? Schräg mir gegenüber steht ein weiteres Bett. Es ist leer. Vielleicht hat jemand darin gelegen. Elena?

Ich trage nur Boxershorts. Mein Oberkörper ist nackt. Wo ist meine Kleidung und wer hat mich ausgezogen?

Als ich versuche mich aufzurichten, spüre ich den dröhnenden Schmerz hinter der Stirn, im Nacken. Ich verharre, konzentriere mich auf die unbekannte Umgebung. Dann richte ich mich erneut auf. Schon wieder Schwindel. Ich warte ab, bis mein Zustand sich stabilisiert.

Neben meinem Bett, auf einem weißen Holztischchen, stehen ein Pillenbehälter, Wasserflasche, Verbandszeug. Von irgendwo dringt ein Lichtstrahl ins Zimmer. Ich drehe mich in die Richtung, aus der ich die Sonne spüre.

Tatsächlich entdecke ich, hinter meinem Bett, ein Fenster. Das Licht blendet mich. Nach und nach aber gewöhnen sich meine Augen daran. Hinter dem Fenster liegt eine Art Garten. Darin wuchern Pampasgras und *Mesquite*. Ein Holzzaun, rostbraun gestrichen, der offenkundig das Grundstück eingrenzt. Dahinter die Straße. Ich höre Fahrzeuge, Hupen. Ich bin in einer Stadt.

Das Klopfen an der Tür, lässt mich herumfahren. Die Tür öffnet sich, ohne dass ich auf das Klopfen reagiert hätte. Ein Mann tritt ein, kommt auf mich zu. Schwammig erkenne ich seine Umrisse.

»Ah Señor, Sie sind wach. Das ist gut«, kommentiert er meine Verfassung.

Er ist mittelgroß, schlank. Dem Aussehen nach Mestize, er trägt Brille und einen weißen Kittel. Vielleicht ein Mediziner oder Arzt. Er lehnt sich über mein Bett, legt sein Stethoskop an, will mir das Herz abhören. Ich leiste keinerlei Widerstand.

»Es geht Ihnen besser«, sagt er dann, in unerwartet sauberem Englisch.

Woher will er das wissen? »Was ist passiert? Wo bin ich?«

»*Relájese*«, mahnt er mich, Ruhe zu bewahren.

Nachdem er sich überzeugt hat, dass gesundheitlich alles mit mir in Ordnung ist, legt er das Stethoskop beiseite.

»Sie sind in Cuzco, Peru.«

»Ach … Und wie bin ich hier hergekommen?«

»Mit einem Helikopter.«

»Allein? Ich meine, war da eine Frau bei mir?«, frage ich nach Elena.

Er dreht sich etwas weg, inspiziert das Pillendöschen.

»Eine Frau? Nein. Sie sind der einzige Überlebende eines Flugzeugabsturzes. Das ist ein Wunder. Erstmal, dass Sie überlebt haben, und dann, dass man Sie überhaupt gefunden hat. Der Regenwald ist wildes, undurchdringliches Terrain. Nur mit modernster Technik gelingt es da, ein Flugzeugwrack zu orten. Und die haben wir hier nicht.«

Ich habe keine Ahnung, wovon er spricht. Das Ganze ist schon zu lange her. Hat er die Zeit zurückgedreht, oder redet er wirklich von einem Absturz, der bereits Wochen, Monate ... zurückliegen muss, oder noch länger. So fühlt es sich an.

»Wer ...«, stammele ich und versuche einen logischen Zusammenhang herzustellen, »... wer hat mich denn gefunden?«

»Einheiten der Armee, Bundesgrenzschutz. Sie wurden im Grenzgebiet zu Brasilien aufgelesen.«

»Und ich war ganz sicher allein?«

Er sieht mich an, als würde ich in einer für ihn unverständlichen Sprache, eine noch unverständlichere Frage stellen.

»Mutterseelenallein.«

»Aber es gab noch eine Überlebende des Absturzes«, beharre ich, »Elena Arevalo, die Flugbegleiterin.«

Er schüttelt mitfühlend den Kopf. »Sie haben ein Trauma durchlebt, Señor Krupp. Lassen Sie sich Zeit und ruhen Sie sich noch eine Weile hier aus. Man wird sich um Ihre Rückreise nach Chile kümmern.«

Er dreht sich bereits zur Tür, macht Andeutungen den Raum verlassen zu wollen.

Von einer plötzlichen Panikwelle erfasst, will ich noch etwas hinter ihm herrufen. Meine Stimme versagt jedoch.

Als er draußen ist, kann ich nicht umhin erneut meine nähere Umgebung zu inspizieren. Bin ich wirklich in einem Krankenhaus? Warum werde ich das Gefühl nicht los, dass etwas hier nicht stimmt. Man versucht mir einzureden, die Zeit im Regenwald wäre fiktiv und nur ich hätte das Flugzeugunglück überlebt. So deute ich das Verhalten des Arztes. Wenn er denn wirklich ein Arzt ist.

Elena war nicht da, nach *dieser* Nacht. Ich erinnere mich schwach daran, dass ich sie am Morgen danach gesucht habe.

Vorsichtig hieve ich ein Bein aus dem Bett. Ich stütze mich dabei an der Wand ab. Wieder fühle ich, wie sich alles um mich herum dreht. Schnell hole ich nach dem Stuhl aus, der unweit des Bettes steht und halte mich daran fest. Langsam ziehe ich mich hoch. Der Schwindel lässt etwas nach. Ich komme problemlos auf die Beine, kann mich einigermaßen normal fortbewegen. In einer Ecke des Zimmers entdecke ich meinen Rucksack.

Ich greife danach, durchsuche meine Sachen. Mein Pass, meine Kleidung, Waschzeug, sogar mein Portemonnaie mit Geld und Kreditkarte – alles noch da. Ich ziehe es heraus, breite sämtliche Gegenstände auf dem Boden aus. Louisas Reisetagebuch fällt mir ebenso entgegen. Und noch etwas: das Armband, Elenas Armband.

In dem Moment, als ich es zwischen meinen Fingern spüre, weiß ich ganz sicher, dass alles echt war. Der Absturz, der Urwald, die Zeit mit ihr. Unsere Liebesnacht.

Meine Hände zittern, als ich diesen letzten Gedanken fasse und mir das Armband umlege, Elenas Armband. Es ist das Mindeste, was ich gerade von ihr habe.

Mein Blick geht aus dem Fenster. Der Wind bewegt die trockenen Äste der Bäume. Wie schnell sich alles ändern kann. Warum sollte ich gleich nach Chile zurückkehren, will man mich loswerden? Was ist im Wald passiert? Ich wurde doch nicht einfach *gefunden* und gerettet. Und darüber hinaus habe ich das Gefühl unter der Einwirkung von Medikamenten zu stehen, der Schwindel ...

Beunruhigt durchwühle ich erneut meine Kleidung. Die Hose, die ich trug, als Elena und ich das Wrack inspizierten, kommt mir in die Hände. Krampfhaft versuche ich mich zu erinnern ...

Der Umschlag. Wo ist der Umschlag? Ich hatte ihn in die Hosentasche gesteckt. Ich inspiziere die Hose von allen Seiten, durchwühle die Taschen. Aber nichts. Der Umschlag ist weg. Sicher ist er mir auf dem Rückweg durch den Regenwald aus der Tasche gefallen. Ich ärgere mich über mich selbst, über die Tatsache nicht achtsamer gewesen zu sein.

Nachdenklich verschließe ich den Rucksack wieder, schiebe ihn in die Ecke.

Zügig streife ich mir jetzt Jeans und T-Shirt über, gehe zur Tür und öffne sie einen Spalt. Wieder überkommt mich der Schwindel. Ich stütze mich an der Wand ab, versuche gleichmäßig zu atmen und mich auf meine Umgebung zu konzentrieren. Mein Körper will nicht wie ich will, aber ich bekomme ihn unter Kontrolle ... allmählich.

Vorsichtig öffne ich die Tür weiter, trete auf den Gang hinaus, gehe ein paar Schritte. Wie ich schnell feststelle, befinde mich im ersten Stock eines etwas größeren Gebäudes. Viel Holz, relativ hohe Decken, Kolonialstil. Unter mir liegt ein offener *Patio*. Er ist mit bunten Pflastersteinen ausgelegt. In der Mitte gibt es eine Sitzgelegenheit.

Ich drehe mich in verschiedene Richtungen, entdecke aber keinen Hinweis auf die Anwesenheit von Menschen in unmittelbarer Nähe. Mein Zimmer liegt unweit der Treppe, die nach unten führt.

Ich taste mich an der Wand entlang, bis ich den Treppenansatz erreiche. Leise nehme ich die Stufen.

Unten angekommen, entdecke ich eine angelehnte Tür. Ein Verwaltungsbüro? Ich spähe ins Innere des kleinen Raumes. Die Wände sind in einem Rotton gestrichen, weiße Holzrahmen. In der Mitte klotzt ein klobiger Kolonialstilschreibtisch mit PC und Drucker. Der PC läuft. Dahinter ein hoher Holzschrank, mexikanischer Stil. An den Wänden hängen Poster. Bilder von Machu Picchu und dem Lago Titicaca. Am Boden, unter dem Fenster, steht ein Kaktus in einer farbigen Tonschale. Das Fenster ist halb geöffnet, eine leichte Brise zieht herein – frisch ist es. Offenbar hat die Person, die hier normalerweise arbeitet, kurzfristig ihren Arbeitsplatz verlassen.

Ich konzentriere mich auf den Schreibtisch. Es gibt nicht viele Unterlagen, auch keine Ordner. Vermutlich archiviert man digital, was mich wundert. Für südamerikanische Verhältnisse scheint mir dies ungewöhnlich. Ich erinnere mich an die unzähligen Aktenordner in meiner *oficina* in Valparaíso.

Das Büro wirkt sehr aufgeräumt. Ich ziehe eine Schublade auf. Ein Diktiergerät, Notizblöcke, Kugelschreiber, ein USB-Stick. Die klassische Büroausstattung, nichts Außergewöhnliches.

Ich gehe um den Schreibtisch herum, betrachte den Schrank. Vielleicht gibt es hier Akten.

Die Schranktür ist angelehnt. Dahinter treffe ich auf leere Fächer. Möglich, dass der Schrank gerade erst ausgeräumt wurde. Ich fahre mit der Hand durch die Fächer.

Nicht ein Staubkorn. Es riecht ein bisschen nach Putzmittel.

Ich inspiziere die Unterlagen auf dem Schreibtisch. Eine nichtssagende Rechnung, ein Lieferschein. Darunter ein weiterer Notizblock. Ich durchblättere ihn. Etwas rutscht heraus und fällt auf den Boden. Überrascht sehe ich zu meinen Füßen auf das, was dort liegt, hebe es auf.

Es ist ein Umschlag. Nicht irgendeiner, es ist *der* Umschlag. Der Knick in der Mitte identifiziert ihn ganz eindeutig als das, was er ist: der Umschlag, den Louisa mit sich getragen und den ich im Flugzeugwrack gefunden habe. Wie um alles in der Welt kommt der hierher? Offensichtlich hat jemand ihn verstecken wollen. Man hat ihn mir entwendet, derjenige hat meine Sachen durchwühlt … warum?

Kein langes Zögern, ich nehme den Umschlag an mich. Nervös behalte ich dabei die Tür im Auge. Es könnte jemand kommen.

Der Bildschirm ist gerade schwarz. Der Computer läuft jedoch. Ich drücke eine beliebige Taste. Augenblicklich erscheint ein Bild …. MEIN Bild!

Wie erstarrt weiche ich zurück. Was soll das?! Ich verkleinere das Bild und finde heraus, dass es Teil eines angelegten Dokumentes ist, eine Personenliste. Vielleicht eine Teilnehmerliste. Offenbar hat man meine Daten gerade der Liste hinzugefügt.

Schnell ziehe ich die Schublade auf, greife instinktiv zu dem USB-Stick. Ich speichere das gesamte Dokument auf den Stick, den ich, nachdem der Speicherprozess abgeschlossen ist, ebenfalls an mich nehme. Unruhig drehe ich mich immer wieder zur Tür. Dabei überkommt mich zum wiederholten Male der Schwindel. Kurz habe ich sogar das

Gefühl ohnmächtig zu werden. Im letzten Moment aber rettet mich die Schreibtischstuhllehne.

Neben mir am Boden entdecke ich eine Wasserflasche. Ich trinke sie halbleer, fühle mich augenblicklich etwas besser.

Von draußen höre ich jetzt eine Frauenstimme. Sie nähert sich dem Zimmer, telefoniert dabei.

Ich spähe durch den Türspalt. Sie steht mit dem Rücken zu mir, in noch sicherer Entfernung zur Tür. Es ist eine junge Frau.

Das ist meine Chance, schnell ungesehen die Treppe zu erreichen. Ich nutze den Moment und schleiche mich bis zum Treppenansatz, husche anschließend zügig die Stufen hoch.

Sie hat mich nicht bemerkt.

In meinem Zimmer angekommen, erfasst mich ein neuer kurzer Taumel. Die Aufregung, denke ich. Es ist mein Puls, der rast wie nach einem Sprint. Ich stütze mich aufs Bett und sinke gleich darauf erschöpft ins Kissen. Ich schaffe es gerade noch die Beine auf die Decke zu ziehen. Dann gibt mein Körper sich geschlagen. Ich schlafe entweder ein oder falle in eine Art bewusstlosen Zustand.

Ich kann nur vermuten, wie viel Zeit vergangen ist.

Als ich wieder zu mir komme, steht die Sonne bereits tief.

Ich sehe an mir herunter, bemerke, dass ich offenbar noch immer so daliege, wie ich eingeschlafen bin. Niemand scheint in der Zwischenzeit das Zimmer betreten zu haben, denn ich finde USB-Stick und Umschlag noch immer bei mir. Auch Elenas Armband an meinem Handgelenk ist noch da.

Ich muss handeln. Jetzt sofort, denke ich. Mein Körper aber ist schwerfälliger als der gefasste Entschluss.

Als ich mich aufrichte, fühle ich mich etwas besser. Ich bekomme den Schwindel jetzt unter Kontrolle. Zumindest meine ich das. Benommen greife ich zu meinem Rucksack, verstaue Stick und Umschlag relativ weit unten. Ich möchte mich nicht einen Moment länger hier aufhalten.

Unter dem Fenster entdecke ich meine Trekkingsandalen. Zügig schlüpfe ich hinein, lade mir den Rucksack auf den Rücken ... Leise ziehe ich anschließend die Tür hinter mir zu.

Meine Flucht aus dem Gebäude gelingt ohne Komplikationen und Zwischenfälle. Irgendwie finde ich den Ausgang. Das Gebäude liegt an einer relativ ruhigen Seitenstraße, mit gemäßigtem Straßenverkehr. Cuzco ruht im Gebirge, mit wunderschöner Fernsicht, mit Blick auf das Hochland im Hintergrund. Langsam schmilzt dort die Sonne, hüllt die Stadt in warmes Licht, ein Postkartenmotiv.

Ich sehe noch einmal zum Gebäude zurück, suche nach der Bezeichnung *Hospital*. Aber wie erwartet, werde ich nicht fündig. Weiter unten an der Hauswand, ziemlich unscheinbar neben einem Briefkasten, finde ich die Aufschrift: *Casa Santa Magdalena*. Handelt es sich um eine kirchliche Institution? Warum gibt es dann keinerlei Akten oder religiöses Material, keine Kreuze oder Heiligenfiguren? Kirchliche Institutionen brauchen, unabhängig davon, Spender. Dafür werben andere Institutionen – aber hier? Vielleicht ist man in dubiose Geschäfte verwickelt, mutmaße ich.

Ich schlendere die Straße weiter, verliere das Gebäude aus dem Blick. Ein paar *indígenas* in bunter, bestickter Kleidung und mit Hut, kommen mir entgegen. Eine von ihnen trägt ein Kind auf dem Rücken. Sie reden vermutlich *Quechua*, was ich nicht verstehe.

Ich gehe weiter, vorbei an *artesanía*, Lebensmittel- und Krimskramsläden. Am Ende der Straße, finde ich eine Bar, das *Machu Picchu*. Ich gehe, nicht zuletzt weil der Name mich inspiriert, hinein.

Die Größe der Bar ist überschaubar. Die Möbel sind einfach, jedoch mit Charme. Dunkle Holztische mit gehäkelten, bunten Patchworkdeckchen oder Tischdecken mit Karomuster. Gepolsterte Sessel, einfache Stühle. Ich setze mich an einen Tisch in der Ecke. Wenige Einheimische verteilen sich auf die fünf vorhandenen Tische. Im Hintergrund spielt leise Musik – Gitarre, Panflöte ... Ein Hauch Wohlfühlatmosphäre, was vermutlich auch an den bunt gewebten Teppichen und dem helltürkisen Anstrich an den Wänden liegt. Dazu lächeln einheimische Gesichter von weißengerahmten Fotoaufnahmen.

Um mich irgendwie zu beschäftigen und auf andere Gedanken zu bringen, ziehe ich meine Geldbörse hervor, durchblättere den Inhalt. Rechnungen aus Chile, Postkarten, Eintrittskarten. Ich schütte alles auf den Tisch.

Plötzlich fällt mir ein unbekanntes Dokument ins Auge. Ein chilenischer Pass, Elenas Pass. Ich klappe ihn auf und blicke in *ihr* Gesicht. Ein wunderschönes Gesicht. Ich lese ihre Daten, durchblättere die Seiten – und betrachte erneut ihr Bild. Kurz schweift mein Blick dabei zu ihrem Armband. Als könne es, unabhängig von dem bereits Gelesenen, noch mehr über sie verraten. Ich hatte mich an ihre Gegenwart gewöhnt, die Gespräche, den *mate*, ihre phantastischen Geschichten. Und natürlich muss ich an unsere Nacht am Fluss denken ... Hat man Elena verschleppt?

Eine Weile starre ich vor mich hin, auf die vor mir ausgebreiteten, nichtssagenden Papiere, Bilder – und auf Elenas Pass. Mir will kein klarer Gedanke in den Kopf. Vielleicht hat man mir Medikamente mit mentalen Nebenwirkungen verabreicht. Oder Betäubungsmittel, weshalb ich nicht klar denken kann. Noch immer nicht klar denken kann. Mein Kopf dröhnt, nach wie vor.

Eine junge Frau tritt an meinen Tisch.

»Was darfs sein?«

»Ein Bier, bitte.«

»*Cerveza cusqueña?*«, fragt sie.

»*Sí*«, bestätigte ich. Dabei habe ich keine Ahnung, ob die einheimische Biersorte schmeckt, bin aber zu allem bereit.

Sie verschwindet gleich wieder. Ein dicker Zopf wippt auf ihren leicht rundlichen Hüften.

Ich bemerke aus dem Augenwinkel, wie noch jemand die Bar betritt. Ein junger Tourist – rotblonde Haare, leichter Sonnenbrand auf Nase und Stirn. Rucksack und Dreiviertelhosen identifizieren ihn als das, was er ist. Schüchtern setzt er sich an einen Tisch im hinteren Bereich der Bar, kramt etwas aus seiner Tasche, ein Notebook. Wenig später ist er in seine E-Mails vertieft. Davon gehe ich aus, denn er liest und tippt abwechselnd.

Ich sehe an ihm vorbei durchs Fenster, erhasche einen Ausschnitt der Straße. Diese belebt sich zunehmend. Lichter brennen, Cuzco erstrahlt im warmen Licht der untergehenden Sonne.

»*Cerveza Cusqueña.*« Die junge Bedienung stellt mir das bestellte Bier hin. »Geht es Ihnen gut, Señor? Sie sehen blass aus«, kommentiert sie – zu meiner Überraschung – meinen angegriffenen Gesundheitszustand. »*Soroche?*«

Ich verstehe nicht, was sie meint.

»Warte ...« Sie verschwindet um die Ecke, kommt kurz darauf mit einer Tablette und einem Glas Wasser zurück. »Nimm das.« Sie stellt das Glas auf den Tisch, deutet mir die Tablette einzunehmen.

Ich komme ihrer Aufforderung nach. Vielleicht hat sie Recht, und ich leide tatsächlich unter der Höhe. *Soroche* nennt man in Peru die Höhenkrankheit.

Das Bier ist nicht unbedingt nach meinem Geschmack. Trotzdem schütte ich es gierig in mich hinein. Als wäre diese Bar meine letzte Station – und danach ... Ja, was käme danach? Verschreckt bemerke ich, wie mich kurzfristig die Dunkelheit umhüllt. Seit dem Absturz fühle ich mich häufigen Stimmungsschwankungen ausgeliefert. Mal ist da eine nie dagewesene Lebensenergie. Dann wieder ist es dunkel und ich empfinde tiefe Niedergeschlagenheit. Keine Ahnung, wie es weitergeht. Ich brauche irgendeine Richtung, ein Ziel. Eine Begründung dafür, noch hier zu sein.

Die Pille wirkt tatsächlich. Ich fühle mich besser.

Mein nächster Gedanke gilt Louisas Umschlag. Jetzt ist die Gelegenheit. Ich krame in den Tiefen meines Rucksacks, ziehe ihn heraus. Ungeduldig reiße ich ihn auf.

Der Umschlag enthält mehrere Papiere. Eine Beschreibung zu einem Projekt, offenbar das Kinderheim, von dem sie in ihrer Aufzeichnung geschrieben hat; eine Kostenaufstellung und einen Plan. Der Plan ist, in meinen Augen recht stümperhaft aufgebaut – als Ingenieur muss ich das bemerken –, eine von Hand gefertigte einfache Skizze. Ebenso die Kalkulation. Umso stutziger macht mich die

Summe, die man auf der Gewinnseite prognostiziert: ein Millionenbetrag! Ungläubige studiere ich die Zahlen. Hier hat jemand sehr hoch gegriffen.

Der Verdacht ist sofort da ... Aber zunächst lese ich weiter. Schnell stelle ich dabei fest: Dahinter steckt ein namenloser Investor, der offensichtlich – mein Spanisch reicht nicht ganz – unerwähnt bleiben will.

Ich lese weiter. Geht es hier um erzieherische Werte, eine bestimmte Philosophie? Mir kommen Zweifel. Kinder sollen zu verantwortungsvollen Denkern herangezogen werden. Klingt erst mal gut. Aber was ist damit gemeint?

Meine Gedanken wandern in eine dunkle Ecke. Der Blick ist verengt und führt in eine vorgegebene Richtung ... Absturz.

Ich lese weiter. Überbevölkerung ist ein Punkt, der erwähnt wird. Interessant, denke ich. Geburtenkontrolle, Verhütung, Aids ... fällt mir dazu ein. Will man auf diese Themen in der Erziehung eingehen? Das wäre ein guter Ansatz. Dann wieder lese ich etwas über neue Medikamente, dringend erforderliche medizinische Versorgung. Medikamentenmissbrauch? Sollen neue Medikamente an Kindern ausprobiert werden? Bei diesem Gedanken breche ich ab. Ich brauche außerdem eine Übersetzungshilfe. Der Text erschließt sich mir nicht vollständig.

Am Ende folgen ein paar philosophische Zeilen: Der Mensch sei ein Herdentier, brauche die Gemeinschaft, die Familie, den Glauben. Kinder sollen lernen verantwortungsvoll zu handeln – so in etwa heißt es.

Was ist das hier? Der Plan für irgendeine hirnrissige autoritäre Erziehungsanstalt? Nein. Oder doch? Ich habe ganz einfach die Summe im Kopf, die ich gerade entziffert habe. Es geht um Geld. Wie immer, geht es um Geld. Viel Geld. Und es geht um Interessen. Oder interpretiere ich zu viel?

Verärgert falte ich das Papier wieder zusammen, stecke alles zurück in den Umschlag.

Mein Blick wandert eher zufällig zu dem jungen Typ, der noch immer vor seinem Notebook hockt. Da war noch was ... Ich ziehe den USB-Stick aus der Tasche und schlendere zu seinem Tisch.

»Hi!«, spreche ich ihn an.

»Hi!«

»Allein unterwegs? *Where 're you from?*"

»Holland«, entgegnet er, »und du?«

»Deutschland.«

»*Fantastic!* Ich spreche etwas Deutsch. Ich bin Greg.«

»Ich bin Lennard.«

Ich ziehe mir einen Stuhl heran und setze mich zu ihm an den Tisch.

»Bist du schon länger hier in Cuzco?«

»Eine Woche etwa. Und du?«

»Ich ... äh ... seit heute. Also, noch nicht so lange.«

»Nicht lange«, wiederholt er, »hast du schon 'ne Unterkunft? Wenn du was suchst, kann ich dir was empfehlen, ist nicht weit von hier. Sehr sauber, tolle Aussicht.«

»Hört sich gut an. Ja, ich brauche noch eine Unterkunft. Ich bin ... ich war ...«

Er grinst. »Aha ... ja?«

Somit starte ich jetzt den Versuch mein Gestammel zu sortieren – und vor allem – meine Geschichte in irgendeiner Fassung loszuwerden: »Ich bin, sagen wir unter *besonderen* Umständen hier gelandet. Ich war auf dem Weg nach

La Paz. Das Flugzeug musste im Urwald notlanden. Motorschaden, irreparabel. Wir haben uns dann mit Mühe und Not durch den peruanischen Regenwald gekämpft. Die Flugbegleiterin und ich. Bis uns der Grenzschutz aufgegabelt hat. Tja ... und somit bin ich jetzt hier.«

Greg starrt mich an. Mit offenem Mund. Ganz ehrlich, ich habe auch nicht erwartet, dass er mir glaubt.

»Ich weiß, dass diese Geschichte etwas schräg klingt, aber ... warte ...«

Ich stehe auf, gehe zurück zu dem anderen Tisch, an dem ich mich bereits niedergelassen hatte, hole meinen Rucksack und setze mich wieder zu Greg an den Tisch. Ich öffne den Rucksack, krame die Börse mit Elenas Pass heraus.

»Hier ... Hast du diese Frau schon einmal gesehen?«

Er betrachtet das Bild nur kurz, schüttelt gleich den Kopf.

»Das ist Elena Arevalo. Ich weiß nicht, was mit ihr passiert ist. Vermutlich wurde sie verschleppt.«

Greg starrt mich schon wieder mit *diesem* Blick an. Dann betrachtet er das Foto und die Eintragungen in Elenas Pass. Offenbar überlegt er, wie er mich einordnen soll. Bin ich ein durchgeknallter Junkie, ein Terrorist oder auch nur ein hoffnungsloser Spinner?

Er wirkt ratlos, sieht aber trotzdem nochmal auf Elenas Bild. Eventuell aus reiner Höflichkeit.

»So, sie ist Flugbegleiterin ... hübsch. Und du hast sie hier kennengelernt?«, blendet er den fantastischen Teil meiner Story aus. Besser gesagt, ignoriert ihn.

»Ja«, kürze ich meine Antwort ab.

»Ich glaube ...«, entgegnet er dann zu meiner Überraschung, »ich kenne sie.«

»Du kennst sie?« Meine Stimme überschlägt sich fast. »Du hast sie gesehen? Hier? Wo?«

»Ich bin nicht ganz sicher. Aber vielleicht war sie es.«

»Wann und wo hast du sie gesehen?«

»Heute Morgen. Sie ist mir aufgefallen, weil sie echt heiß war. Und ... ja, sie kam aus Chile.«

»Wo?«, lasse ich nicht locker.

»Im Hostal. Sie sprach mit dem Typen an der Rezeption, wollte irgendwas wissen.«

»Hast du verstanden, was sie gefragt hat?«

»Nein.«

Es wäre ja auch zu schön gewesen. Elena ist in Cuzco! Ich will gerade nichts anderes glauben als das. Sicher kann er sich täuschen, sie verwechseln. Aber diese Möglichkeit ziehe ich lieber erst gar nicht in Erwägung.

Ein Restzweifel bleibt dennoch. Er konnte natürlich nur *irgendeine* Frau im Hostal gesehen haben.

Ich lege den USB-Stick auf den Tisch.

Greg sieht mich an. »Und was ist das?«

»Das ... ich weiß nicht. Ich würde es aber gerne wissen. Darf ich kurz deinen PC benutzen?«

Er schiebt ihn zu mir. »Nur zu!«

Ich stecke den Stick ein. Das Notebook reagiert relativ schnell, liest die Daten. Ich öffne die abgespeicherte Datei mit dem Dokument. Die Namensliste erscheint.

Greg schaut mir über die Schulter. Dann dreht er sich etwas weg.

Soweit ich es auf den ersten Blick erkenne, ist die Liste nicht alphabetisch sortiert abgespeichert. Mein Name befindet sich ganz unten. Vermutlich, weil man meine Daten gerade erst der Liste hinzugefügt hat. Neugierig klicke ich auf meinen Namen. Ein weiteres Dokument öffnet sich.

Es enthält nicht sonderlich viel Überraschendes. Mein Name mit den amtlichen Daten, Geburtsort, Geburtsdatum – und so weiter. Sicher wurde das meinem Pass entnommen. Ebenso das Foto. Was mir weitaus interessanter erscheint, ist die Spalte, weiter unterhalb der Daten. Drei Stichwörter stehen dort. Übersetzt: *Kontakte, Umstände, Sonstiges.* Darunter gibt es jedoch keine Einträge. Vermutlich war mein Aufenthalt zu kurz.

Ich schließe meine Karteikarte wieder und gelange zurück auf die Namensliste. Aus einem Gefühl heraus, suche ich die Liste nach *ihrem* Namen ab – und werde tatsächlich fündig. Ihr Name steht ein paar Einträge über meinem. Elena Arevalo ... merkwürdig. Der Arzt – wenn er denn einer war – hatte doch behauptet, ich sei allein gewesen. Ich lese den Namen vor und zurück. Dann klicke ich darauf. Auch hier finde ich Daten aus ihrem Pass. Die drei hinzugefügten Spalten sind ebenfalls leer.

Was soll das, frage ich mich, simple Bürokratie? Werden hier Menschen, die in Not geraten oder sonstwie ins Land eingereist sind, auf welchem Weg auch immer – quasi als Illegale – registriert? Oder was wird mit dieser Dokumentation bezweckt?

Aus purer Neugier, klicke ich auf einen unbekannten Namen, ganz am Anfang der Liste. Pasquale Izidero. Ich lese seine Daten. Ein Italiener, Journalist. Geboren in Rom am 29.10.1970. Mehr als sein Gesicht und seine persönlichen Daten, interessieren mich jedoch die Einträge ganz am Ende. Auch hier finde ich die besagten Stichwörter. Diesmal jedoch stoße ich auf Notizen: Unter »Kontakte« steht der Eintrag: *nicht bekannt, auf Privatbesuch (Hochzeit);* unter »Umstände«: *aufgelesen unweit Puerto Maldonado am 6. Oktober 2012, Streit mit Grenzposten wegen einer Peruanerin.* Und unter »Sonstiges« finde ich nur Abkürzungen »s. l.« und »i«.

Weitere Vermerke gibt es nicht.

Ich schaue mir noch ein paar weitere Profile an, aus denen ich ebenso wenig schlau werde. Eine Auffälligkeit sticht mir jedoch ins Auge: Bei so gut wie allen der hier registrierten Personen handelt es sich um Ausländer. Welchen Zweck die Liste erfüllt, ist mir dennoch ein Rätsel.

Greg ist in einen Reiseführer vertieft. Tatsächlich kennt die nachrückende Generation noch das auf Papier gedruckte Wort, tippt nicht immer nur auf Smartphone-Tastaturen, liest Texte mit Bewegtbildern oder kommuniziert in sozialen Netzwerken.

Ich klappe das Notebook zu und ziehe den USB-Stick heraus.

»Danke«, bemerke ich.

»Keine Ursache. Wie siehts aus, Lust auf eine Stadttour?«

»Warum nicht.«

ZWEI

Hätte man mir vorher gesagt, welche Alkoholmengen ein einziger Holländer in einer einzigen Nacht vertilgen kann, wäre mir das sicher eine Warnung gewesen. So aber gibt mir der Abend mit Greg in jeder Hinsicht den Rest. Ich denke nicht mehr darüber nach, wohin er mich schleppt und in welches Bett ich anschließend falle. Es ist wohl aber ein Bett, quasi nur für mich – in einem Hostal. Als wir dort ankommen, bin ich sturzbetrunken und versinke nur noch in flauschigen Kissen.

Früh am nächsten Morgen, sehr früh, komme ich wieder zu mir. Straßenverkehr weckt mich. Was daran liegt, dass das Hostal an einer belebten Straße liegt. Dafür ist der Blick, wie Greg es versprochen hatte, tatsächlich grandios!

Ich springe aus dem Bett und bemerke erstmals, dass sich der gewohnte Schwindel nicht einstellt. Wenn ich mich heute mulmig fühle, liegt das einzig und allein am Alkohol. Ich habe mich mit dem Höhenklima arrangiert. *Soroche* – als vermeintliche Ursache meines Schwindels ist mir deutlich lieber als Medikamente oder Betäubungsmittel. Warum auch sollte mich jemand mit Medikamenten dopen? Es gibt keinen Grund dafür.

Ich ziehe mich an und verlasse mein Zimmer, um mich nach einer Frühstücksmöglichkeit umzusehen. Schnell gelingt es mir, mich zu orientieren. Das Hostal gleicht der Casa Santa Magdalena – was den Kolonialstil betrifft. Der Innenhof ist dem Maurischen nachempfunden mit Arkadenbögen. Jedoch etwas weitläufiger geschnitten, als in der Casa Santa Magdalena, und für die Bedürfnisse von Touristen eingerichtet. Im Speziellen Rucksacktouristen, *backpackers.*

Mein Zimmer liegt im Erdgeschoß. Ich gehe also nur wenige Schritte bis ich den Patio erreiche, der vermutlich auch der Frühstücksraum ist. Unterwegs bewundere ich die Malereien einheimischer Künstler. Augenscheinlich bin ich in einem Hostal der oberen Preiskategorie gelandet, denn ich hatte Billigeres erwartet.

Eine junge Bedienung mit weißem Schürzchen und einem langen Rock fegt den Boden. Ein einziger Tisch ist bereits besetzt. Südamerikanische Touristen, vielleicht Brasilianer, dem Klang der Sprache nach zu urteilen. Eine Frau und zwei Männer. Die anderen Tische sind noch leer.

Ich wähle einen der hinteren Tische im Patio. Ein Patio ist ein offener Innenhof, Erfindung der Mauren – wenn ich mich nicht irre. Wie auch immer, in jedem Fall eine geniale Erfindung.

Während mir diese Gedanken durch den Kopf gehen, sehe ich *sie* auf mich zutraben, die junge Bedienung im langen Rock. Sie hat indigene Gesichtszüge, ihr Blick streift mich lustlos.

»*Buenos Dias, Señor*. Was möchten Sie zum Frühstück?«

»Milchkaffee und etwas typisch Peruanisches.«

»Peruanisch?«, wiederholt sie, mustert mich kurz und wendet sich dann abrupt ab, ohne ein weiteres Wort mit mir zu wechseln.

Ich stelle sie mir vor, wie sie sich zuhause verhält. Ich kann nicht glauben, dass sie ihren Freund bedient, ihm das Essen kocht, Schuhe putzt. Es wäre das Typische, *el machísmo*. Aber sie macht das nicht ... nein. Vermutlich kann sie nicht einmal kochen, bestellt lieber eine *comida rápida*. Fastfood.

Sie kommt bereits zurück, stellt mir Kaffee und einen Teller mit einem Sandwich hin.

»*Pan con chicharron y salsa criolla*«, erklärt sie den Inhalt meines Tellers.

Bin ich wirklich auf ein deftiges, peruanisches Frühstück eingestellt? Einen Moment lang betrachte ich das Sandwich skeptisch von allen Seiten. Ketchup fließt heraus. Zumindest sieht es nach Ketchup aus und riecht auch so. In der Mitte Schweinefleisch, Zwiebeln, Süßkartoffeln. Dazu Zwiebelsalat.

Man soll alles probieren, sage ich mir. Auch wenn ich mir etwas anderes zum Frühstück gewünscht hätte. Die Geschmacksnerven pflegen eine Art Gewohnheitsritual. Hunger ist definitiv eine gute Voraussetzung. Ich lange also zu. Und tatsächlich, es schmeckt! Auch der Kaffee ist deutlich besser, als erwartet. Nachdem alles in null Komma nichts verputzt ist, lehne ich mich genüsslich zurück.

Während mein Blick zufällig die Brasilianerin am Tisch mit den beiden Männern streift, sind meine Gedanken wieder bei Elena. Die junge Frau lacht. Einer der beiden Typen ist offenbar ihr Freund. Er hat den Arm um sie gelegt. Der andere erzählt.

Ich krame Elenas Pass heraus und betrachte schon wieder ihr Bild. Schmerzlich empfinde ich ihren Anblick. Sie fehlt mir. Ihre Stimme, das Vertraute. Auch die Morgenstimmung im Regenwald ...

Ich stecke den Pass wieder weg. Es erscheint mir sinnlos darauf zu hoffen, dass sie plötzlich um die Ecke kommt. Aus dem Nichts. Ich bin auch nicht der Typ, der auf eine

Frau wartet. Es gab nie einen Grund, weshalb ich das hätte tun sollen. Oft kamen die Frauen von selbst. Sie kommen und gehen. Manchmal erwarten sie etwas, wollen mich festlegen, unter Druck setzen. Damit kann ich nicht gut umgehen – zugegeben. Eine Frau, die mich zu sehr bedrängt, hat bei mir schlechte Karten. Ich bin kein Typ, der sich auf lange Diskussionen einlässt, der sich rechtfertigt oder in endloser Geduld übt. Lieber gehe ich.

Elena ist die Ausnahme. Die einzige.

Aber was ist hier mit der männlichen Konkurrenz? Ich sehe mich um. Die zwei Männer mit der Brasilianerin, zwei echte Latin Lovers, fallen mir natürlich als erste ins Auge.

Ich bin kein dunkler Typ, kein Bodybuilder. Ich bin auch nicht mehr ganz jugendlich – trotzdem noch gut trainiert. Meine Haare sind dunkelblond mit ein paar grauen Strähnen. Aber Grau mögen Frauen, es zeugt von Reife. Ich bin weder käsig, noch bin ich übermäßig braun. Das Zwischending. Kein Gesundheits- oder Sportfanatiker. Alles in Maßen ... gechillt. Und: In der Regel habe ich leichtes Spiel bei Frauen.

Außerdem habe ich tatsächlich einen Flugzeugabsturz überlebt – ist das nicht unfassbar?! Ich bin ein Held ... na ja, vielleicht nicht ganz. Irgendwie ist es wirklich eine verrückte Geschichte ... aber so ist es. Wir haben unsere Umwelt nicht in der Hand. Jeden Moment könnten jemandem die Nerven durchgehen, jemand kann wild um sich schießen, Flugzeuge stürzen ab, Züge entgleisen ... Jeder Atemzug könnte mein letzter sein.

Im Moment aber fühle ich mich sicher. In genau diesem Moment. Weil der Regenwald uns gerettet hat. Weshalb ich hier in Cuzco bin. Cuzco, diese magische Inkastadt, auf knapp 3.500 Metern Höhe. Die Türme des *Templo de la Compañía de Jesús* beeindrucken jeden Touristen, der davor steht. Auch die *Plaza de Armas*. Das Stadtbild und die dünne Luft in der Höhe sind besonders. Dennoch stolpere ich völlig unvorbereitet in dieses Extrem.

Ich ziehe ein paar *Soles* aus meinem Portemonnaie. Manchmal brauche ich das – in Gedanken mit mir selbst zu reden. Ich lege das Geld auf den Tisch. Ein kurzer Blick streift erneut den Tisch in der Ecke.

Im Vorbeigehen, frage ich die junge Bedienung nach der Rezeption. Sie deutet auf eine einseitig geöffnete Flügeltür. Dahinter befindet sich ein Schreibtisch. Ein Mann sitzt dort, etwa mein Alter. Vielleicht etwas älter. Mit Schnäuzer und kurzgeschorenen Haaren. Er surft im Internet.

»Ich suche diese Frau. Kennst du sie?«, duze ich ihn gleich, weil ich das aus Chile so gewohnt bin. Man ist schnell beim »Du«. Ich zeige ihm das Bild von Elena.

Er sieht von mir zu Elenas Bild und überlegt. Dann schüttelt er den Kopf, hält aber plötzlich inne und schaut noch einmal auf das Foto.

»Obwohl … möglich«, kommt endlich die erlösende Antwort.

»Ja? Du hast sie gesehen?«

»Eventuell gestern«, antwortet er. »Sie fragte nach den Verbindungen in Richtung Machu Picchu. Sie wollte die Ruinenstadt besichtigen. Die Touren dorthin sind oft ausgebucht.«

»Hat sie sich irgendwie merkwürdig verhalten, ich meine, war sie gehetzt oder – wie ist sie denn hier hergekommen? Allein?«, frage ich zusammenhangslos. Eventuell stellte ich zu viele Fragen.

»Allein, und nur eine Übernachtung. Sie kam aus Santiago de Chile, war Flugbegleiterin. Flugbegleitern machen das so, die bleiben nur für eine Nacht.«

Ich will noch etwas sagen, unterdrücke es aber. Ich komme mir irgendwie blöd dabei vor, jemanden nach einer Frau auszufragen.

Sein Lächeln zeigt mir, dass er anders denkt.

»*Gracias*«, murmele ich.

»*De nada.*«

Ich drehe mich bereits weg, als mir doch noch eine Frage einfällt: »Wie kommt man denn von hier nach Machu Picchu?«

»Ein Zug fährt ab Aguas Calientes. Aber besser reservierst du, sonst könnte alles ausgebucht sein.«

Ich bedanke mich erneut. Wieder lächelt er.

Eine Weile schlendere ich ziellos durch die Vorhalle, streife erneut Richtung Patio. Zurück zu meinem zuvor belegten Tisch. Mein Teller ist noch nicht abgeräumt. Der Raum aber hat sich mittlerweile gefüllt. Vier andere Tische sind jetzt belegt. Viele südamerikanische Touristen, US-Amerikaner, kaum Europäer.

Greg finde ich nicht darunter. Tatsächlich habe ich ihn auch – noch – nicht erwartet. Nicht in dieser Frühe. Ehrlich gesagt, ist es mir sogar lieber, ihn nicht anzutreffen. Warum? Keine Ahnung. Vielleicht weil die letzte Nacht nicht wirklich nach meinen Vorstellungen gelaufen ist. Denn, wäre sie nach meinen Vorstellungen gelaufen, könnte ich mich zumindest erinnern. So aber bleibt der Abdruck einer Nacht im Ungewissen.

Ich frage die Bedienung nach einem Internetzugang. Es gibt eine Bar mit Internetanschluss um die Ecke.

Ich beschließe den Vormittag dort zu verbringen, um etwas über das Kinderheim und die Casa Santa Magdalena herauszufinden und anschließend gleich einen Bus nach Aguas Calientes zu nehmen. Ich möchte nicht zu viel Zeit verlieren.

Im Internet-Cafe, das übrigens klein aber relativ gemütlich ist, gibts ein Glas *Chicha morada* zur Begrüßung, die alkoholfreie süße Variante der peruanischen *Chicha*, dem Maisbier, hergestellt aus dunklem Mais.

Ich klappe den Laptop vor mir auf, klicke auf das Symbol der Suchmaschine. Derweil der PC arbeitet – er ist nicht unbedingt der Schnellste – schweift mein Blick durch den Raum. Hier treffe ich überwiegend Einheimische. Vermutlich tummeln sich die Touristen bei den Inka-Attraktionen, in den Hotels und Bars. Mit Smartphone und Tablet ausgestattet, benötigen die wenigsten noch das Internet-Café.

Bevor ich meine Suche nach dem Kinderheim starte, möchte ich »ES« wissen – auch wenn das, was ich finden würde, eine kleine Existenzkrise auslösen könnte, ich gehe das Risiko ein: Was ist nach dem Absturz passiert? Was weiß die Welt von dem, was ich die letzten Wochen durchlebt habe? Meine Finger zittern, als ich die Schlagworte *Flugzeugabsturz*, *Peru* und das Datum eintippe. Ich schließe die Augen, derweil der Computer arbeitet.

Als ich sie wieder öffne, starre ich auf das, was ich tatsächlich – ironischerweise – erwartet und dabei doch gehofft hatte, es möge nicht eintreffen.

Das Ergebnis ist erschütternd, denn das Internet weiß nichts, absolut nichts. Kein Treffer. Ich bin allein auf dieser weiten Welt, niemand teilt mein Schicksal. Bis auf E-lena – die aber ist verschollen.

Eine Weile brauche ich, um mich von dem Schock zu erholen. Niemanden interessiert, dass ein Flugzeug abgestürzt ist, oder, die in diesem Fall weitaus wahrscheinlichere Variante: Niemand weiß davon. Es macht aber keinen Sinn mich zu fragen, weshalb und was in dieser Welt vor sich geht, dass man das verdammte Wunder, das E-lena und ich erlebt haben, schlichtweg ignoriert. Glücklicherweise gibt es andere Dinge, mit denen ich mich stattdessen beschäftigen kann.

Ich hole tief Luft und lenke meine Gedanken auf etwas anderes – ich zwinge mich.

Das vermeintliche Kinderheim rückt jetzt in den Fokus und ich widme mich meiner Internetrecherche. Voll und ganz. Zuerst versuche ich Einzelheiten über das Kinderheimprojekt herauszufinden. *Monte Mágico*, so der Name des Projektes. Übersetzt heißt das: *Magischer Berg*. Was genau das *Magische* daran sein soll, werde ich noch herausfinden; derzeit scheint es mir alles andere als das.

Aus den Unterlagen weiß ich die ungefähre Lage des Heims, und tatsächlich gibt es eine Homepage im Netz. Ich klicke auf den Link zur Internetadresse. *Monte Mágico. Eine bolivianisch-chilenische Kooperation*, lese ich. Das Kinderheim liegt etwas außerhalb von La Paz. Wie weit außerhalb? Die Angaben sind relativ, wenn man die Höhe bedenkt. Ich erinnere mich an meine erste Anfahrt zur Hauptstadt, die schwindelerregende Höhe, die unzähligen Kurven. Ich habe von Fahrten über Coroico in Yungas und den *Camino de la Muerte* gehört – angeblich die gefähr-lichste Straße der Welt. In Chile durfte ich einmal erleben, wie ein Busfahrer bei einer Tour fast eingeschlafen ist. Hier würde es dich das Leben kosten. La Paz ist außerdem eine Stadt, die stetig wächst. Südamerikas höchste Haupt-stadt liegt teilweise so hoch, dass Atmen beschwerlich wird – und das obwohl die Stadt, rein vom Breitengrad, noch der tropischen Zone zuzuordnen ist. Ich mag La Paz, denn ich liebe diesen Reiz der Extreme.

Unterhalb der Stadt also, muss das Kinderheim liegen. Das Bild im Internet zeigt eine sehr ansprechende Umge-bung, traumhafte Natur.

Ich lese den Text dazu. Das Projekt wird als eine Initia-tive beschrieben, die der Völkerverständigung dient und natürlich den Familien, die nicht in der Lage sind, ihre Kinder zu ernähren. Waisen- und Straßenkinder, Kinder in Fällen von häuslicher Gewalt. Natürlich alles ganz wun-derbar und mit allerbesten Absichten, denke ich mit einem Anflug von Zynismus.

Da ich bereits andere Informationen über das Projekt habe (Zahlen!), lesen sich die Beschreibungen wie aus dem Urlaubskatalog: *Die Kinder dürfen sich bei verschiedenen Sport-arten austoben. Es gibt Bastel- und Handwerksprojekte. Nicht zu vergessen: der herausragende Bildungsaspekt. Man möchte Kinder zu verantwortungsbewusst handelnden und denkenden Menschen heranziehen. Gesunde Menschen.*

Steckt da noch eine andere Aussage drin?

Doch zurück zu der aufgerufenen Internetseite. Natür-lich vermittelt das Kinderheim Monte Mágico einen über-aus positiven Eindruck. Das soll es auch. Dennoch bin ich skeptisch, suche den Haken.

Ich brauche eine Übersetzungshilfe, um den Text erneut durchzugehen. Zu diesem Zweck suche ich mir ein paar Vokabeln aus dem Online-Wörterbuch. Ich notiere alles auf einem einfachen Notizblock, den ich mir irgendwo unterwegs mitgenommen habe. Die Internetseite, auf der die Richtlinien und Ziele des Kinderheims notiert sind, drucke ich mir aus. Ebenso die Anschrift und das Programm. Dabei fällt mir auf, dass die Adresse in Santiago ebenfalls genannt wird. Weitere Niederlassungen in Lima, La Paz und eine Telefonnummer ... in Cuzco(!)

Hat sich das Projekt bereits vergrößert, wächst wie ein Geschwür, rekrutiert Anhänger, Verrückte. Soziale Projekte halten sich, meines Wissens nach, immer gerade so mit Spendengeldern über Wasser. Hier aber sind Summen im Spiel, die nichts mit Nächstenliebe zu tun haben. Das sagt mir mein purer Menschenverstand. Indem man Kinder zu besseren Menschen macht, können keine Millionen generiert werden.

Möglicherweise aber denke ich auch völlig irrational, fische nur im *vermeintlichen* Haifischbecken, das in Wirklichkeit doch ein sauberes Goldfischaquarium ist.

Ich gebe *Casa Santa Magdalena* und *Cuzco* in die Suchmaske ein. Das Ergebnis, das ich erhalte, ist nicht sehr gehaltvoll. Hier und da wird die Casa Santa Magdalena als eine schützende Institution erwähnt, das aber nur nebenbei. Keine weiteren Details. Ein Bild suche ich vergeblich.

Mein letzter Versuch gilt dem Kinderheim Monte Mágico in Cuzco. Aber auch diese Suche verläuft im Sande. Außer der Seite, auf der ich mich gerade aufgehalten habe, finde ich keine weitere Adresse ...

Nur wenig später sitze ich im Bus nach Aguas Calientes. Der Himmel ist klar, die Temperatur angenehm, auch wenn die Höhe mir noch immer leicht zu schaffen macht. Ich denke an nichts, lasse einfach nur die Landschaft an mir vorbeirauschen. Zum ersten Mal genieße ich meinen Aufenthalt. Alle Rätsel, die mich hier hergeführt haben, sind nichts gegen das große Rätsel, das mich dort oben in den Anden erwartet. Die verlassene Inkastadt Machu Picchu. Anfang des Jahrhunderts hat man sie entdeckt. Seitdem pilgern Menschen dorthin, um das Wunder zu erleben. Die einmalige Aussicht über die Bergkette der Anden. In einem Reiseführer, den ich mir unterwegs ausgeliehen habe, lese ich über den alten Inca Trail. Jonglieren entlang steilster Berghänge. Aufstieg mit Adrenalin-Kick. Die Inkas müssen echte Helden gewesen sein. Ich beneide sie schon darum, damals den Berg noch für sich gehabt zu haben – denn was ist das heute... Ich ahne bereits, was auf mich zukommt, eine Touristen-Lawine.

Hier im Bus bekomme ich bereits einen Vorgeschmack auf das, was mich erwartet. Ich habe das Ticket nur bekommen, weil kurzfristig jemand abgesprungen ist.

Als ich in Ollantaytambo im Urubambatal ankomme, bemerke ich das erste Anschwellen des Menschenstroms. Touristen aus aller Herren Länder. Am Bahnhof des kleinen Ortes befällt mich der Eindruck, die Dinge passen nicht hierher. Der Bahnhof hat seine ganz eigene Atmosphäre. Besonders für jemanden, der aus Europa kommt, der Bahnhöfe als Hallen mit Reisenden kennt, die ihre Koffer hektisch hinter sich herziehen. Mehr in Eile, als von der Ruhe beseelt, die dieser Ort ausstrahlt. Dennoch wird man bereits auf Tourismus eingestimmt.

Hier sehe ich *backpackers* neben *inígenas*, Frauen aus dem Hochland, die ihre *artesanía* anbieten: Hüte, gewebte Taschen und bunte Mützen haben sie im Angebot. Ich frage mich, warum ich fast nur Frauen sehe, wo sind die Männer?

Der Zug fährt ein. Die Menschen eilen zu den Türen. Darunter auch ich. Ein kurzfristiges Gedränge entsteht.

Nachdem alle eingestiegen sind und die Türen sich wieder geschlossen haben, setzt sich der Zug in Bewegung. Langsam tuckern wir durch die malerische Bergwelt der Anden. Ich schaue aus dem Fenster, fühle mich wie in einem Märchen. Die Landschaft ist traumhaft. Fern, der Gedanke diese Kulisse könne Gewalt oder Unterdrückung hervorbringen.

Doch wie so oft, trügt der Schein. Der Massentourismus schadet natürlich dem Berg. Als Ingenieur bekomme ich viele umweltpolitische Desaster hautnah mit. Wenn die Interessen zum Gewinn neuer Ressourcen kulturellen und ökologischen Interessen widersprechen; wenn Menschen gegen Staudämme und sonstige monströse Bauvorhaben protestieren, Straßen blockieren ... – und Politiker Diskussionen lediglich abschmettern.

Aber das ist ein anderes Thema.

Irgendwann erreichen wir das Ziel Aguas Calientes. Am Bahnhof herrscht reges Treiben. Es gibt Wechselstuben, Bars, Kunsthandwerk. Von hier aus fährt ein Bus direkt bis zu den Ruinen. Man kann jedoch auch zu Fuß laufen, den Fluss entlang und dann den sehr steilen Wanya Picchu besteigen.

Ich entscheide mich für die zweite Variante. Ein bisschen Abenteuer darf sein. Allerdings bekomme ich für den heutigen Tag keine Eintrittskarte mehr und muss übernachten. Die Kapazitäten des Berges sind begrenzt und schnell erschöpft.

Ich finde eine einfache aber recht überteuerte Unterkunft in Aguas Calientes und melde mich für den nächsten Tag an. Bereits um neun liege ich ziemlich erschöpft im Bett.

Am nächsten Morgen geht es schon früh um vier los. Die Gruppe besteht aus fünfzehn Personen und einem Bergführer. Es ist noch dunkel. Dazu der Nebel. Erst geht es durch ein Waldstück abwärts. Wir passieren eine Brücke, um dann schließlich zu den ersten Stufen des Berges zu gelangen. Schon nach wenigen Stufen läuft bei mir der Schweiß.

Die Gruppe, der ich mich angeschlossen habe, besteht aus zusammengewürfelten Nationalitäten. Darunter vertreten: Japan, Kanada, Italien, Brasilien, Frankreich, Belgien – und ich als Deutscher.

Am besten vorbereitet für den Aufstieg sind die beiden Brasilianer, ein kleiner drahtiger und ein mittelgroßer schlanker Typ im Studentenalter. Ambitioniert und dabei geschickt die Kräfte einsparend, krakeln sie vor mir her. Das kanadische Ehepaar hinter mir, befindet sich bei mittelmäßiger Kondition, würde ich sagen. Immer wieder bleiben sie stehen, genießen den Ausblick auf den Regenwald, machen Fotos. Ebenfalls im Mittelfeld die Japaner. Eine kleine Gruppe aus vier Personen. Sie reden kaum, lächeln unglaublich viel, trotz der Anstrengungen – was man wohl als stilles Genießen interpretieren darf. Und natürlich werden auch eine Menge Fotos geschossen. Die zwei Französinnen im mittleren Alter und eine nicht mehr ganz so junge Belgierin bilden das Schlusslicht. Ganz vorn führen die Italiener die Gruppe an, zwei Männer und eine junge Frau. Sie machen Witze. Die zwei Typen buhlen augenscheinlich um die Gunst der sehr attraktiven Frau. Jeder möchte sich in Topform präsentieren.

Etwa auf der Hälfte des Aufstiegs, werden sie unauffällig von den Brasilianern überholt. Und schließlich auch von mir.

Julio, der Bergführer, ein junger aufgeweckter Peruaner, schafft es mit erstaunlichem Geschick und Geduld die Truppe zusammenzuhalten und diese Menschen, mit ihren verschiedenen konditionellen Voraussetzungen, einen steilen Berg hinauf zu lotsen.

Als wir uns auf ein Tempo eingependelt haben und langsam hintereinander die Treppenstufen hochsteigen, fängt Julio ein Gespräch mit mir an.

»Na, noch immer schwindelfrei?«, fragt er. »Die Aussicht wird weiter oben immer besser. Der Berg sieht jeden Tag anders aus.«

»Ja«, erwidere ich. »Ich frage mich nur, ob wir den Berg nicht überstrapazieren.«

»Das Paradies ist geduldig«, behauptet er augenzwinkernd, »darum ist es ein Paradies.«

»Aha«, kommentiere ich und werfe einen kurzen Blick zurück. Lieber nicht runtersehen, denke ich. Das ist nichts für Leute mit schwachen Nerven. Für solche, die nicht schwindelfrei sind.

»Wie war das noch? Wurden hier nicht Menschenopfer erbracht? Hat man die einfach den Berg runtergeworfen?«

»Da verwechselst du was. Das waren die Azteken.«

»Für jedes Opfer eine pralle Ernte, eine fruchtbare Frau und gesunde Kinder.«

»So in etwa.« Er lacht. »Woher kommst du?«

»Valparaíso.«

»Aber du bist kein Chilene.«

»Gut erkannt. Ich bin Deutscher, arbeite als Ingenieur in Valparaíso.«

Ich drehe mich zu ihm herum. Julio geht hinter mir, lächelnd.

»Das Hafenprojekt?«

»Volltreffer.«

»Ich kenne das Projekt. Mein Onkel hat in Chile gearbeitet. Und was machst du hier? Urlaub?«

»Kann man so nennen. Eigentlich wollte ich über La Paz reisen, aber …«, ich überlege. Wenn ich ihm von einem Flugzeugabsturz erzähle, der in den Augen der Welt niemals stattgefunden hat, hält er mich sicher für irre.

»Ich habe eine Frau kennengelernt.«

»Aha … eine Frau. Peruanerin? Dann ist sie vermutlich schön, wie alle unsere Frauen«, behauptet er frech.

Ich stelle mir Elenas Gesicht vor. Ihre dunklen bernsteinfarbenen Augen, ihren grazilen wohlproportionierten, unglaublich zarten Körper.

»Oh ja, sie ist traumhaft schön. Aber Chilenin.«

»Kann gar nicht sein … Chilenin?!« Er lacht. »Du hast dich verliebt. Und wo ist sie jetzt? Reist ihr nicht zusammen?«

»Hab sie aus den Augen verloren. Sie wollte nach Machu Picchu. Vielleicht war sie schon hier.«

Ich sehe Julio jetzt nicht, stelle mir aber vor, dass er gerade interpretiert und sich über mich amüsiert. Mich umzudrehen, riskiere ich lieber nicht. Die Stufen sind unsagbar schmal. Ein Fehltritt wäre heikel. Steil ist der Weg außerdem, verdammt steil. Ich muss an meine Höhenkrankheit denken und an den Schwindel. Doch erstaunlicherweise fühle ich mich sehr viel fitter. Normalerweise glaube ich nicht an Schicksal, wie schon gesagt. Langsam aber finde ich die Vorstellung von der Existenz einer höheren Macht auch irgendwie beruhigend. Jemand, der mich auffängt, sobald mein Fuss hier abrutscht. Darüber hinaus, warum sonst wäre ich so weit gekommen? Bis hierher – oder sagen wir besser, bis *fast* hierher, an die Spitze des Berges. Wenn ich Elena wiedersehen will, brauche ich den Glauben an das Außergewöhnliche. Ich trage ihr Armbändchen um mein Handgelenk und auch eine Kopie ihres Passes.

»Wenn wir oben sind, zeige ich dir ein Foto von ihr.«

Etwa eine Stunde später liegt die Inkastadt vor uns. Der Nebel löst sich langsam auf und mir bleibt buchstäblich die Spucke weg, als mein Blick ungebremst in die Weite schweifen kann. Ein Gewimmel aus Mauern und Linien, Terrassen. Alles wohl angeordnet. Im Hintergrund die faszinierende Bergwelt. Langsam atmen, denke ich. Der Traum, in dem ich gelandet bin, darf noch eine Weile andauern.

Die Menschen, die mit mir den Berg hinaufgestiegen sind, haben sich irgendwohin verteilt und sind vermutlich in diesem Augenblick ebenso berührt von der Stadt, wie ich es bin. Es sind erst wenige Besucher hier oben. Eine Weile kann ich nicht anders, als nur dasitzen und auf das Unfassbare starren. Magie ist das, ein Höhepunkt der peruanischen Kulturgeschichte.

Der Himmel wird zunehmend klar. Irgendwann taucht die Sonne auf. Ein riesiger Feuerball. Überhaupt scheinen Himmel und Universum zum Greifen nahe.

Wieder denke ich an Elena. Schön wäre es gewesen, das hier mit ihr zu erleben. Ich erinnere mich plötzlich an den Moment, als sie die Atemschutzübung vorführte und sich diese Maske übers Gesicht zog. Warum kommt mir dieser Gedanke jetzt?

Jemand hat sich mir angenähert. Ich spüre es. Ich hatte die Augen kurz geschlossen, öffne sie jetzt. Mein Kopf fährt herum. Hinter mir ist niemand.

Nur wenig später sehe ich Julio lachend auf mich zukommen.

»Du machst es richtig, Lennard. Füße hochlegen und einfach nur runterstarren. Das ist Meditation pur.«

Wortlos stellt er seinen Rucksack ab und setzt sich neben mich. Es bedarf an dieser Stelle keiner Worte. Julio hat es schlicht erfasst, Meditation pur!

»Und was ist mit dem Foto?«, fragt er dann.

»Du bist neugierig.«

»Immer. Dumme Angewohnheit.« Sein Lachen steckt an und ist irgendwie sehr sympathisch.

Ich ziehe eine Kopie ihres Passes aus meiner Brusttasche.

Julio nimmt das Papier entgegen, faltet es auf, während ich mich wieder der Natur widme. Mit einem halben, wachen Auge warte ich dabei seine Reaktion ab.

Aufmerksam betrachtet er Elenas Bild. Ich forsche in seinem Blick nach einem Zeichen, erkennt er sie? Nein. Natürlich nicht.

»Hast du sie schon einmal gesehen? War sie mal auf einer Tour hier oben? Vielleicht erst kürzlich?«, helfe ich nach.

Julio starrt noch immer auf das Bild, studiert ihre Gesichtszüge. Stumm faltet er das Papier wieder zusammen und reicht es mir.

»Und?« Ich warte noch immer auf eine Reaktion.

Er wühlt in seinem Rucksack, zieht eine Sonnenschutzcreme heraus.

»Sie ist außergewöhnlich«, sagt er.

»Ja, das ist sie«, bestätige ich verwirrt, weil er genau die richtigen Worte für Elena findet.

»Wo hast du sie kennengelernt?«

»Sie ist Flugbegleiterin.«

»Du solltest hier oben einen hohen Lichtschutzfaktor verwenden«, bemerkt er, das Thema wechselnd. »Die Sonne brennt extrem in der Höhe. Hier …« Er reicht mir seine Sonnencreme.

Ich komme seiner Aufforderung nach, mich einzucremen.

Julio starrt in eine Richtung. Er konzentriert sich. Vielleicht auf einen Gedanken.

»Es ist möglich, dass ich sie gesehen habe. Darum sage ich, sie ist außergewöhnlich.«

»Du hast sie also hier oben gesehen?«

»Sie könnte es gewesen sein. Das Foto ist nur eine Kopie, schwarz-weiß. Ich kann es nicht mit Sicherheit sagen.«

»War sie allein oder mit jemandem, in einer Gruppe?«

»Sie war nicht in *meiner* Gruppe, das nicht. Wenn sie es überhaupt war, dann kam sie mit einer Gruppe kurz nach uns.«

Ich sauge jedes seiner Worte regelrecht auf. »Und?«

»Nichts.«

Hat Elena an mich gedacht, als sie hier oben war? Sind wir nur zufällig getrennt worden, weil ich in den Wald ging und sie vielleicht nur kurz gebadet hat? Habe ich sie übersehen?

»Wenn du es ganz genau wissen willst, ich finde sie sieht ein bisschen wie eine Inkaprinzessin aus. Das habe ich gedacht, als ich ihr Gesicht sah: So müssen die Frauen der Inkaherrscher früher ausgesehen haben. So erhaben und stolz.«

Verwirrt schraube ich die Sonnencremeflasche wieder zu. Was redet er da? Julio ist ein Träumer.

»He, sie stammt aus unserer Zeit. Sie ist kein Geist.«

»Schon klar.«

Er beobachtet mich von der Seite, blinzelt dabei grinsend in die Sonne.

»Ihr Gringos habt ganz einfach keine Fantasie. Wir sind die Nachkommen einer Hochkultur. Wer weiß, ob einer meiner – oder ihrer –Urgroßväter die *Conquista* leibhaftig miterlebt hat. Ich denke es gibt eine Art kollektive Erinnerung.«

»Glaubst du?«

»Davon bin ich überzeugt.«

»Kollektive Erinnerung, interessante Idee.«

»Traumatisierende Erlebnisse, die eine ganze Kultur betroffen haben, hinterlassen Spuren bei den nachfolgenden Generationen. So ähnlich ist das doch auch bei euch mit den Nazis.«

»Hmn ... das ist sicher kein gutes Thema.«

Ich mustere Julio aufmerksam. Ich schätze ihn auf höchstens achtundzwanzig. Demnach wäre er knapp zehn Jahre jünger als ich. Trotzdem habe ich in diesem Moment das Gefühl der pubertierende, dumme Junge zu sein, der nicht begreifen will, dass die Frau, die er sich in den Kopf gesetzt hat, verschwunden ist, einfach weg. Und es ist irgendwie aussichtslos, sie hier zu suchen. Der Kontinent ist groß.

»Deine Elena könnte jede hier sein, schau dich um«, bringt er meinen Gedanken auf den Punkt. Elena ... *jede*. Völlig absurd, Elena ist einmalig.

»Manchmal frage ich mich, was die Menschen alle hier oben wollen. Sie haben ihre Großstädte gebaut, ihre Shoppingcenter, Hotels und Bars – und trotzdem ist es nicht genug. Sie schleppen sich in Massen hierher, den steilen Berg rauf, haben kaum ausreichendes Training oder Kondition dafür. Das allein wäre gerade noch zu bewundern. Aber sie tun es nicht für das Wunder hier oben. Für diesen Moment, den du und ich gerade genießen. Nein, sie tun es für irgendein soziales Netzwerk, wo sie anschließend ihre Fotos posten: *Schau mal, wo ich war ...*«

Ich fange an zu lachen. »Du bist Philosoph, was? Eine Art Weltverbesserer.«

»Du sagst es. Wenn ich könnte, wäre die Welt besser – aber auch ein bisschen so wie sie ist. Das hier, das muss bleiben. Nur ohne die ganzen Leute. Aber was das betrifft ... rede ich lieber mit mir selbst. Das will keiner hören.«

»Verstehe«, grinse ich.

Er sieht mich eine Weile an, blinzet erneut gegen das Sonnenlicht. »Weißt du was, Lennard, du bist in Ordnung.«

Ich genieße den Tag in vollen Zügen. Manchmal stelle ich mir vor, Elena ginge neben mir, und ich überlege, was ich ihr erzählen würde. Vielleicht kennt sie Geschichten über Machu Picchu, die magisch genug sind, dass sie hierher passen. Elena ist nicht irgendeine Frau für mich. Ich habe zu viel Zeit mit ihr verbracht. Eine Liebeserklärung aber habe ich noch nie einer Frau gemacht. Es waren überwiegend Affären, kurze Geschichten. Einmal sogar mit der Frau eines Vorgesetzten. Er kam dahinter und fand einen Grund mich rauszuwerfen. Ich habe nicht über Moral nachgedacht und war auch nicht verliebt. Ich habe einfach mitgenommen, was kam.

Etwas später stehe ich wieder oberhalb der Ruinenstadt, allein. Ich beschließe Julio zu suchen.
Der Abstieg geht entschieden schneller.

Julio und ich tauschen anschließend E-Mail-Adressen und Telefonnummern aus. Wir wollen uns in Cuzco treffen. Er möchte mir seine Lieblingsecken zeigen.

Im Hotel in Aguas Calientes ist es unerwartet schwül. Der Ventilator funktioniert nicht. Ich klappe die Fensterläden weit auf und lege mich im Halbdunkeln aufs Bett. Das Fenster geht auf den Flur hinaus. Ich beobachte vom Bett aus Touristen dabei, wie sie zur Dusche gehen. Darunter auch Touristinnen. Eine junge, braungebrannte Frau mit sehr ansprechender Figur passiert mein Fenster. Sie trägt nur Tanga und ein Handtuch um die Schultern, als sie zur Dusche geht. Das Handtuch bedeckt ihre Brüste. Ich wundere mich etwas über die offene Freizügigkeit, kann dabei nicht umhin, ihrem zitternden Hinterteil nachzusehen.

Es dauert etwas bis sie wieder zurückkommt. Ihre Haare sind jetzt nass.

Ich sitze am Fenster, suche den Blickkontakt.

»Was gibts denn zu glotzen?«, fragt sie in leicht arrogantem Tonfall.

»Nichts. Hab gerade nichts Besseres zu tun«, gebe ich mich gelangweilt.

Sie geht einfach weiter. Dann aber bleibt sie plötzlich stehen, dreht sich um. »Du brauchst eine Beschäftigung?«

Ich antworte nicht, sehe sie nur an. Lächelnd. Das Spielchen ist ganz simpel. Und es funktioniert fast immer.

Sie starrt mich an, als wüsste sie absolut nicht, worauf ich hinauswill.

Ich kenne diese Art von Frauen. Warum sonst läuft sie halb nackt hier herum. Wassertropfen perlen von ihren Brustwarzen.

Ich trete vom Fenster weg, lege mich aufs Bett, warte, starre an die Decke.

Es dauert gefühlte zehn Sekunden, wenn überhaupt, bis sie in der Tür steht.

DREI

Ich bin wieder in Cuzco.
Es ist unglaublich, aber Elena ist noch immer verschollen. Dabei habe ich das Gefühl, ihr ganz nahe zu sein. Sie ist hier, das spüre ich. Ich spüre ihre Gegenwart und dass ich sie bald wiedersehen werde.

Noch aber gibt es etwas anderes, was meine Neugier treibt. Das rätselhafte Kinderheim.

Dann aber passiert etwas, das mir unerwartet neue Rätsel aufgibt – und zugleich den Ansatz einer Richtung deutet.

Als ich in einem Schreibwarenladen ein paar Postkarten studiere, entdecke ich *sie*. Ich erkenne sie sofort; dabei ist es im Prinzip völlig ausgeschlossen, dass *sie* es ist. Louisa. Tatsächlich Louisa! Zur Erinnerung: Louisa saß beim Absturzflug zwei Sitze weiter, quasi fast neben mir – der Bücherwurm. Laut Elena hatte sie den Absturz zwar überlebt, war aber einige Zeit später gestorben. Eine Story, die ich von Anfang an nicht geglaubt hatte. Soweit der Stand der Dinge, bis zu unserer Feststellung, dass ihr Leichnam auf *mysteriöse* Weise verschwunden war. Die Erklärung steht jetzt, nur wenige Meter von mir entfernt. Und ich würde sagen: Eine Leiche sieht anders aus.

Was mir jetzt jedoch (zwangsläufig) durch den Kopf geht ist: Elena hat mich angelogen. Warum? Und hat Louisa die ganze Zeit schon gelebt, war vielleicht einfach nur abgehauen? Elena hatte sie eventuell nur schützen wollen.

Die Antwort ist, wie gesagt, gerade greifbar. Ich muss *sie* nur ansprechen.

»Louisa?«

Erschrocken dreht sie sich etwas zur Seite, sieht mich an. Ihren Blick kann ich nicht einordnen.

»Kennen wir uns?«, fragt sie dann zu meinem Erstaunen.

Ich wundere mich ein bisschen darüber, dass sie mich nicht erkennt. Jemand, mit dem man einen Flugzeugabsturz überlebt hat ... Ich würde ihr Gesicht nicht vergessen. Ausgeschlossen!

»Ich bins, Lennard. Wir, du und ich, wir haben *es* doch überlebt, schon vergessen?«

Sie sieht mich fragend an, als würde ich in einer fremden Sprache sprechen. Dabei spricht sie, wie ich, Deutsch. Sie ist Deutsche, genau wie ich. Es gibt keine Sprachbarriere.

»Ja, was ...?« klingt sie jetzt genervt.

Es irritiert mich, weil ich ganz und gar nicht auf diese Reaktion eingestellt bin. Absurderweise habe ich das Gefühl, wie jemand behandelt zu werden, der stört, belästigt. Sie als Frau belästigt.

»Wie kann es sein, dass du dich nicht an mich erinnerst? Wir saßen zusammen in der Maschine von Santiago de Chile nach La Paz. Die Maschine, die abgestürzt ist«, beharre ich.

Sie scheint nachzudenken. Vielleicht nicht mal über meine Worte. Dabei sieht sie mich an, wie man jemanden ansieht, der nicht alle Tassen im Schrank hat. Dann aber wirkt sie verunsichert, nur ganz kurz. Die nächste Reaktion ist Lachen. Sie fängt an zu lachen. Es klingt halb hysterisch, unnatürlich.

»Du bist ja verrückt«, sagt sie und hastet einfach an mir vorbei. Von einer plötzlichen Eile getrieben, verlässt sie den Laden.

Ich lege die Postkarten beiseite und eile ihr nach.

Louisa ist bereits ein gutes Stück vor mir. Mit einigem Abstand. Es macht also keinen Sinn, nach ihr zu rufen. Aufgrund des Straßenverkehrs würde sie mich ohnehin nicht hören. Ob sie ahnt, dass ich hinter ihr bin? Sie sieht sich kein einziges Mal um.

Ich folge ihr eine halbe Ewigkeit durch die Stadt. Durch Gassen, vorbei an Marktfrauen und den zahlreichen kleinen Läden. Mal über Steintreppchen aufwärts und dann wieder abwärts. Bis sie irgendwo abbiegt – mir entgeht wo – und ich kurz überlegen muss, wohin sie verschwunden sein könnte.

Dann jedoch wird die Sache klar, denn die Gegend kommt mir auf einmal bekannt vor. Ich glaube fast an den schier *magischen* Zufall, als ich das vor mir Liegende identifiziere: tatsächlich die Casa Santa Magdalena! Zufall wird wohl kaum im Spiel sein, denke ich. Was in aller Welt geht hier vor sich?

Louisa ist auf einer Seite des Gebäudes verschwunden. Ich sehe gerade noch ihren Schatten. Möglicherweise nimmt sie den hinteren Eingang. Ich folge ihr, taste mich die Hauswand entlang, schlage mich durch das Gestrüpp – und finde tatsächlich einen weiteren Eingang. Die Tür ist nur angelehnt.

Drinnen stellt sich das Déjà-vu sofort ein. Der Patio ist aufgeräumt. Ein Tisch mit Prospekten steht in der Mitte.

Neugierig trete ich an ihn heran, überfliege die verschiedenen Faltblätter. Sie informieren über diverse soziale Projekte, vielfältige Themen – von Frauenprojekten bis hin zu Drogenentzug, *Streetwork*, Ärzte ohne Grenzen. Mein Blick bleibt an einem bunt bemalten Faltblatt hängen. *Un futuro feliz para niños abandonados.* Eine glückliche Zukunft für benachteiligte Kinder: *Monte Mágico empfängt dich mit offenen Armen.* Ein niedliches Kind lächelt von der Titelseite des Prospektes, zwischen gemalten Kinderbildern und einer Traumlandschaft im Hintergrund. Der erste Eindruck vermittelt: Monte Mágico bietet Kindern aus schwierigen Verhältnissen eine echte Alternative, Monte Mágico macht Kinder glücklich. Die Botschaft ist eindeutig.

Wie immer bin ich skeptisch. Ich lege den Prospekt wieder zurück und schlendere weiter. Die Türen, die ich passiere, sind verschlossen. Hinter einer aber höre ich Stimmen. Vermutlich findet hier gerade eine Versammlung oder Ähnliches statt. Ich lehne mich gegen die Tür, versuche etwas von dem Gesprochenen zu verstehen, was mir jedoch nicht gelingt. Der Raum hallt zu sehr.

Wo ist Louisa geblieben? Abgesehen von den Stimmen hinter der Tür, beseelt eine unglaubliche Ruhe das Gebäude. Ich bin hin- und hergerissen. Was soll ich tun? Abwarten bis die Versammlung vorbei ist oder ein weiteres Mal her kommen? Rein kommt man problemlos. Die Casa Santa Magdalena ist ein offenes – ein *öffentliches* Gebäude. Eindringlinge sind willkommen. Man hält ihnen sogar die Tür auf und vermittelt das Gefühl, kommen und gehen zu können, wie und wann es einem beliebt.

Nachdem ich eine Weile in die Gegend gestarrt habe und sinnlos herumgeschlendert bin, entscheide ich mich zu gehen. Hinter der Tür tut sich nichts. Ich werde ein anderes Mal wiederkommen.

Ziellos streife ich anschließend durch Cuzcos Gassen, kaufe mir unterwegs ein Mobiltelefon, um den Anschluss zur Außenwelt wieder herzustellen. Ich rufe Julio an. Er hat heute seinen freien Tag. Wir verabreden uns in einer Bar nahe der *Plaza de Armas*.

Julio ist bereits da, als ich die Bar betrete, die auf den ersten Blick Gemütlichkeit verspricht. Angedeuteter Stil-Mix: Retro-Barhocker, rotes Leder, Bilder vom Highway Number One. Dazu indigene Folklore. Tischsets mit den bunten Mustern der Hochlandvölker. Die typischen Melonen-Hüte der *Quechua*-Frauen zur Aufbewahrung von Besteck und Servietten.

»Lennard! *Hola amigo!*«, ruft er mir über die Tische hinweg zu. Eine kurze Begrüßungsumarmung folgt. Julios unkomplizierte Art tut mir gut. Nach all dem, was ich erlebt habe ist es ein Segen jemanden zum Reden zu haben. Ein echter Freund hat mir auch in Chile bislang gefehlt. Sicher, habe ich ein freundschaftliches Verhältnis zu Josh, meinem Chef. Mit vollem Namen heißt er übrigens Dr. Thomas Joshua Andrade, ein Deutsch-Chilene. Ab und zu gehen wir was trinken. Das Verhältnis ist dennoch eher oberflächlich freundschaftlich. Was Josh betrifft, müsste ich mich eigentlich dringend bei ihm melden, scheue mich jedoch. Unklar ist, was dann passieren würde – ob er mich feuert.

Wie dem auch sei, ich denke, dass ich noch Zeit brauche, um meine Situation zu klären.

»Hast du Hunger?«, ist Julios erste Frage.

»Mordshunger.«

»Hier gibt es Burger. So sagen sie dazu. Eigentlich sind es eher *Empanadas*, gefüllt mit Hackfleisch und Gemüse. Musst du probieren. Ich weiß nicht, ob du die peruanische

Küche kennst. Sie ist wirklich erstklassig und sehr gesund.«

»Klingt gut. Solange du mir kein Meerschweinchen auftischst. Ich nehme einen Burger und ein Glas *Chicha*.«

Mittlerweile finde ich die *Chicha* ganz schmackhaft, was vermutlich daran liegt, dass alle sie trinken und somit keine Versuchung besteht irgendetwas anderes zu bestellen.

Wenig später werden uns zwei reichhaltige Portionen serviert. Wir stürzen uns gierig auf das Essen.

»Du wohnst bei deiner Mutter. Was ist mit deinem Vater?«, will ich wissen.

»Mein Vater? Ach«, er macht eine abwinkende Geste mit der Hand, »der ist weg.«

»Weg?«

»Weg aus Peru. Er hat seinen Job verloren, weil er angeblich was geklaut hat. Getrunken hat er außerdem. Manchmal kam er mit einer Fahne auf die Arbeit. Seiner Aussage nach ist natürlich alles gelogen. Aber wie auch immer, sie haben ihn gefeuert. Daher ist er nach Argentinien.«

»Er hat deine Mutter einfach alleingelassen?«

»Ja, das macht aber nichts. Ist auch nicht so ungewöhnlich. Meine Mutter war heilfroh, als er weg war. Keiner mehr, der das ganze Geld verprasst und auch ansonsten nur Ärger macht, sagt sie. Und sie ist keine von den Frauen, die ein Blatt vor den Mund nehmen. Unsere Frauen können sich gegen den *machismo* durchsetzen. Weiter oben in Bolivien gibt es *cholitas*-Fussball. Meine Mutter war schon immer der Boss. Und wenns ums Reden geht, quatscht sie meinen Vater und mich an die Wand. Sie arbeitet in einem Elektro-Haushaltsladen. Waschmaschinen und so. Mit Waschmaschinen und Trocknern kennt sie sich aus. Wenn du mal was brauchst.«

»Danke, ist beim Reisen eher sperrig.«

»Stimmt!« Er lacht, kichert wie ein Kind.

»Und hast du Kontakt zu deinem Vater?«

»Mal ja, mal nein. Wie er grad Laune hat. Wenn er mal eine Runde jammern muss, ruft er mich an. Meine Mutter meidet er bei so was, weil sie ihm ordentlich die Meinung geigen würde. Ich bin nicht ganz so. Mit mir kann er diskutieren. Ich sag ihm dann: Mach doch mal das oder das ...«

»Und? Hört er auf dich?«

»Eher nicht. Aber ab und zu schon.«

»Was ist mit deinen Eltern, Lennard? Hast du Geschwister?«

»Nein. Und du?«, frage ich.

»Geschwister, nein. Normalerweise sind die Familien groß. Die meiner Eltern sind es auch. Ich habe viele Tanten. Was hältst du von Cuzco? Gefällt es dir hier?«, will er wissen.

»*Por supuesto*, sehr! *Cuzco es mágico!*«

»Mir geht es manchmal auf den Wecker. Vor allem die vielen Touristen. Die Hippies. Darunter sind viele Spinner. Dieser ganze Esoterikkram. Leute, die hier abhängen, Drogen verkaufen. Chile fände ich spannend. Aber klar, ich habe hier meinen Job, *mi familia*. Und natürlich liebe ich mein Land. Die Chilenen kommen zu uns, weil es bei uns so günstig ist. Sie lieben auch unser Essen.«

»Was weißt du über Kooperationen mit Chile?«, schneide ich nicht ganz zufällig *das* Thema an. »Ich meine soziales Engagement. Kirchen und Verbände zum Beispiel? Gibt es Kooperationen mit Chile?«

»Du meinst sowas wie den *Hogar de Christo*?«

»Hast du von diesem Drei-Länder-Kinderheim-Projekt gehört? Ein Kinderheim, das sich Monte Mágico nennt und sozial benachteiligte Kinder fördern will?«

»Nein. Das ist aber sicher eine gute Idee. Es gibt genug sozial Benachteiligte in unserem Land.«

»Kennst du die Casa Santa Magdalena?«

»Ja, klar. Das ist eine Schutzinstitution.«

»Schutzinstitution wofür?«

»Menschen, die in Not geraten sind. Sei es weil sie sozial ausgebeutet, verfolgt oder misshandelt wurden. Oder was einem eben sonst noch so widerfahren kann, um schutzbedürftig zu werden.«

»Aber ist es sicher, dass diese sogenannte soziale Fürsorge tatsächlich dem Wohl der Menschen dient?«

Irritiert sieht er mich an. »Wie meinst du denn das?«

»Ich meine, dass man vielleicht Menschen ausspioniert, sie für profitbringende Projekte missbraucht. Wenn ich an dieses Kinderheimprojekt denke. Zum Beispiel. Man könnte vorgeben sich sozial zu engagieren, und in Wirklichkeit betreibt man illegale Prostitution oder etwas in der Art. Sie könnten die Kinder zur Prostitution zwingen. Schäfer hat sich doch auch an kleinen Jungs in seiner *Colonia Dignidad* vergangen.«

»Lennard, mein Gott, du fantasierst! Kinderprostitution gibt es in den Minen, am Amazonas bei den Goldgräbern. Aber in Erziehungsanstalten? Ich weiß nicht. Prostitution ist allgemein weit verbreitet. Aber aus einem Hilfsprojekt ein illegales Prostitutionsgeschäft zu machen – das halte ich für ziemlich übel und … na ja, hältst du uns für so schlecht? Die Menschen brauchen die Hilfe, das wäre riskant. Und außerdem braucht es dafür Abnehmer mit

Geld. Die findest du eher in den Vereinigten Staaten, in reichen Ländern. Der Unternehmer, der sich auf Kosten Dritter amüsiert, möglichst diskret, der kommt aus deiner Ecke.«

»Möglich. Und dafür gibt er finanzielle Hilfe, für gut getarnte Projekte.«

»Hmn, weiß nicht. Die Casa Santa Magdalena ist sauber. Hast du denn Beweise für deine Vermutung? Einen konkreten Verdacht?«

»Ich habe einen Konzeptentwurf für dieses Kinderheim gesehen, Unterlagen. Die sogenannte Firmenphilosophie bietet schon ein paar Interpretationsmöglichkeiten. Du findest eine ganz harmlose Seite im Internet. Aber darüber hinaus, ist die PR eher zurückhaltend. Zumindest im Netz.«

»Wie bist du an diese Unterlagen gekommen?«

»Ist eine längere Geschichte.«

»Erzähl mal!«

»Ich kenne eine Studentin, die in Chile ein Praktikum absolviert. Sie hat mir die Unterlagen zugespielt. Dort ist mir die hohe Gewinnsumme ins Auge gesprungen, die das Projekt abwerfen soll.«

»Aha.«

»Wenn du mich fragst, riecht das verdächtig nach illegalen Geschäften. Organhandel, Menschenhandel, Prostitution, illegale Adoptionen. Was auch immer. Ist doch alles denkbar«, flüstere ich.

Julio zieht die Stirn in Falten, sieht mich skeptisch an. »Lennard, du übertreibst.«

Meine Gedanken, die plötzlich auf Abwege geraten, zu kreisen beginnen, sich dabei verkeilen, lösen eine unerwartete körperliche Reaktion in mir aus. Kalter Schweiß, Zittern. Ich weiß nicht, was der Grund für meinen plötzlichen Sinneswandel ist, der einer Panikattacke gleicht.

»Und …?« Julio wartet auf eine Erklärung. Er ist meinen Ausführungen bis hierher gefolgt.

Ich reagiere nicht auf seine Frage, zittere stattdessen weiter.

»Lennard, was ist los?«

»Nichts.« Ich beobachte meine Umgebung mit Argwohn. Bin ich paranoid?

Im Raum hinter uns hat sich eine Gruppe eingefunden. Langsam füllt es sich dort mit Menschen.

»Ist alles okay, geht's dir nicht gut?«, fragt er jetzt besorgt.

»Alles in Ordnung.«

Mein Blick klebt wie betäubt an dem Raum, aus dem die Geräusche langsam lauter werden. Geschirrklappern, Stimmen, Lachen. Ein paar Leute sitzen bereits am Tisch. Andere stehen noch. Polierte Schuhe, für den Abend zurechtgemachte Menschen. Ich weiß nicht, warum ich zittere. Ich wende meinen Blick mit aller Gewalt ab, obwohl Angst und Neugier – beides gleichzeitig – mich regelrecht auffressen.

»Da gibt es doch noch was«, hakt Julio nach.

»Was?«

»Etwas, das du nicht erzählen willst.«

Seine Worte schlagen ein, stoppen kurzfristig mein Zittern.

»Ja, da ist was.«

Er wartet. Langsam drehe mich wieder in seine Richtung. »Kannst du dir vorstellen, dass jemand einen Flugzeugabsturz überlebt?«

»Unwahrscheinlich, aber es kommt vor. Sehr selten.«

»Wo, meinst du, müsste ein Flugzeug abstürzen, damit die Überlebenschancen steigen?«

»Was ist das für eine Frage.«

»Über dem Meer ganz sicher nicht. Stadt, Wüste oder Gebirge ebenso ausgeschlossen. Über dem Regenwald vielleicht, unter günstigen Umständen. Die hohen Bäume könnten den Sturz abbremsen und das Flugzeug auffangen. Aber dann müsste man schon sehr tief fliegen. Aus großer Höhe, sicher nicht. Voraussetzung ist auch, man ist noch relativ jung, gesund, kräftig. Es hat derartige Fälle gegeben.«

»Jemand wie ich? Könnte ich überleben?«

»Was willst du mit dieser Frage? Kennst du jemanden, der bei einem Flugzeugabsturz ums Leben gekommen ist?«

Seine Frage bewirkt, dass mein Gehirn augenblicklich einen Film abspielen will. *Diesen* Film. »Du würdest es mir nicht glauben.«

»*Was* würde ich nicht glauben?«

»Wenn ich dir jetzt sage: Ich bin abgestürzt.«

»Ein Flugzeugabsturz? Lennard!« Er starrt mich mit offenem Mund an. »Aber … aber wann soll das denn gewesen sein?« Skeptisch schüttelt er den Kopf. »Das kann ich tatsächlich nicht glauben.«

»Vor ein paar Wochen. Ich habe im Regenwald jedes Zeitgefühl verloren. Wenn ich aber auf den Kalender schaue, ist es erst sechs Wochen her.«

»Vor sechs Wochen soll ein Flugzeug abgestürzt sein? Hier in Peru? Warum ging das dann nicht durch die Presse?«

»Eine Maschine der PAA. Ziel war La Paz. Nichts davon gehört?«

Julios Blick verändert sich. Er überlegt, reibt sich über die Stirn. In seinem Kopf arbeitet es. »Vor sechs Wochen, sagst du. Doch. Doch, da war tatsächlich was. Eine Meldung. Die PAA sollte verkauft werden. An dem Tag ausgerechnet, ist eine Maschine mit Ziel La Paz verschwunden. Das war merkwürdig und hat erst einmal zu Spekulationen geführt. Ein Absturz wurde in Erwägung gezogen, war aber schnell vom Tisch. Der Verkauf wurde dann ziemlich zügig abgewickelt. Das Verschwinden hat sich irgendwann geklärt, soweit ich mich entsinne. Die Maschine soll verspätet in Cuzco gelandet sein. So hieß es.«

»Die Maschine ist abgestürzt!«

»Ach. Aber wie? Wie kann das sein?«

»Du glaubst ich lüge.«

»Nein. Ich kann mir das nur einfach nicht vorstellen. Warum sollte das vertuscht worden sein. Ein Absturz?! Das kann man doch gar nicht vertuschen. Aber wenn es so ist, wie du sagst … Hat denn, außer dir, noch jemand überlebt?«

»Elena.«

»Deine große Liebe.«

Ich will gerade kopfnickend zustimmend, halte aber rechtzeitig nochmal inne. Ich möchte dem nicht zu eindeutig zustimmen.

»Elena. Und Louisa, die Studentin, von der ich dir eben erzählt habe. Die mit dem Kinderheim. Sie ist aber plötzlich verschwunden. Das heißt, Elena und ich waren allein im Regenwald. Wir dachten, sie hätte nicht überlebt. Dann aber treffe ich sie plötzlich HIER – in Cuzco!«

»Das klingt alles sehr fantastisch, Lennard. Glaubst du die Fluggesellschaft weiß nichts von eurem Überleben?«

»Keine Ahnung. Ich weiß nicht, was mit Elena passiert ist. Wir haben uns im Regenwald das letzte Mal gesehen. Da war ein Ast. Was danach passiert ist, keine Ahnung. Blackout. Ich kam erst hier in Cuzco wieder zu mir, in der Casa Santa Magdalena. Ich nehme an, Elena war auch dort. Aber sie muss vor mir weg sein.«

Julio sieht mich noch immer skeptisch an. In seinen Ohren muss das Ganze ziemlich wirr klingen.

»Wenn das stimmt, was du sagst, dann brauchst du erst einmal psychologische Hilfe. Du bist traumatisiert. Ein Absturz, das ist ein verdammt übles Erlebnis!«

»Ich hatte meine Zeit.«

»Du hast ein Absturztrauma! Ein verfluchtes Trauma«, schwächt er das Gesagte gleich wieder etwas ab (vielleicht glaubt er mir doch nicht). »Lennard, wenn es so ist, ist das so ziemlich das Schlimmste, was einem passieren kann. Das ist doch nicht nach ein paar Wochen vorbei, das bleibt. Du solltest das ernst nehmen. Verdammt ernst.«

»Julio, der Psychologe. Oder glaubst du doch ich halluziniere? Mit dem Kinderheim und so?«

»Ich sage nur: Geh zu einem Arzt!«

»Um ihm dann mit meiner Story zu kommen: Ich habe einen Flugzeugabsturz *überlebt*, er mir dieselben Fragen stellt wie du, mich für paranoid erklärt – oder eine Meldung macht? Ich weiß nicht, was mit Elena ist.«

»Du hast Angst.«

Ich antworte nicht.

»Wenn Elena bereits wieder fliegt, muss doch längst bekannt sein, dass die Maschine abgestürzt ist.«

»Keine Meldung. Spricht für Vertuschung.«

»Oder sie hat es verschwiegen.«

»Die PAA stand kurz vor der Pleite. Ein Flugzeugabsturz ist ziemliche Negativ-Presse für eine Fluggesellschaft. Das vergisst so schnell keiner. Ganz egal, aus welchem Grund die Maschine abgestürzt ist. Auch wenn niemand was dafür kann. Es bleibt unvergessen, weil so viele Menschen sterben.«

»Ob Elena davon gewusst hat?«, frage ich mich plötzlich.

»Wovon?« Julio klingt skeptisch. Ich sehe ihm buchstäblich an, dass er Zweifel an meiner Story hat. Vielleicht denkt er, mein Trauma hätte einen anderen Ursprung.

Der Raum nebenan ist mittlerweile gut gefüllt. Fast alle Anwesenden sitzen. Man unterhält sich. Die Männer sind auffallend elegant gekleidet, die Frauen fast alle durchgestylt und sehr stark geschminkt.

»Von den Übernahmeverhandlungen«, beantworte ich seine Frage. »Wenn sie Angst um ihren Job hatte.«

»Und was ist mit der Studentin? Meinst du, sie hat die Fluggesellschaft verständigt? Bei einem Absturz wird doch eine Versicherungssumme gezahlt. Man hat Anspruch auf eine Entschädigung.«

Ich erinnere mich an Louisas merkwürdiges Verhalten. Sie hatte so getan, als würde sie mich nicht kennen.

»Nein, das glaube ich nicht.«

»Warum nicht?«

»Ja, das frage ich mich auch. Vielleicht hat sie ihre Gründe.«

»Du denkst an diese Kinderheimgeschichte. Lennard, ich weiß nicht. Weißt du denn *warum* die Maschine abgestürzt ...?« Er spricht den Satz nicht zu Ende.

Ich brauche nicht lange, um mich wieder in die Situation zu versetzen. Die Szene tritt quasi wie von selbst aus meiner Erinnerung, ist wie ein Schatten, der sich bedrohlich still verhält, sich dann aber sofort bemerkbar macht, wenn man ihn nur irgendwie erwähnt. Das Flugzeug hat mit voller Wucht gebebt, sich regelrecht geschüttelt.

»Es war ein Blitzeinschlag, ja, es hat gewittert. Ein sehr starkes plötzliches Gewitter. Wir flogen sehr tief.«

Ich erinnere mich nicht an den Aufprall. Umso mehr erinnere ich mich an die beklemmende Stille, um mich herum. *Danach.* Mein Körper war wie gelähmt. Die Bilder, die im nächsten Augenblick auf mich zukommen, ertrage ich kaum. Ich ertrage die Hölle kein zweites Mal. Ich erinnere mich nur an den Himmel über uns. Blau war er, unfassbar blau. Eine Erlösung aus dem Albtraum.

»Was den Absturz betrifft – dabei wird man wohl bewusstlos. Später bin ich in den Trümmern aufgewacht.« Es fällt mir schwer mich dazu zu zwingen, mir die Bilder länger als nötig vor Augen zu halten.

»Horror«, bestätigt er stockend.

Wieder bricht der kalte Schweiß aus. »Reden wir nicht weiter darüber.«

Ich lenke meine Aufmerksamkeit ganz gezielt auf den Nachbarraum. Aus irgendeinem Grund, bilde ich mir plötzlich ein, es müsse sich um eine Fluggesellschaft handeln, die dort feiert. Was auch immer sie feiert. Unsere Wiedergeburt, die Übernahme, von der Julio gerade gesprochen hat. Jemand hebt sein Glas und prostet mir zu. Ein Mann im grauen Anzug. *Prost Lennard! Darauf, dass niemand mitbekommen hat, wie du als einziger überlebt hast. – Und darauf, dass niemand mitbekommen hat, wie das Flugzeug vom Himmel fiel. Es bleibt unter uns.*

Ich senke den Blick, rebelliere dabei innerlich. Nein! Nein!, denke ich. Es ist ein Wunder. Aber das Wunder ist passiert.

Mein Blick flüchtet erneut in besagte Richtung. Diesmal fixiere ich eine Frau, die mir den Rücken zudreht. Völlig bewegungslos sitzt sie da. Haarschnitt und Figur passen in etwa ... Elena, denke ich. Sie könnte es sein.

»Ein Firmenjubiläum«, erklärt Julio in meine Gedanken, ohne dass ich ihn angesprochen hätte.

»Was für eine Firma?«

»Zeitungsleute. Siehst du doch. Die haben da so Schilder hängen. Presseausweise.«

Die eben noch bewegungslose Frau hat sich ins Profil gedreht, um sich mit ihrer Sitznachbarin zu unterhalten. An der Form ihrer Nase erkenne ich, dass es nicht Elena ist.

»Du suchst *deine* Frau«, scheint er meine Gedanken zu erraten, »diese Elena. Warum bist du so heiß auf sie? Hast du was mit ihr gehabt, ich meine ...«

»Einmal. Es war in der letzten Nacht.«

»Hast du eine Freundin in Chile? Ein Mann wie du, sicher reißen sich die Frauen um dich.«

»Nein. Ich bin wegen der Arbeit nach Valparaíso gekommen. Nicht wegen einer Frau.«

»Und in deinem Land, in Deutschland? Gibt es keine, die dort auf dich wartet?«

»Nein. Oder ... habs vergessen.«

»Vergessen?« Irritiert und zugleich zweifelnd sieht er mich an. »Du bist schon ein komischer Typ. Wie kann man denn vergessen, ob man eine Frau gehabt hat.«

»Bei dir ist es doch auch nicht anders«, bemerke ich. »Du wechselst deine Sexualpartnerinnen.«

Julio lacht. »Sexualpartnerinnen …?! Was ist denn das für ein komischer Ausdruck?!«

»Aber wenn du so willst, sie wechseln. Du wirst es nicht glauben, aber ich glaube an die große Liebe und an die Treue.«

»Du?!« Jetzt lache ich tatsächlich. »Du wechselst deine Frauen, willst mir aber weismachen, dass du treu bist?!«

»Ja«, bemerkt er mit ernster Stimme. »Das eine hat doch nichts mit dem anderen zu tun. Wenn beide wissen, dass es nur für eine Nacht ist, ist das doch kein Versprechen. Viele Männer respektieren ihre Frauen viel zu wenig. Sie versprechen alles Mögliche, ohne es zu halten, trinken, huren herum. Solange ich nicht verheiratet bin, muss ich kein Versprechen abgeben. Und wenn ich einmal heirate, dann werde ich mein Versprechen halten. Ich werde meine Frau respektvoll behandeln, sie nicht betrügen.«

Ich schüttele den Kopf und lache.

Als wir später die Bar verlassen, renne ich an der Ausgangstür fast mit einer Frau zusammen. Sie wühlt in ihrer Handtasche und bemerkt mich nicht. Im letzten Moment kann ich ihr ausweichen.

Schon wieder ist da dieser Gedanke. Verstohlen sehe ich ihr hinterher. Elena, denke ich. Die Gestalt und ihre Bewegungen. Ihr Gesicht habe ich nicht erkannt.

»Lennard, wo bleibst du?«, fragt Julio, der in der Tür auf mich wartet.

Ich bin nicht Herr meiner Sinne. Die Stimmung ist auf einmal im Eimer. Die gute Laune, der leicht angeheiterte Zustand. Ernüchterung. Ich muss nochmal zurück, mich vergewissern.

»Ich habe was vergessen«, entschuldige ich mich und hetze – für Julio völlig unerwartet – ins Restaurant zurück.

Die Frau ist irgendwohin verschwunden. Als ich den Raum mit der Gesellschaft betrete, muss ich mir eingestehen, nicht den geringsten Anhaltspunkt zu haben. Ich habe sie nicht einmal richtig gesehen. Wer auch immer sie ist, sie ist jetzt eine von vielen, hier in diesem Raum. Eingetaucht in das Ganze, und als Individuum nicht identifizierbar.

Desillusioniert wende ich mich ab, gehe wieder hinaus.

»Hast du jetzt alles?«, empfängt mich Julio.

Ich bin noch immer verwirrt, fühle mich unbefriedigt, ruhelos.

»Ja.«

Es ist das Gefühl nicht zu wissen, was mit Elena passiert ist. Wie soll ich sie suchen – und wo? Sie ist Flugbegleiterin und theoretisch in ganz Südamerika unterwegs. In möchte mir gerne vorstellen, wie es wäre wenn sie plötzlich in der Tür erschiene und mir ihre Telefonnummer in die Hand drückte: *Hier, ruf mich morgen an ...*

Und wenn sie doch unter den Gästen im Restaurant ist und nur einen Moment auf der Toilette, wenn sie sich verspätete hat ...? Ich könnte sie verpassen.

Als ich zurück ins Hotel komme, nehme ich unterschwellig eine Person wahr, eine winkende Hand. Ich reagiere nicht, registriere jedoch – ebenfalls unterschwellig – als das Winken nicht nachlässt, dass es offenbar mir gilt. Ich drehe mich etwas herum. Meine Umgebung gewinnt an Schärfe. Ich erkenne Gregs rotblonden Haarschopf. Er sitzt an einem Tisch mit zwei Südamerikanerinnen.

Hätt ich´s mir denken können, natürlich lässt er nichts anbrennen.

Eigentlich habe ich unsere nächtliche Tour in keiner guten Erinnerung. Der Instinkt sagt mir, von einer weiteren Tour mit dem Holländer abzusehen, er sucht das Vergnügen. Ich dagegen … Ja, was suche ich – mal abgesehen von Elena?

Ich gebe mir einen Ruck, und gehe zu seinem Tisch.

»Hi Lennard«, begrüßt er mich, »hab dich gar nicht mehr gesehen. Warst du in Machu Picchu? Das war doch dein Plan.«

»Ja, und es war einfach klasse, solltest du dir auch ansehen.« Ich möchte noch etwas hinzufügen, verkneife es mir aber.

Mein Blick streift seine weibliche Begleitung. Die beiden Frauen sind nicht älter als Anfang, Mitte zwanzig, dunkelhaarig, attraktiv.

»Absolut«, höre ich seine Stimme, »jetzt weiß ich ja, wo ich mir Reisetipps hole. Wie siehts heute Abend aus, hast du was vor? Lust auf eine Party?«

»Nee, lass mal«, winke ich ab. »Muss nicht sein … Ich hab Schlaf nachzuholen.«

Schlaf?! Hab ich tatsächlich von Schlafen gesprochen? Warum eigentlich – zugegeben, ich habe Lust.

»Komm schon, schlafen kannst du danach. Das wird ´ne coole Party. Super *fiesta, o no?*«, fragt er an die Frauen gerichtet. Sie bestätigen lachend.

»Jede Menge *Chicha* und *chicas*!« Bei dem letzten Wort zwinkert er mir verschwörerisch zu.

Ich deute an weiter zu wollen. Er hält mich jedoch am Arm fest – so dass ich mich fast ein bisschen genötigt fühle, mich mit an den Tisch zu setzen.

Eine der beiden Frauen mustert mich interessiert. »Du arbeitest in Valparaíso, hat Greg gesagt«, stellt sie die Verbindung her. Sie: schlank, schwarzes glattes, langes Haar, braune Augen und dichte Wimpern. Natürlich ist sie mein Typ.

»*Si*«, bestätige ich.

»Ich bin Chilenin, aus Viña. Viña del Mar, das kennst du?"

»Klar.«

Geschickt verwickelt sie mich in eine Unterhaltung. Carla-Maria heißt sie. Wir unterhalten uns eine Weile auf Spanisch. Greg sitzt daneben und versteht nicht wirklich viel. Seine Unterhaltung mit der anderen Chilenin schleppt sich so dahin. Seine Sprachkenntnisse halten sich in Grenzen. Ich bemerke das nicht ganz ohne Schadenfreude. Am Ende stimme ich zu mit zur Party zu gehen. Schon allein weil ich einsehe, dass Greg – ohne mich als Dolmetscher – völlig aufgeschmissen ist.

Die Party läuft langsam an. In einer Ecke wird laut Musik gespielt und getanzt; in der anderen irgendwas geraucht.

Greg ist schon kurz nach unserer gemeinsamen Ankunft irgendwo abgetaucht.

Carla-Maria gabelt mich an der Bar auf. Ich hocke da, starre auf Plakate an der Wand. Werbeplakate zu verschiedenen Ausstellungen. Alle bunt und einladend. Lateinamerikanische Muster, Ausschnitte andiner Kulturen, *Nazca*-Linien … Ihre Hand liegt ganz plötzlich auf meiner Schulter, was sich – zugegeben – im ersten Moment ganz gut anfühlt.

»Hi Lennard«, begrüßt sie mich. Sie trägt ein sehr kurzes Trägerkleid. Ihre Haare sind hochgesteckt und die Lippen dunkelrot nachgezogen.

Wir wechseln ein paar belanglose Worte. Dann zieht sie mich wortlos hinter sich her.

In einer anderen Ecke, an einer anderen Bar, spendiert sie mir einen Cocktail. Es bleibt natürlich nicht bei einem. Carla-Maria hat etwas mit mir im Sinn, und ich lasse es geschehen.

Der Raum ist gut gefüllt. Die Location insgesamt sehr ansprechend. Moderner Holzboden, dezentes Licht, das Interior im Vintage Style, nicht wirklich lateinamerikanisch ... wenn die Menschen nicht wären. Soulige Musik dringt aus großen Lautsprechern. Angenehmes Klima, Körper, die sich eng aneinanderschmiegen und harmonisch im Rhythmus bewegen. Jeder hier ist cool, denke ich. Gestylte junge Leute, schöne Menschen, der perfekte Ort, an dem man dabei sein möchte. Und ich bin es. Bin sozusagen mittendrin. Mit Carla-Maria, deren Lippen bereits an meinem Ohrläppchen hängen. Leise haucht sie mir etwas ins Ohr, was ich kaum verstehe. Ihr Körper schmiegt sich beim Tanz an meinen. Ich spüre ihre kleinen Brüste. Dann sind ihre Lippen wieder an meinem Ohr. Ihre Zunge erkundet das Innere meiner Ohrmuschel, Extase. Vorsichtig legt sie meine Hände auf ihr Hinterteil. Mein Körper reagiert sofort, ich stehe unter Strom. Aber es geht gleich weiter. Als hätte sie sich ein Ziel gesteckt, das es gilt zu erfüllen, wovon ich aber keine Ahnung habe. Mein Gehirn ist blockiert. Ich spüre ihre Hand auf meinem Rücken. Sie tanzt eng an mich gedrückt. Dabei rutscht einer der Träger ihres Kleides über ihre nackte Schulter. Ich spüre die Musik in meinem Körper, der sich automatisch zum Rhythmus bewegt. Carla-Marias nackte Schulter erregt meine Fantasie. Ich möchte ihre Brüste berühren und drücke sie wieder an mich. Die Musik wird leiser.

»*Vamos*«, haucht sie mir ins Ohr, als das Lied zu Ende ist.

Ich habe keine Ahnung, wohin wir gehen. Es ist dunkel. Wir entfernen uns von der Party, den Leuten. Rechts und links sind auf einmal Häuser. Dann nur noch Büsche, Mauern. Wir gehen über einen schmalen Pfad, eine enge Treppe hinauf. Ich habe Probleme, mich zu orientieren. Sie hält meine Hand und ich verlasse mich darauf, dass sie sich auskennt. Ich bin zu betrunken. Nochmal geht es um ein paar Ecken. Wieder eine schmale Treppe, Kopfsteinpflaster, Adobe – es geht abwärts. Ich muss mich auf die einzelnen Stufen konzentrieren, um nicht daneben zu treten. Am Ende der Treppe entdecke ich Wasser. Ein kleines Becken, eine Art Pool in Naturstein eingelassen.

Carla-Maria verliert keine Zeit und zieht sich vor mir aus. Ich reibe mir die Augen. Auf einmal geht alles sehr schnell – für mich zu schnell. Ich bekomme alles nur zeitverzögert mit, muss mich auf mein Gleichgewicht konzentrieren. Wieder schmiegt sie sich an mich. Nur dass sie diesmal vollkommen nackt dabei ist. Geschickt gleiten ihre Finger in meine Hose. Die Knöpfe öffnen sich wie von selbst und ehe ich denken kann, bin auch ich nackt.

Sie zieht mich zum Pool, lässt sich mit mir ins Becken gleiten. Ich schlucke Wasser, schnappe nach Luft. Hastig ertasten meine Hände den Beckenrand. Ich klammere mich daran fest. In dem Moment spüre ich sie: Carla-Maria, die an mir herumfummelt. Unter Wasser. Hastig versucht sie sich an mir …

Doch es geht nicht. Etwas in meinem Kopf sperrt sich. Wieder schnappe ich nach Luft. Ich fühle mich nur wenig erregt, mehr fühle ich mich fremd. Etwas stimmt nicht.

Als sie wieder untertaucht, lasse ich nur kurz zu, dass sie weitermacht. Dann fahre ich dazwischen. »Lass ...«, fordere ich sie auf aufzuhören.

Fragend sieht sie mich an. »Gefällt es dir nicht?«

Doch. Es gefällt mir schon, denke ich. Aber es geht mir zu schnell.

»Lass uns eine Pause machen«, sage ich auf Spanisch, um etwas Zeit zu gewinnen. Unter einigem Kraftaufwand, ziehe ich mich aus dem Pool.

»Es geht grad nicht«, versuche ich ihr klarzumachen. Unwahrscheinlich, dass sie mein genuscheltes Spanisch versteht, aber gerade versagt es mir die Sprache. Mein Atem geht schnell. Es ist ihr sicher noch nicht passiert, von einem Mann beim Sex eine Abfuhr zu bekommen.

»... Sorry«, bringe ich über die Lippen, als ich am Beckenrand sitze. Tatsächlich fühle ich mich ein bisschen wie ein Versager.

Carla-Maria sieht mich an, als hätte ich gerade einen misslungenen Scherz gemacht. Dann steigt sie aus dem Pool, streift sich ihr Kleid über den nassen Körper, greift zu ihren Schuhen und trippelt an mir vorbei.

»He Carla ...«, rufe ich ihr hinterher. Ich will sagen: *Es hat nichts mit dir zu tun.* Dazu aber komme ich nicht. Sie ist in der Dunkelheit verschwunden.

Plötzlich allein zu sein, ändert meine Stimmung schlagartig. Wo bin ich? Keine Ahnung. Ich habe vollkommen die Orientierung verloren. Dennoch fühle ich mich langsam wieder nüchtern. Der Verstand kehrt in kleinen Häppchen zurück, und auch die Kraft. Ganz allmählich.

Es ist, als würde ich aus der Besinnungslosigkeit erwachen. Wäre doch Julio hier. Er würde sich auskennen. Er kennt jede Ecke der Stadt.

Die Nacht hat sich abgekühlt. Ich sitze noch immer am Beckenrand, mein Körper zittert vor Kälte. Benommen fische ich nach meiner Kleidung, schlüpfe hinein und reibe mir über Arme und Beine, um mich aufzuwärmen.

Nur schemenhaft erfasse ich die Umgebung, um mich herum. Hauswände, Gestrüpp, Mauern. Von einer Seite des Beckens sieht man durch großzügig auseinandergehende Mauern in die Ferne – der Blick schweift über Cuzcos einzigartiges Dächermeer. Wenige Bäume, die dem trockenen Höhenklima trotzen, wehen im Wind, Kakteen. Bei Tage muss der Fernblick von hier spektakulär sein.

Der Pool liegt günstig, ein ideales Liebesversteck. Man ist allein hier. Es gibt keine lästigen Beobachter, nur kleine Mäuerchen und Pflanzen, die sich vorbei an Pflastersteinen, an die Oberfläche schmuggeln. Ich suche nach der Treppe, über die wir hierher gelangt sind, und werde irgendwann fündig. Leise Musik ist zu hören.

Ich stolpere durch die Nacht. Allmählich verbessert sich meine Wahrnehmung. Die Tatsache auf mich selbst gestellt zu sein, macht mich hellwach und ich bemerke, wie ich mich wieder besser auf den Beinen halten kann.

Nachdem ich eine Weile gegangen bin, wird mir klar, dass ich mich nicht weit von der Party entfernt habe. An einigen Ecken stehen Pärchen, knutschen. Vielleicht gehört sogar der Pool noch zum Privatgelände des Gebäudes, in dem die Party stattfindet. Wo bin ich hier gelandet? Wer ist der Besitzer?

Egal. Ich bin nur Begleiter. Was kümmert es mich, wem das hier gehört.

Mehr und mehr junge Leute kommen mir entgegen. Einige verlassen bereits die Party. Reue steigt in mir hoch. Was in aller Welt hat mich nur geritten, als ich Carla-Maria einen Korb gab, frage ich mich, als ich ein Pärchen beobachte. Sex wäre noch das Beste gewesen, was mir an diesem Abend hätte passieren können. Und sie war bereit alles zu tun. Ich bin ein Spielverderber.

Der Partyraum hat sich merklich geleert. Schnapsleichen, Pärchen, ein paar Kiffende. Greg ist nirgendwo zu sehen.

Draußen erwartet mich erneut die Nacht.

Ich streife eine Weile ziellos durch die Straßen, habe keine Ahnung wie spät es ist. Vermutlich weit nach Mitternacht. Mir ist nicht mehr kalt. Der Verstand ist zurückgekehrt. Irgendwann holen mich auch die Fragen ein.

Ich müsste mich bei Josh melden, meinem Arbeitgeber, denke ich zum wiederholten Male. Sicher stellt man sich Fragen zu meinem Verbleib. Einen Moment bin ich versucht mein Mobiltelefon hervorzuziehen und in Chile anzurufen. Etwas aber hält mich davon ab … wenn auch nur die Uhrzeit. Er wird bereits im Bett liegen. Vielleicht nicht allein, ganz sicher aber wird er tief und fest schlafen.

Wieder denke ich reumütig an mein verpatztes Schäferstündchen. Greg wird definitiv nicht allein ins Hotel zurückgekehrt sein, er lässt die Sau raus. Das ist nichts für mich, ich bin nicht mehr in dem Alter für Ausfälle dieser Art, denke ich. Na ja – zumindest derzeit nicht. Das Gefühl der Leere, nach meinem verpatzten Spontanabenteuer, ist wie eine schleichende Depression. Dabei fühle ich mich topfit. Sinnkrise? Andere Männer in meinem Alter haben ihr Ziel klar vor Augen ... oder sind zumindest nah dran es zu erreichen. Anders ich. Familie, Frau, Kinder. Jemand wartet auf sie. Wer wartet auf mich?

Ich biege in irgendeine Straße ab. Das Gefühl hier bei Tage schon einmal gewesen zu sein, bestärkt mich darin auf dem richtigen Weg zu sein.

Tatsächlich sind in der Nacht alle Straßen gleich. Alle Straßen dieser Welt sind schwarz. Ich könnte auch in New York oder Berlin sein. Hätte ich mich vollkommen in der Zeit verloren und würde man mich fragen, durch welche Stadt ich hier gerade streife, ich wüsste es nicht.

Das Wichtigste aber ist, die Straße führt tatsächlich zu meinem Hotel. Ich komme irgendwann an, und am Ziel steht ein Bett, wartet auf mich.

Als ich endlich in den Schlaf finde, ist es fast vier.

VIER

Am Morgen fühle ich mich wie gerädert. Ein ähnliches Gefühl wie bei meiner Ankunft hier in Cuzco. Nur ist es diesmal nicht die Höhe, die mir zu schaffen macht – sondern die vergangene Nacht, der Alkohol.

Im Patio, wo das Frühstück serviert wird, treffe ich auf Greg. Er sitzt mit einer Frau am Tisch. Es ist die andere der beiden Frauen vom Vortag. Carla-Maria ist nicht dabei.

»Wo bist du denn gestern abgeblieben?«, fragt er, nachdem wir uns begrüßt und ich mich mit an den Tisch gesetzt habe.

»Dasselbe könnte ich dich fragen.«

Verlegen fährt er sich mit der Hand durchs Haar, wirft der jungen Frau neben sich einen flüchtigen Blick zu. Sie lacht auf eine kindlich verlegene Art.

»Du hast dich doch amüsiert …«, flüstert er beinahe.

»Ah, sicher doch.«

»Carla-Maria war die letzte Nacht nicht da, hat Eve gesagt.« Er nickt seiner Tischnachbarin zu. »Sie schläft im Zimmer neben ihr. Als sie in der Nacht bei ihr geklopft hat, hat sie nicht darauf reagiert. Sie hat dann nachgesehen. Ihr Zimmer war leer.«

Na und – denke ich, nicht ganz ohne Gewissensbisse.

Greg stößt mir leicht in die Seite. »Sie war scharf auf dich. Eve sagt, sie steht auf ältere Männer. Wie alt bist du, Lennard? Dreißig?«

Ich fühle mich geschmeichelt. »Nett geschätzt. Aber bei mir war sie nicht.«

»Ich habe euch tanzen sehen.«

»Getanzt haben wir, aber mehr auch nicht.«

Warum sollte ich ihn in die Details einweihen. Das geht ihn schlichtweg nichts an.

Greg sieht mich an, als hätte ich einen abgedroschenen Witz erzählt.

»Ist nicht dein Ernst, Alter! Midlife Crisis, oder sowas?«, trifft er irgendwie, wenn auch sicher nicht beabsichtigt, den Nagel auf den Kopf.

»Sehe ich so aus?«

Greg prustet los. Schon etwas übertrieben, finde ich. Eve sieht ihn verständnislos von der Seite an. Er liefert ihr jedoch keine Erklärung oder Übersetzung des Gesagten. Also fühle ich mich in der Verantwortung, ihr zu übersetzen: »Carla-Maria ist alleine gegangen. NICHT mit mir.«

Zu meiner Verwunderung reagiert sie beunruhigt: »*Pues entonces* ... Wo ist sie dann?« Eve sieht erst mich und dann Greg an.

Woher soll ich das wissen?! Sie ist alt genug. Sicher hat sie schnell Ersatz für mich gefunden, denke ich, nicht ganz ohne Verbitterung.

»Sie war die ganze Nacht nicht da!«, Eve wirkt jetzt erregt.

»Vielleicht ist sie mit einem anderen ...«, versucht Greg sie zu beschwichtigen.

»*No! No!*« Das klingt, als wäre sie sich ihrer Sache ziemlich sicher, was mich verwundert.

Ich erinnere mich an Carla-Marias Aufmachung. Ihr Kleid war sehr sexy und sie hatte sich nicht einmal vollständig wieder angezogen, als sie ging. Jeder Typ nach mir, hätte sich provoziert gefühlt.

»Eine Frau wie Carla-Maria wird wohl kaum alleine nach Hause gehen«, mutmaße ich. »Ich hätte sie begleitet ...«

»Aber?«, Greg sieht mich an.

»Sorry, ich hatte einen Blackout. Zu viel Alkohol. Und schnelle Abenteuer sind definitiv nicht mein Ding.«

Zugegeben, ich habe selten so dreist gelogen. Absurderweise traue ich in diesem Fall aber meinen Worten, empfinde mich als glaubhaft, was ich in etlichen Fällen zuvor, ganz sicher nicht gewesen wäre.

Ich schreibe es Gregs Jugend und Naivität zu, dass er mir Glauben schenkt.

»Was dann?«, fragt er, sich halb an Eve wendend.

Eve wirkt auf einmal völlig aufgelöst und faselt so etwas wie: »*Policía* ... Wir müssen die Polizei rufen.«

Greg legt seinen Arm um sie.

Ich verspreche ihr mich darum zu kümmern und lasse mir Carla-Marias Zimmernummer geben, stehe umgehend vom Tisch auf. »Ich hatte sowieso keinen Hunger«, bemerke ich zu Greg, der noch immer unschlüssig wirkt, wie er die Situation einschätzen soll. Ist etwas passiert – oder wird nur viel heiße Luft um Nichts gemacht?

Eve wirft mir einen dankbaren Blick zu.

»Mach dir keinen Kopf«, beschwichtige ich.

Greg fischt seine Zigarettenschachtel aus der Hemdtasche. Tattrig steckt er sich eine an.

»Weißt du was von der Frau in Zimmer 38?«, frage ich den Schnauzbärtigen an der Rezeption, »Sie heißt Carla-Maria Mendíguez.«

Er überlegt. »Carla ...« Meine Frage hat etwas ausgelöst. Noch ist mir nicht klar, was.

»Sie ist nicht in ihrem Zimmer. Angeblich war sie es die ganze Nacht nicht, sagt ihre Zimmernachbarin. Wir waren gestern auf einer Party, ich hab sie aus den Augen verloren ... wie das eben so ist.«

Sein Blick ist ernst, erschreckend ernst. Ich bin fast geneigt ihn zum Lachen zu bringen. Er greift übertrieben schnell zum Hörer, hält aber plötzlich inne. »Du bist ihr Freund?«, fragt er.

»Lennard Krupp. Zimmer Nummer 1o3 ... Ja, *ein* Freund.«

Er schüttelt den Kopf. »Junge, du hättest besser auf sie aufpassen sollen.«

»Auf sie aufpassen, warum? Was ist denn los?«

»Carla Maria ... Sie ist bei der Polizei.«

»WAS! Polizei?!«, entfährt es mir.

»Sowas sollte nicht passieren. Das haben wir hier nicht gern. Gar nicht gern.« Seine Stimme klingt mehr als vorwurfsvoll.

»WAS ist denn passiert? Wo ...? Gestern Nacht?«

Plötzlich ändert er seine Haltung. Augenscheinlich hat er die Panik in meinem Blick bemerkt. »Ganz ruhig. Sie wird wieder.« Mitfühlend sieht er mich jetzt an. Dann lehnt er sich über die Theke, flüstert mir zu: »Wenn sie wieder da ist, sage ich ihr Bescheid, dass du nach ihr gefragt hast, in Ordnung?«

Eine endlose Zeit des sinnlosen Wartens vergeht, in der mir alles Mögliche durch den Kopf geht. Ich möchte etwas unternehmen, kann aber nicht viel mehr tun als zu warten.

Irgendwann – einige Stunden später – klopft es an meiner Tür. Ich öffne.

Da steht sie. Carla-Maria – alles andere als der Vamp von gestern. Ein Mädchen. Sie trägt Jeans, T-Shirt und kein Make-up, ist vollkommen verändert und wesentlich jünger. Vielleicht ist sie nicht einmal zwanzig. Unter ihren Augen zeigen sich dunkle Schatten. Ich erkenne Schrammen an ihren Oberarmen, die sie scheu verdeckt. Es scheint auf der Hand zu liegen, was passiert ist.

Als ich den verstörten Ausdruck in ihrem Gesicht entdecke, ziehe ich sie ins Zimmer. Wortlos setzt sie sich auf mein Bett.

»Was ist passiert?«, frage ich auf Spanisch.

Als sie nicht antwortet, beeile ich mich zu erklären: »Tut mir leid, wegen gestern. Ich habe einfach zu viel Alkohol getrunken.«

Entschuldige, dass ich nicht da war, will ich eigentlich sagen, bringe es aber nicht über die Lippen.

Carla-Maria sieht mich an, nickt nur stumm mit dem Kopf.

»Du hattest dein Kleid nicht einmal vollständig wieder angezogen.«

Nach Erklärungen suchen, ist so ein typischer Ansatz von mir. Vielleicht ist es auch eine Rechtfertigung. Dafür, dass ich sie hab sitzenlassen. Sie, ein halbes Kind. Ich dagegen bin ein Mann.

Sie stürzt ihr Gesicht in ihre Hände und weint.

Ich weiß nicht wie ich reagieren soll. Wenn ich sie in den Arm nähme und sie mich wegstieße, ich hätte es vermutlich verdient!

Auf ihre Tränen aber, bin ich nicht vorbereitet.

Irgendwann hört sie auf zu weinen.

»Es ist ja nicht deine Schuld«, sagt sie.

»War es ein Mann? Bist du …?«

»Zwei Männer.«

»WAS?! ZWEI Männer?«

Sie nickt. »Sie kamen von der Party, sie sind mir hinterher, haben mich irgendwas gefragt, um mit mir ins Gespräch zu kommen. Ich sagte, ich wolle allein sein. Sie sollen mich in Ruhe lassen. Ich musste mein Kleid zumachen. Der eine wollte mir helfen. Ich hab ihn gelassen. Dann aber bin ich sofort weiter. Sie sind mir hinterher. Haben sich unterhalten und mir irgendwelche Fragen gestellt. Ich bin schneller gegangen. Einer von den beiden meinte, warum ich nicht mit ihnen reden würde, dass ich sehr unhöflich wäre. Ich wiederholte, was ich schon gesagt hatte. Sie drängelten weiter. Dann plötzlich, hielt mich der eine am Arm fest. Ich hab mich sofort losgerissen und ihm eine geknallt. Das war vielleicht der Fehler. Er ist auf mich los, hat mich in eine Ecke gedrückt. Dann kam auch der andere dazu ...«

Betroffen schweige ich.

Tränen. Carla-Maria steht vor mir, wie ein Kind, das gerade seiner Mutter erklärt, wie man sie in der Schule gemobbt hat. Dabei ist es schlimmer. Und sie ist kein Kind mehr. Nicht in diesem Fall.

»Hast du die beiden angezeigt?«

»Ja.«

»Das ist gut. Sicher werden sie gefasst.«

Skeptisch sieht sie mich an. Diesmal mit einem Blick, der alles andere als kindlich wirkt. *Du hast echt keine Ahnung,* sagt dieser Blick.

»Kann ich irgendetwas für dich tun?«, frage ich schnell.

»Nein.«

»Waren es Peruaner? Touristen?«

»Was spielt das für eine Rolle ...«

»Keine. Tut mir leid.«

»Touristen. Es waren Touristen.«

»Bist du sicher?«

Sie nickt. »Sie werden sicher straflos davonkommen. Sie haben mich ja nicht vergewaltigt. Sie haben es nur ... versucht.«

»Mach dir mal keine Gedanken. Niemand kommt einfach so davon.«

Sie schweigt. Starr blickt sie auf ihre Füße, ohne sich zu bewegen. Ihr gesamter Körper hat sich versteift.

Dann steht sie auf.

»Ich muss jetzt zu Eve. Sie hat sich schon Sorgen gemacht.«

An der Tür nehme ich ihre Hand und halte sie eine Weile. Sie lässt es zu. Dann aber entzieht sie sie mir vorsichtig.

»Bitte sag mir, wenn ich etwas tun kann«, biete ich noch einmal meine Hilfe an.

Sie stimmt kopfnickend zu und will den Raum verlassen. Dann aber dreht sie sich nochmal um. »Lennard ...?«, fragt sie, »sind wir Freunde?«

»Natürlich«, antworte ich, »Freunde.«

Sie lächelt, bevor sie die Zimmertür hinter sich schliesst.

Es ist erstaunlich in welch kurzer Zeit die Dinge ereignen können, wie man sich plötzlich in einem Netz von Ereignissen befindet. Als hätte ich zuvor nichts mitbekommen, nicht gelebt. Mit einem Mal ist das Leben intensiv. Und ich frage mich, was kommt als nächstes?

Als ich später mein Zimmer verlasse und erneut die Rezeption passiere, ruft der glatzköpfige Schnauzbart hinter mir her.

»He … Lennard? Du bist doch Lennard Krupp?«

»Ja?«

»Etwas wurde für dich abgegeben.«

Neugierig drehe ich mich zu ihm, trete an die Rezeption.

»Was?«

Er reicht mir einen Umschlag. Mein Name steht darauf.

»Wer hat das abgegeben?«

»Eine junge Frau.«

Fragend sehe ich erst ihn und dann den Umschlag an.

»Okay, danke.« Ich stecke ihn weg und haste zurück auf mein Zimmer. Dort angekommen, reiße ich den Umschlag gleich auf und lese:

Ruf mich an!

Elena.

Darunter hat sie eine Telefonnummer notiert. Mein Herz pocht, als läge die nächste Achterbahnabfahrt unmittelbar vor mir. Elena war im Hotel. Nur wenige Meter von mir entfernt, und wir wären uns fast in die Arme gelaufen. Die Vorstellung verbannt jeden anderen Gedanken augenblicklich ins Abseits. Ich bin wie beflügelt, von meiner freudigen Erregung und zücke gleich mein Mobiltelefon, wähle die auf dem Zettel notierte Nummer. Es ist eine Festnetznummer.

Es klingelt zweimal. Eine männliche Stimme meldet sich. Ein Hotel in Cuzco.

»Elena Arevalo? Kann ich sie unter dieser Nummer erreichen?«, frage ich.

Sie sei unterwegs und gerade nicht erreichbar, sagt er mir. Ich soll es gegen Nachmittag nochmal versuchen. Er nennt mir eine Mobiltelefonnummer, die sie mir über ihn mitteilen lässt. Vielleicht ist es eine Vorsichtsmaßnahme. Oder aber, sie hat das Mobiltelefon gerade eben erst gekauft.

In mir brodelt es. Wie soll ich die Zeit bis zum Nachmittag überbrücken? Unmöglich.

Schließlich entscheide ich mich dafür, nochmal zur Casa Santa Magdalena zu gehen, um etwas über das Kinderheimprojekt herauszufinden.

Auf dem Weg nach draußen, komme ich an Carla-Marias Zimmertür vorbei. Einen Moment lang zögere ich. Dann bleibe ich stehen. Ich überlege kurz und klopfe. Schwach vernehme ich ihre Stimme dahinter. Sie ist offenbar allein.

Als ich die Tür öffne, liegt sie auf dem Bett.

»Hi Carla.«

Sie sieht mich an, wirkt noch immer aufgewühlt und neben sich. Ihre Augen sehen verquollen aus, so als hätte sie wieder geweint.

»Ich dachte mir, ich könnte dich vielleicht auf andere Gedanken bringen.«

Im ersten Moment reagiert sie nicht.

»Ja ...?«, fragt sie dann. »Was schlägst du vor?«

Ich überlege. Eigentlich hatte ich mir vorgenommen zur Casa Santa Magdalena zu gehen. Ich verwerfe den Plan.

»Schwimmen? Ich meine das Schwimmbad von gestern? Hast du Lust wenn wir nochmal dorthin gehen? Bei Tag ist es sicher sehr schön dort oben. Wir gehen einfach nur schwimmen.«

»Ich weiß nicht.«

Ich begreife sofort. »Entschuldige. Wir können auch etwas anderes machen, wenn du willst. In die Stadt gehen.«

Sie überlegt kurz. »Also gut. Dann gehen wir schwimmen. Warum nicht. Tagsüber ist es dort wirklich sehr schön – und anders.«

Was auch immer sie damit meint. Ich nehme an, sie spielt auf ihre *Beinahe*-Vergewaltigung an, wobei ich ja noch immer nicht genau weiß, was eigentlich passiert ist.

Wie erwartet ist der Ort, rund um das Natursteinbecken auch bei Tage mehr als einladend. Die Sicht über Cuzcos Häuserdächer hinweg in die Ferne, ist herrlich. Ich bin fasziniert.

Carla-Maria und ich verbringen den gesamten Vormittag dort, reden schwimmen und albern herum. Ich schaffe es, sie wieder aufzuheitern. Dabei fühle ich mich in ihrer Gegenwart ausgelassen, lebendig und wieder jung. Einen Moment lang habe ich sogar Elena vollkommen vergessen. Ich beobachte Carla-Maria, wie sie sich im Wasser bewegt. Ihr türkisfarbener Bikini strahlt wie eine Lagune. Ihre dunklen Haare liegen wie schwarze Seide auf dem Wasser. Ich wage es nicht ihr zu nahe zu kommen.

Gegen Mittag entscheiden wir, in eine Bar zu gehen und etwas zu essen. Sie erzählt mir von ihrer Familie in Chile, von ihren Geschwistern. Sie hat drei Brüder und eine Schwester. Alles ist leicht, denke ich. Das Leben kann so unbeschwert und einfach sein. Wenn man Glück hat – wie in unserem Fall – läuft alles ganz normal weiter, als wäre nichts gewesen.

Später trennen wir uns. Auf dem Rückweg zum Hotel, krame ich mein Mobiltelefon hervor, wähle die Nummer, die mir der Mann aus Elenas Hotel gegeben hat.

»*Sí?*«

»Elena?« Meine Stimme erstickt fast.

»Len?«

»Wo bist du? Wie geht es dir?« Mein Herz klopft, als wolle es aus meinem Körper hüpfen.

»Gut«, antwortet sie leise.

»Warum warst du plötzlich verschwunden? Ich bin irgendwie in Cuzco gelandet, in der Casa Santa Magdalena.«

»Ja, ich weiß.«

Ich höre Unruhe in ihrer Stimme. »Die Casa Santa Magdalena ist eine kirchliche Institution. Sie haben dich dorthin gebracht. Das war gut so.«

»*Sie?* Wer?«

»Ich kann dir im Moment nicht mehr sagen. Wir sollten uns treffen.«

»Hat es mit der PAA zu tun?«

»Hmn ...« Sie druckst herum. »Der Absturz wurde nicht gemeldet und ist auch noch immer nicht publik. Das heißt, keiner weiß ... Es ist wegen dieser Übernahme. Du darfst nichts sagen, bitte.«

»Sie haben einen Absturz unter den Tisch gekehrt? Dabei sind Menschen ums Leben gekommen! Menschen!! Was ist mit denen? Was ist mit den Angehörigen?«

»Bitte Len, sprich nicht so laut. Hört dich dort jemand? ... Offiziell wurde der Flug entführt. Mehr nicht. Anschließend verschollen, vom Radar verschwunden. Das wurde auch den Angehörigen so übermittelt, die bei der Fluggesellschaft nachgefragt haben. Es ist eine Vorsichtsmaßnahme.«

»Eine Vorsichtsmaßnahme? Das ist nicht dein Ernst! Du lässt dich kaufen?! Glaubst du nicht, diese Menschen hätten ein Recht auf die Wahrheit?«

»Doch das haben sie. Aber mit ihr stirbt auch die Hoffnung.« Sie überlegt. »Wenn es wegen der Versicherungssumme ist, da kann ich was für dich machen.«

Ich bin betroffen. Es geht mir doch nicht ums Geld!

»Lass uns einen Treffpunkt vereinbaren. Ich kann jetzt nicht weiter reden«, spricht sie schnell weiter.

»Gut«, stimme ich zu, »wir treffen uns.«

Wir verabreden uns in einer kleinen, unscheinbaren Bar, außerhalb des Zentrums, am Standrand.

Ich bin schon eine Weile da, als ich Elena durch die Tür treten sehe. Sie trägt eine Sonnenbrille und ein kurzes Sommerkleid. Seitdem ich hier sitze, sind mir tausend Gedanken durch den Kopf gegangen. Sie hat Angst. Wovor? Was ist mit Louisa? Elena muss wissen, dass sie lebt. Warum hat sie behauptet, ihre Leiche sei verschwunden? Warum belügt sie mich? Rückwirkend verfluche ich meinen Zustand nach dem Absturz. Dass ich nicht in der Lage bin, mich zu erinnern. Ich war nicht dabei, als Elena versucht hat Menschen zu retten.

Oft noch höre ich die Stimmen im Schlaf. Ich schlafe schlecht. Aber darüber hinaus, gibt es kaum Bilder vom Absturz selbst in meinem Kopf. Das was ich sehe, ist abstrakt, wirr, unzusammenhängend …

Als ich Elena auf mich zugehen sehe, kommt noch ein weiteres Gefühl – außer dem Absturztrauma – in mir hoch. Unsere Nacht am Fluss. Wir haben uns geliebt. Ob sie diese Szene gerade ähnlich intensiv vor Augen hat.

»Len.«

Ich stehe auf, um sie zu begrüßen. Ich habe weiche Knie.

Wir umarmen uns. Küsschen. Ich spüre ihre Körperwärme. Gleichzeitig aber auch Distanz.

Sie löst sich sehr schnell aus meinen Armen, legt ihre Sonnenbrille auf den Tisch. Ich mustere sie. Sie wirkt kaum verändert. Vielleicht ein wenig schmaler im Gesicht. Oder auch nur übermüdet.

Während wir uns stumm gegenüber sitzen, merke ich wie sie mein Handgelenk fixiert. Das Armband, *ihr* Armband.

»Wie geht es Ramón?«, frage ich nach ihrem Sohn.

Kurz erscheint ein zärtlicher Ausdruck auf ihrem Gesicht.

»Gut. Er ist bei meiner Mutter.«

»Sie sind dabei hier ein Büro einzurichten, die PAA. Hier in Cuzco«, steuert sie das Thema abrupt in eine andere Richtung.

»Du bleibst in Cuzco, gehst nicht nach Santiago zurück?«

»Ja, vorläufig. Sie expandieren. Es soll eine Tochter gegründet werden unter anderem Namen. Für den Flugverkehr in der Andenregion, mit zwei größeren Büros. Eins in Cuzco und eins in La Paz, Bolivien. Sie zahlen mir auch mehr Geld. Ich werde teilweise am Boden arbeiten und kann auch meine Familie hierher holen. Meine Mutter, Ramón.«

»Möchtest du das denn?«, frage ich eindringlich.

»Ich habe meine Familie in Santiago. Veränderung ist gut und das Geld spare ich.«

Sie klingt nicht überzeugt. Etwas an den Veränderungen missfällt ihr.

»Kannst du einem Arbeitgeber noch vertrauen, der einen Absturz, bei dem du beinahe selbst Opfer geworden bist, vertuschen will?«

Sie weicht meinem Blick aus. »Was für eine Wahl habe ich?«

»Du hast eine! Du bist gelernte Krankenschwester. Du gehörst der Mittelschicht an. Du bist nicht hilflos. Und außerdem bist du intelligent.«

»Aber ich weiß, was passiert ist.« Sie sieht mir tief in die Augen.

»Ich verstehe.«

Ich verstehe tatsächlich nichts. Vielmehr will ich einfach nicht glauben, was sie mir gerade zu vermitteln versucht.

»Sie haben mir gedroht, Len. Du musst darüber schweigen, sonst ... Sonst, was?«

Sie spricht nicht weiter.

»Haben sie dir Morddrohungen gemacht?!«

Elena sieht durch mich hindurch.

»Sie haben das Flugzeug also doch geortet, konnten den Absturz verfolgen?«

»Nein, sie wissen nichts.«

»Das Flugzeug war vom Radar verschwunden. Vermutlich wegen der Turbulenzen. Es könnte aber auch ein technischer Defekt gewesen sein oder der Pilot hat etwas manipuliert. Es gab plötzlich keinen Funkkontakt mehr. Dass der Pilot die Route geändert hatte, haben sie noch mitbekommen, denn es gab ja dieses eine Gespräch, das niemand an Bord gehört hat. Die angebliche Aufforderung die Route zu ändern. Danach kam das Gewitter. Es waren mehrere Faktoren auf einmal. Und das, während der Verhandlungen zur Übernahme. Es war ein Sprecher ernannt worden, der die Verhandlungen mit dem Käufer, ein kanadischer Konzern, leitete. Man stand plötzlich unter Druck eine Erklärung abgeben zu müssen. Die Verträge lagen zur Unterzeichnung auf dem Tisch. Die Presse hat gedrängelt. Die Leute wollten gleichzeitig wissen, was mit der Maschine passiert ist. Also entschied man sich erst einmal dafür, keine Panik zu verbreiten. Notlandung war dann die logischste Erklärung. Man wollte erst sichergehen, bevor die Gerüchteküche gebrodelt hätte. Du weißt, wie die Presse auf Absturz reagiert. Die ganze Welt schaut hin, wenn ein Flugzeug abstürzt. Die PAA stand vor der Pleite. Das wäre das Ende gewesen. Nachher gab es dann kein Zurück. Nachträglich zu erklären, die Maschine sei abgestürzt, hätte die Glaubwürdigkeit der Fluggesellschaft komplett zerstört. Der Flugschreiber ist bis jetzt unauffindbar, als ob jemand ihn entwendet hat. Das Wrack haben sie gerade erst gefunden. Wochen sind vergangen, die Situation ist fatal. Fatal auch für uns Angestellte.«

»Und die Verantwortung für die Menschen?«

Elena zuckt mit den Schultern. »Ich … In den ersten Tagen gelang es mir Funkkontakt herzustellen. Ich habe gesagt, es wäre ein Absturz und es gäbe keine Überlebenden … Ich weiß nicht, ob sie mich verstanden haben. Die Verbindung war sehr schlecht. Man wollte Hilfe schicken. Aber wohin. Hilfe kam dann natürlich nicht. Louisa war weniger verletzt als du. Als sie mitbekam, dass keine Hilfe kommt, hat sie sich heimlich abgesetzt. Ich wollte dir das nicht sagen, weil du ihr vielleicht hinterher gewollt hättest. Aber du warst noch nicht fit. Sie war also plötzlich weg und muss irgendwann die brasilianische Grenze erreicht haben. Von dort aus hat sie Hilfe verständigt. Man nahm Kontakt mit der Fluggesellschaft auf. Der Sprecher wurde verständigt. Dann verordneten sie Stillschweigen.«

»Die PAA? Aber sie haben eine Verantwortung.«

»Die PAA wollte *sofort* Mitteilung machen. Eine Fluggesellschaft weiß doch, dass sie Verantwortung trägt. Gewissenlos sind diejenigen, die die Geschäfte vermittelt haben. Geschäftsleute, die auf ihre Provision warten. Wenn das Geschäft platzt, können sie sich die an den Hut stecken. Somit hat es ihnen natürlich nicht gepasst, zu erfahren, dass es noch zwei weitere Überlebende gab.«

»Was willst du mir damit sagen? Dass unser Leben in Gefahr ist?«

»Nein, aber ich habe euch vorsorglich in die Casa Santa Magdalena einliefern lassen. Die Institution hat dich dann unter Schutz gestellt.«

»Und Louisa?«

»Sie war auch dort. Sie wusste nicht, welche Konsequenzen ihre Meldung hatte, dass es solche Kreise ziehen würde. Man hielt die PAA klein. Alle Handlungen, der Informationsfluss – das alles lag in den Händen der Vermittler. Kurz gab es eine Art führungslosen Zustand.«

»*Dieser* Flug lag in der Verantwortung der PAA.«

»Nein, nicht mehr ganz.« Wieder druckst sie herum. Ihre Stimme wird leiser. »Nach der Rettung erhielt ich eine SMS. Es gab eine eindeutige Drohung. Sie haben gedroht Ramón etwas anzutun. Der Absender war anonym und von meinen Kollegen kann ich niemanden darauf ansprechen. Ich weiß nicht, wer dahinter steckt. Ich denke die Verantwortlichen kommen aus der genannten Ecke. Sie beobachten mich. Louisa war geschockt, als ich ihr davon erzählte. Sie versprach mir keinen Kontakt zu dir aufzunehmen. Jetzt aber ist sie auch hier. In Cuzco! Sie ist wegen dieses Kinderheimprojektes hier. Ihr Freund hat dazu etwas recherchiert. Ich befürchte, dass sie bereits den nächsten Fehler begeht.«

»Was ist mit diesem Projekt? Was weißt du davon?«

»Nichts. Sie hat mir nichts dazu gesagt. Ich weiß nur, dass ihr Freund irgendetwas darüber herausgefunden hat. Wenn sie sich da jetzt reinhängt, finden die sie ganz schnell.«

»Aber sie ist Touristin. Wenn ihr etwas passiert, wird sich international eingemischt.«

»Ich weiß nicht. Wer weiß denn, wie weit deren Kontakte gehen.«

»Du meinst, man kann niemandem trauen?«

Sie schweigt.

»Len ...«, setzt sie erneut an. »Du solltest zurück nach Chile. Oder noch besser, zurück nach Deutschland.«

»Warum?«

»Hier bist du nicht sicher.«

»Glaubst du, dass ich in Valparaíso sicherer wäre?«

»Ich weiß es nicht, aber ich denke sicherer als hier.«

Einen Moment lang kommt mir ein Gedanke: Will Elena wirklich mein Bestes?

»Was war das mit uns?«, wechsele ich das Thema. »Unsere Nacht, die letzte Nacht in unserem Paradies?«

Zu meiner Verwunderung legt sie sie ihre Handflächen aufs Gesicht, fängt an zu weinen.

Ich nehme ihre Hände und halte sie. »Elena ...« Ich küsse ihre Hände. Sie lässt es zu.

»Das geht nicht Len«, fängt sie sich wieder. »Besser wir sehen uns nicht mehr.«

»Warum? Willst du dich jetzt vor allem verstecken? Du bist traumatisiert. Traumatisiert vom Absturz.« – Das sage ich ...

»Es muss erst ein bisschen Gras über die Sache wachsen. Dann gehe ich in eine Therapie.«

»Und wenn Gras über die Sache gewachsen ist, hast du diese Bilder noch immer im Kopf. Das geht nicht weg, glaub mir. Was du durchlebt hast, ist ungeheuerlich. Willst du jetzt auch noch deinen Kopf denen hinhalten, die weggeschaut haben? Deinen Kopf, den du wie durch ein Wunder retten konntest? Nur weil es denen um ihre Provisionen geht?«

»Die PAA ist unschuldig, glaub mir, Len.«

»Und wenn. Was ist mit den Familien, die jemanden verloren haben und die jetzt vielleicht ein Leben lang darauf warten, dass der- oder diejenige zurückkehrt, was niemals passieren wird? Haben die nicht ein Recht darauf zu erfahren, was wirklich passiert ist?«

Ich merke, wie sie bei meinen Worten halb zusammenbricht. Ich baue sie nicht gerade auf.

»Lass uns hier weggehen. Ich nehme dich mit nach Deutschland«, schlage ich vor, gleichzeitig ahnend, dass mein Vorschlag unrealistisch ist.

»Das geht nicht so einfach. Das weißt du.«

»In Deutschland würdest du in solch einem Fall Zeugenschutz bekommen.«

»Dann müsste ich aber erst einmal reden, und ich weiß doch gar nicht, wer diese Vermittler sind und welche Interessen sie vertreten. Ich habe außerdem ein Kind. Was ist mit Ramón? Ich möchte ihn keiner Gefahr aussetzen. Er hat nur mich. Er ist alles, was ich habe.«

Ich halte noch immer ihre Hände, erinnere mich daran, wie ich sie im Regenwald bewundert habe. Ich habe sie für ihren Mut und ihre Kraft bewundert. Und auch jetzt, in diesem Moment, bewundere ich sie schon wieder für ihre Stärke.

Ich frage mich, warum der Mensch – als einzelner – so wenig wert ist. Jahrhunderte lang haben wir an unserer Zivilisation gearbeitet, an unseren Menschenrechten, haben bestimmt, dass die Würde des Menschen unantastbar ist. Doch die Skandale von Unmenschlichkeit haben nur ein neues Ausmaß angenommen. Ich denke nicht nur an den 11. September.

»Elena …« Ich ziehe sie an mich und küsse sie.

»Ich lasse dich damit nicht allein. Das verspreche ich dir.«

»Du hilfst mir mehr, wenn wir uns nicht mehr sehen.«

Sie richtet sich wieder auf. Es fällt ihr schwer, diesen Satz über ihre Lippen zu bringen.

»Glaub mir Len, das ist besser so.«

»Nein …« Ihr Vorschlag ist für mich völlig inakzeptabel. In jeder Hinsicht.

Sie entzieht mir ihre Hände. Dann steht sie auf.

»Ich bezahle das hier«, sage ich. »Kann ich dich unter dieser Nummer weiterhin erreichen?«

»Nein. Ich habe das Telefon heute erst gekauft. Ich werde den Chip entsorgen. Zur Sicherheit.«

»Wie kann ich dich erreichen?«

Sie zögert. Dann aber gibt sie nach.

»Gib mir deine E-Mail-Adresse. Ich melde mich, wenn ich eine sichere Kommunikationsmöglichkeit gefunden habe.«

»Gut. Dann ist das alles, was ich im Moment tun kann? Abwarten?«

»Ja.«

»Das ist nicht viel.«

Ihre Augen bitten.

»Also gut.« Ich ziehe sie erneut in meine Arme.

Als ich ihr nachsehe, wie sie die Bar verlässt, denke ich: *Bleib doch. Bitte ...*

FÜNF

Die Nacht ist unruhig. Ich bekomme kein Auge zu. Das Treffen mit Elena geht mir durch den Kopf. Das neue Wissen und die Fakten zu den Umständen, wie ich hergekommen bin, beunruhigen mich und lassen mich den gefassten Entschluss nach Chile zurückzureisen in Frage stellen.

Dabei mache ich mir weniger Gedanken um meine eigene Sicherheit. Vielmehr sorge ich mich um Elena. Ich habe das Gefühl, ihr nicht wirklich helfen zu können. Außerdem fällt es mir tatsächlich schwer, die Situation realistisch einzuschätzen. Wie Louisa, bin auch ich ein einfacher Tourist, Ausländer.

Allen Zweifeln zum Trotz, entscheide ich mich zu einer Spontantour durch Cuzco. Zur Zerstreuung – oder auch um irgendeinen neuen Gedanken zu fassen. Vielleicht können mir die Sehenswürdigkeiten der Stadt dabei helfen.

Ich rufe Julio an und frage ihn, ob er mich begleitet. Da er erst in zwei Tagen wieder eine Bergtour hat, ist er dabei.

Als ich das Hotel verlasse, fällt mir ein Mann auf, der unweit des Hoteleingangs an der Hauswand lehnt. Auf den ersten Blick wirkt er wie *irgendein* ganz normaler Peruaner. Nicht unbedingt ungewöhnlich. Dabei eher einfach gekleidet – fast heruntergekommen. Ich passiere ihn, ohne ihm weitere Beachtung zu schenken.

Irgendwann, einige Zeit später, die ich bereits durch die Gassen gelaufen bin, bemerke ich, dass er hinter mir ist.

Es könnte sich natürlich um einen Zufall handeln. Ein Taschendieb? Aufgrund meines neu erlangten Wissens jedoch, stelle ich sofort jeden Zufall in Zweifel. Ich fühle mich eindeutig verfolgt, auch wenn mein Verfolger seine Verfolgungsjagd ganz offensichtlich sehr ungeschickt gestaltet.

Auf der Höhe der Kathedrale verliere ich ihn plötzlich aus den Augen. Das Gewimmel der Menschen lenkt mich ab, und nach einer Weile habe ich ihn ganz vergessen, halte stattdessen Ausschau nach Julio.

Nachdem mein Blick eine Zeit lang suchend herumgeschweift ist, erkenne ich ihn an seiner hellgrünen Kopfbedeckung – eine Kappe, die er auch in Machu Picchu getragen hat.

»Lennard!« Er hat mich ebenfalls entdeckt.

Wir umarmen uns kurz wie alte Freunde. »Schön dich zu sehen.«

Das Gedränge an der Plaza zwingt uns gleich weiterzuziehen.

Cuzco, auf *Quechua* »der Nabel« fasziniert jeden Tag aufs Neue. Die Stadt mit den blauen Türen, spanischen Holzbalkonen und vielen Arkaden. Koloniales gebaut auf dem Gerüst gigantischer Steine aus der Inkazeiten. Es gibt einiges zu bestaunen. Die Catedral Basílica de la Virgen de la Asunción, der Inkatempel *Coricancha*, das Coca- und das ChocoMuseo. Julio ist ein kompetenter Führer, wohl der beste, den ich mir für diese Tour aussuchen konnte. Es ist faszinierend, wie viel er über seine Stadt zu berichten weiß.

Nach rund fünf Stunden sind wir erschöpft und meine Aufnahmefähigkeit am Limit. Ich schlage vor, in einen Park zu gehen.

Vielleicht nicht ganz unbeabsichtigt, wähle ich den Park, der sich unweit der Casa Santa Magdalena befindet.

Als wir schon eine Weile auf einer Bank hocken, entdecke ich ihn plötzlich erneut: den Mann, der mir bereits beim Verlassen des Hotels aufgefallen ist. Er sitzt auf einer Parkbank, in nur wenigen hundert Metern Abstand zu uns.

Julio hat uns unterwegs zwei Flaschen *Chicha* spendiert.

»*Salud*!«, prostet er mir zu.

Wir trinken. Mein Blick schweift dabei unruhig umher.

Der Mann sieht in eine andere Richtung. Ich beobachte ihn argwöhnisch.

»Sag mal, ist dir dieser Typ da drüben schon aufgefallen?« Ich vermeide es in besagte Richtung zu sehen, deute sie nur grob mit dem Kopf an.

»Du meinst den dort drüben auf der Bank? Klein, alte, abgenutzte Jeans, gelbe Trainingsjacke?«, fragt er.

»Genau der. Er verfolgt mich schon seit dem Hotel.«

»Bist du sicher?« Julio zieht ein besorgtes Gesicht. »Du meinst, er will dich beklauen?«

»Wenn er das vorhätte, gabs schon die Gelegenheit.«

»Dann will er was anderes. Hast du eine Idee, was?«

»Einen Verdacht. Aber das reicht nicht.«

»Soll ich ihn mir vorknöpfen?«, fragt Julio plötzlich.

Entsetzt sehe ich ihn an. »Nein! Ich will dich nicht in Gefahr bringen.«

»Gefahr?! *Der*?! Machst du Witze, schau ihn dir an. Der ist eine ganz kleine Nummer. Ein Tritt in die Eier, und der hoppelt weg wie ein lahmer Hase.«

»Und wenn mehr dahinter steckt?«

»Du redest von deiner Kinderheimgeschichte? Hast du deine Nase da noch weiter reingesteckt?«

»Nein. Noch nicht.«

Skeptisch sieht er mich von der Seite zu. Dann starrt er geradewegs zu dem Mann auf der Bank, der gerade nervös an einem Fingernagel kaut.

»Um den brauchst du dir keine Gedanken machen. Der ist harmlos, armer Schlucker. Vermutlich hat man ihm Geld gegeben. Meine Tante wohnt grad hier in der Nähe. Lass uns zu ihr gehen. Dann werden wir sehen, was er macht.«

Ich zögere. »Ich weiß nicht, ob das so eine gute Idee ist.«

»Lass mich das mal übernehmen.« Julio geht bereits vor. Ich folge ihm. Wir biegen in eine schmale Seitenstraße.

An einer Abzweigung zieht er mich plötzlich in einen Hauseingang. Er legt den Finger auf die Lippen und deutet mir, mich still zu verhalten. Als der Mann unsere Höhe passiert, springt Julio aus dem Hauseingang, ergreift ihn von hinten und drückt ihm die Hände auf den Rücken.

»Wer bist du *diablo*? Was willst du?«, fragt er mit betont drohender Stimme.

Der Mann reagiert deutlich verängstigt und eingeschüchtert. »*Nada, nadie*«, wimmert er.

»Das sehe ich, dass du ein *Nichts* bist. Armselig, wie du uns hinterher schleichst. Wer hat dich geschickt?«

Ihm schlottern vor Angst die Knie. Seine Augen wirken starr. Sie sind weit aufgerissen und rot gerändert. Ich bekomme beinahe Mitleid mit ihm.

»Ich weiß es nicht, *hombre*. Ich kenn den Typ nicht.«

»Was sollst du für ihn tun?«

»Nur beobachten, wohin *er* geht.« Stumm deutet er auf mich.

»Dafür hat er dir Geld gegeben? Wieviel?«

Der Mann reagiert nicht.

»WIEVIEL?!«, wiederholt Julio seine Frage etwas lauter. Zitternd zieht er einen 100-*Soles*-Schein hervor.

»Für die paar Kröten?!«

Er reißt ihm das Geld aus der Hand und wirft es auf den Boden.

Ich halte Julio am Arm fest. Er soll ihm das Geld lassen.

»Scher dich weg!«, fährt der ihn an.

»Eilig hebt der Mann den Geldschein auf. Dann kommt er umgehend Julios Aufforderung nach und macht sich aus dem Staub.

Wir gehen zu seiner Tante, die tatsächlich nur ein paar Häuser weiter wohnt.

Ihre Wohnung befindet sich im ersten Stock eines alten, recht verfallenen Hauses. Wir werden schon an der Tür überfreundlich von einer pausbäckigen Frau in gemusterter Baumwollhose und Alpaca-Wollpulli begrüßt. Tía Eli, wie Julio sie liebevoll nennt, herzigt erst ihren Neffen und dann mich, als gehöre ich schon seit Ewigkeiten zur Familie. Wir bekommen ein Mittagessen serviert. *Empanadas* mit Fleisch- und Gemüsefüllung, Kartoffeln. Tía Eli redet ohne Punkt und Komma, gestikuliert und lacht. Sie ist eine echte Frohnatur, ein Herz von einem Menschen. Ihr Gesicht ist voller Falten, Lachfalten. Wenn Sie lacht, bildet sich ein Netz aus Linien, die immer wieder anders verlaufen.

Nachdem wir gegessen haben, lässt sie uns allein. Man hört sie in der Küche mit Geschirr klappern.

»Sie lebt hier allein?«, frage ich.

»Ihr Mann ist gestorben. Aber sie ist nicht allein. Ihre Ehe war glücklich. Und das Glück mit ihm steckt noch in ihr. Möglicherweise hätte man ihn retten können, wenn er in ein Krankenhaus gekommen wäre. Dafür aber war kein Geld da. Ich habe damals mein Studium aufgegeben und entschieden arbeiten zu gehen. Damit ich meine Mutter und auch meine Tante unterstützen kann. Dieser Job als Bergführer war ein echter Glücksgriff. Ich verdiene einigermaßen gut. Die beiden Frauen sind ganz zufrieden. Die Trauer gehört zum Leben dazu. Es gibt immer eine Sonnenseite und eben den Schatten. Wenn es nicht *dieses* Unglück ist, ist es ein anderes. Leben und Tod gehen Hand in Hand.«

»Aber mit einem Studium hättest du sicher noch besser verdienen können.«

»Nicht unbedingt. Es gibt nicht viele Jobs hier. Besser ist die Situation in Lima. Aber ich liebe Cuzco. Wenn ich genug gespart habe, möchte ich weiterstudieren. Geschichte und Medizin.«

»Medizin?«

»Peru braucht gute Mediziner. Ich möchte auch Menschen eine medizinische Versorgung bieten, die sich diese nicht leisten können.«

»Du bist ein echter Idealist.«

»Du nicht? Hast du keine Träume?«

Ich überlege. Wenn ich sie einmal hatte, habe ich sie wohl vergessen, so wie ich alles vergessen habe, was in Deutschland war. Vielleicht ist mir selbst ein Teil meiner Zeit in Chile schon abhandengekommen. Mit dem Absturz bin ich gestorben und wieder neu geboren.

»Ich denke, dass ich bei null anfangen sollte.«

»Null? So alt bist du noch nicht, dass es so schlimm sein könnte.«

»Ich bin sechsunddreißig. Mein Leben hatte bislang, soweit ich mich entsinne, noch keine nennenswerten Höhen und Tiefen, den Absturz einmal ausgeschlossen. Ich meine, was davon sollte ich denn aufschreiben – falls ich mal meine Memoiren veröffentliche.«

Julio sieht mich an, als könne er mir nicht folgen. Dann schüttelt er den Kopf und lacht.

»Ihr Südamerikaner seid immer Optimisten. Ich bin Skeptiker, Realist. Elena war der Meinung ein paar Glücksengel hätten unsere Sitze verzaubert. Und dank ihrer magischen Segnung hätten wir Drei den Absturz überlebt. Elena, Louisa und ich. Daran habe ich natürlich nicht geglaubt. An Elenas Wunder. So langsam aber, macht es fast Sinn.«

Julio hört mir aufmerksam zu.

»Hier, dieses Armband hat er angefertigt, einer dieser *Glücksengel.*«

Ich zeige ihm Elenas Armband, was ich noch immer um mein Handgelenk trage. Julio betrachtet es.

»Klingt das für dich verrückt?«

»Nein.« Er schaut weiter auf das Armband.

»Ich habe Elena getroffen. Sie wird erpresst, sagt sie«, fahre ich fort.

»Wer erpresst sie?«

»Das weiß sie nicht.«

»Jetzt möchtest du ihr helfen?«

»Sie will nicht, dass ich ihr helfe. Sie will mich da raushalten.«

Ich denke es ist legitim, dass ich auf diese Weise eine dritte, unabhängige Meinung einhole. Es verdeutlicht den Ernst meiner Lage. Ich erzähle Julio von unserem Treffen.

»Lennard, das klingt wirklich nach einem Thriller. Aber manchmal ist die Realität ja so. Wenn es wahr ist, ist es heikel. Und wenn es um Geld geht, umso heikler. Warum gehst du nicht zurück nach Chile?«

Wen habe ich in Chile, frage ich mich. Außer meiner Arbeit, meinem Zimmer, Josh. Hier habe ich Julio, Elena, Carla-Maria … Greg. »Chile? Ich fürchte man hat mich bereits durch einen anderen Ingenieur ersetzt.«

»Bist du sicher? Du solltest deinen Chef dort anrufen und ihm die Situation erklären.«

»Dann muss ich ihm auch die Umstände erklären, und bringe Elena und Louisa in Gefahr.«

»Das musst du nicht. Denk dir was aus! Du warst nicht in der verschollenen Maschine, hast den Flug umgebucht. Auf deinem Trip nach Peru wurdest du überfallen. Dein Geld war weg – und so weiter. Dir fällt schon was ein. Oder: Eine plötzliche Nachricht von einem Trauerfall in der Familie, du konntest dich nicht melden.«

»Ich konnte mich wochenlang nicht melden?! Das kauft er mir nicht ab. Josh wird mich feuern..«

»Ach Quatsch. Der hat doch keine Lust einen neuen Ingenieur zu suchen.«

»Aber einen Ingenieure, der sich nicht meldet, dem offensichtlich mehr daran gelegen ist Urlaub zu machen als zu arbeiten, den braucht er nicht.«

»Du bist überall sicherer als in Cuzco. Du sagtest doch, sie hätten ein Büro hier eröffnet.«

»Angeblich ist es ja ein kanadischer Konzern, der das Unternehmen gekauft hat. Kanada ist weit weg. Vielleicht haben diese Vermittler, von denen Elena gesprochen hat, provisorisch die Geschäfte übernommen, und jetzt räumen sie erst einmal auf, damit es eine *saubere* Übernahme gibt.«

»*Sauber* also. Sitzen die hier Cuzco?«

»Vermutlich auch. Oder unter anderem. Hauptsitz ist in Lima. Fast alle Flüge der PAA pendeln zwischen Lima und Santiago mit Zwischenstops in Arica, La Paz, Cuzco, Arequipa, Puerto Maldonado und so weiter. Ich bin schon mal mit denen geflogen.«

»Du könntest auch auf dem Landweg zurückreisen, wenn du dich nicht mehr in ein Flugzeug setzen willst. Nimm den Bus Richtung Arequipa und von dort weiter nach Tacna bis zur Grenze. Von dort ist es nur noch ein Katzensprung bis du in Chile bist. In Arica habe ich einen Freund. Er ist Peruaner. Du kannst sicher bei ihm unterkommen und von dort deinen Chef anrufen. Sie werden dich nicht feuern, glaub mir.«

Als ich später wieder auf der Straße stehe, geht mir Julios Vorschlag nicht aus dem Kopf. Vielleicht sollte ich mich tatsächlich auf den Rückweg nach Chile machen.

Ich beschließe per E-Mail Kontakt zu einem der Ingenieure aus dem Projekt aufzunehmen. Möglicherweise wurde meine Stelle tatsächlich noch nicht neu besetzt und man sucht sogar nach mir.

Langsam schlendere ich weiter.

Irgendwann taucht das Gebäude der Casa Santa Magdalena vor mir auf. Die Versuchung ist augenblicklich da und ich erinnere mich an meine Begegnung mit Louisa.

Ich nehme den vorderen Eingang. Warum auch, sollte ich mich durch den Hintereingang hereinschleichen. Es gibt schließlich nichts zu verbergen.

Auf dem Gang begegnet mir eine mittelgroße junge Frau, schmal, halblange schwarze Haare. Sie trägt eine modern geformte dunkle Brille, Rock und eine einfache Bluse mit Streifenmuster.

»*Hola*«, grüße ich im Vorbeigehen.

»*Hola*.« Sie mustert mich durch die Gläser ihrer Brille, welche ihre Augen etwas verkleinern. »Kann ich helfen? Suchst du wen?«

»Ja.«

Sie bleibt stehen, dreht sich zu mir und wartet geduldig darauf, dass ich weiterspreche.

»Die Frau, die ich suche kommt aus Deutschland. Sie heißt Louisa.« Ich gebe ihr eine grobe Beschreibung, weil ich mich gerade nicht an ihren Nachnamen erinnere.

Sie hört mir eine Weile aufmerksam zu, dann reagiert sie. »Du bist Lennard?«, fragt sie, zu meiner grenzenlosen Überraschung. »Lennard Krupp, einer der Überlebender des Absturzes der PAA?«

»Ja ... Was weißt du davon?«

»Mein Name ist Cristina Batineda. Wir hatten euch aufgenommen, weil ...« Sie spricht plötzlich leiser und schaut sich dabei um. Dann legt sie ihre Hand auf meinen Arm, deutet mir ihr zu folgen. »Lass uns woanders in Ruhe reden«, schlägt sie vor und geht bereits vor. Ich folge ihr.

Sie wählt einen Raum ganz am Ende des Ganges.

Drinnen ist es abgedunkelt. Auf einer Seite stehen gestapelte Stühle. Es gibt einen Overhead-Projektor, ein kleines Rednerpult. Vermutlich dient der Ort Versammlungszwecken. Sie nimmt zwei Stühle vom Stapel.

»Lennard«, redet sie dann vertraut weiter, als wir beide sitzen. »Ich bin heilfroh, dass es dir gut geht und wir dich hier aufnehmen konnten. Die Umstände sind dir sicher merkwürdig vorgekommen. Ich muss es dir erklären. Wir sind eine Institution, die in Not geratenen Menschen hilft. Sei es, jemand wird politisch verfolgt oder ist durch Menschenrechtsverletzungen ernsthaft gefährdet. Dann findet, er oder sie, in uns eine neutrale Anlaufstelle. Das heißt, hier in unserem Haus, bleibt jeder anonym. Jeder. Man kann auch kommen und gehen wann und wie man möchte. Wir führen pro forma eine Kartei der Personen, die zu uns kommen. Zu Persönliches wird darin nicht notiert. In deinem Fall kam der Kontakt durch unsere ehemalige, freiwillige Krankenschwester Elena Arevalo zustande. Du kennst sie.«

»Elena hat hier gearbeitet?«

»Ja, während ihrer Studienzeit als Krankenschwester. Sie hat eine Art freiwilliges Jahr hier verbracht, darum hat sie dich hierher bringen lassen. Sie hat uns vertraut. Was den Absturz betrifft, halten wir uns aus der Angelegenheit raus. Vorerst. Es gibt derzeit andere Projekte, bei denen die Institution sich um Aufdeckung bemüht. Wir müssen erst herausfinden, wo die Verbindungen liegen, um hier effektiv handeln zu können. Darum haben wir der PAA auch keine weiteren Informationen zu deinem Aufenthalt zukommen lassen. Datenschutz. Vorsicht. Allerdings, sollte es tatsächlich kriminelle Energien in oder außerhalb der PAA geben, wäre es für dich und deine Sicherheit besser, wenn du nach Chile zurückfliegst.«

»Was ist mit Louisa?«

»Das Gleiche gilt für sie. Sie wird nach Santiago zurückkehren. Wenn du mehr wissen willst, liegt es an ihr, dir Persönliches anzuvertrauen. Ich kann gerne den Kontakt herstellen, wenn du möchtest. Verstehe aber bitte, wenn sie eventuell nicht einverstanden ist.«

»Gut«, stimme ich zu. Cristina notiert sich die Adresse meines Hotels in Cuzco und meine E-Mail-Adresse.

»Du sagtest eben, es gäbe noch andere Projekte, bei denen ihr euch um Aufklärung bemüht. Geht es dabei eventuell auch um das Kinderheim Monte Mágico?«

Cristina schiebt ihre Brille hoch. »Monte Mágico … hmn, ja. Ich kann dazu nicht viel sagen. Es gibt Verdachtsäußerungen, ist aber alles sehr vage. Wir haben das im Auge.«

»Gibt es eine Verbindung zu dem Flugzeugabsturz?«

Irritiert sieht sie mich an. »Das halte ich für unwahrscheinlich. Merkwürdig, aber Louisa kam auch mit so einer Idee. Was das Kinderheim betrifft, hat man einen leitenden Erzieher in Verdacht, unsaubere Verbindungen eingegangen zu sein.«

»Einen Erzieher. Mehr nicht?«

»Nein.«

»Vielleicht etwas zu abrupt erhebe ich mich, deute an gehen zu müssen. Cristina ergreift meinen Arm.

»Lennard, bitte. Nimm das nicht auf die leichte Schulter. Du solltest ganz dringend psychologischen Rat in Anspruch nehmen. Das ist wirklich sehr wichtig. Überlebende eines Flugzeugabsturzes leiden oft noch viele Jahre danach, unter ihrem tiefen Trauma, wenn sie es nicht behandeln lassen.«

»Aber mir geht es gut.« Ich schenke ihr ein übertriebenes Lächeln.

Ihr Blick bleibt skeptisch, zweifelnd.

»Überschätze dich nicht. Man kann Erlebnisse auch verdrängen.«

Cristina gibt mir ihre Karte mit Adresse, E-Mail und Telefonnummer der Institution. Sie notiert mir auch noch ihre Mobiltelefonnummer. Ich könne mich jederzeit bei ihr melden.

Zum Abschied umarmt sie mich.

SECHS

Nur einen Tag später, finde ich eine Nachricht von Louisa in meinem E-Mail-Postfach. Sie schreibt, dass sie bereit wäre mich zu treffen.

Wir verabreden uns im Hotel. Gegen Nachmittag will sie zu mir kommen.

Ich warte in der Nähe des Empfangs auf sie.

Als sie das Hotel betritt, bemerke ich, dass sie seit unserer letzten Begegnung schmaler geworden ist. Ihre Arme wirken abgemagert. Unweigerlich kommen mir Cristinas Worte zum Absturz-Trauma in den Kopf. Ob sie bereits in psychologischer Behandlung ist?

Louisa kommt auf mich zu, als sie mich bemerkt. Ihr Gesichtsausdruck bleibt auch bei der Begrüßung ernst. Ähnlich kühl hatte ich sie als Sitznachbarin im Flieger erlebt. Scheinbar ist sie der Typ Frau, der nichts und niemanden an sich ran lässt. Ihre körperliche Veränderung jedoch spricht für sich.

»Wenn du möchtest, können wir auch auf mein Zimmer gehen«, schlage ich ihr vor. Für den Fall, dass sie sich sicherer hinter einer verschlossenen Tür fühlt.

»Nein.« Sie schüttelt den Kopf. »Lass uns ruhig draußen im Patio einen Kaffee trinken. Das ist in Ordnung.«

Es ist merkwürdig, nach so langer Zeit wieder jemanden in meiner Muttersprache reden zu hören. Ihr leichter Akzent verrät, dass sie aus dem nördlichen Teil von Deutschland stammt. Vielleicht aus Hamburg.

Ich gehe ein Stück vor, lasse ich sie den Tisch auswählen.

Als sie vor mir hergeht, registriere ich erneut ihren schmalen Körper. Einen Moment lang ist es mir unheimlich. Sie wirkt zerbrechlich. So ganz anders, als ich sie auf dem Flug nach La Paz wahrgenommen hatte. Augenscheinlich macht ihr das Geschehene zu schaffen.

»Wie konntest du dich retten?«, frage ich, um ein Gespräch in Gang zu bringen, als sie mir gegenüber sitzt.

»Mich retten? Ich habe auch versucht euch zu retten«, bemerkt sie ruhig, ohne ihre Stimme dabei zu verändern. »Ich war ein paar Tage unterwegs … nach dem Absturz. Elena meinte es wäre besser zu warten, sie hätte einen Notruf über Funk ausgesandt. Für mich aber sah es so aus, als würde so schnell keine Hilfe kommen. Ich wollte nicht einfach nur abwarten. Ich weiß, was Warten und Geduld haben hier bedeutet. Es passiert nichts. Du warst noch halb bewusstlos, konntest also nichts dazu sagen. Und sie hat dich ja versorgt. Also bin ich auf eigene Faust los. Ganz spontan, ohne vorher Elena davon zu erzählen. Sie hätte mir nur abgeraten. Ich habe ein Buch von einer Frau gelesen, die einen Flugzeugabsturz überlebte. 1971 war das. Sie war die einzige Überlebende des Absturzes, im Alter von 17 Jahren, noch ein halbes Kind. Und sie hat den peruanischen Regenwald überlebt, trotz ihrer Verletzungen. Sie hatte sich sogar das Schlüsselbein gebrochen. Ich war nicht so verwundet. Also dachte ich mir, ich könnte es schaffen und habe mich, wie die Frau in dem Buch, immer am Fluss orientiert. Es waren drei Tage. Dann erreichte ich eine kleine Siedlung. Von dort war es bereits nicht mehr weit von der brasilianischen Grenze entfernt. Die Beamten des Grenzschutzes haben nicht viele Fragen gestellt und ich war auch zu müde und ausgehungert, um sie zu beantworten. Ich sagte ihnen nur, wie lange ich ungefähr gelaufen bin und dass ihr noch im Regenwald seid. Dann schickten sie einen Suchtrupp los. Später einen Hubschrauber. Sie verständigten die Fluggesellschaft. Ab dann weiß ich nichts mehr. Der Absturz war offensichtlich noch nicht publik, wie ich feststellen musste. Das war merkwürdig. Ich wusste also nicht, wie ich mich verhalten sollte, und bin erst einmal untergetaucht.« Sie holt Luft. »Und dort an der Grenze, in so einem kleinen Nest, quasi ohne Anschluss an die Außenwelt, denkt man nicht an Presse, Medien … Man denkt daran zu helfen. Ich weiß auch nicht, ob sie mir geglaubt haben. Sie dachten wohl erst ich fantasiere, als ich erzählte eine Passagiermaschine wäre abgestürzt.«

»Trotzdem haben sie die PAA verständigt?«

»Ich habe darauf gedrängt. Vielleicht war das ein Fehler.«

»Warum hast du bei unserer letzten Begegnung so getan als würdest du mich nicht kennen?«

Louisa zögert mit ihrer Antwort. Ihre Stimme wird leiser.

»Ich wusste doch nicht, was mich als nächstes erwartet. Elena meinte, sie würde erpresst. Ihr Kind ist in Gefahr … Jedenfalls fand sie, wir sollten besser aus dem Land, uns nicht hier treffen, nicht außerhalb der Casa Santa Magdalena. Das wäre zu gefährlich.«

Auf einmal wirkt sie unsicher.

»Ich habe das Gefühl festzusitzen. Eigentlich sollte ich nach La Paz, um ein Kinderheim zu besichtigen, aber ich … wenn etwas passiert. Auf dem Landweg wage ich die Reise nicht und in ein Flugzeug setze ich mich nicht mehr.«

Die Tragweite ihrer Worte erreicht auch mich und rüttelt unweigerlich an einer Stelle meines Bewusstseins, an der ich bislang noch nicht geforscht habe. Reisen, sich fortbewegen. Das ist der springende Punkt. Ich sollte natürlich keine Angst haben. Das Flugzeug ist im Allgemeinen, das sicherste Verkehrsmittel. Aber …

»Und wenn ich dich begleite?«, kommt mir ein spontaner Gedanke.

»Auf keinen Fall!« Entsetzt sieht sie mich an. Dann beruhigt sie sich wieder. »Ist es dir noch nicht passiert, dass du dich hier beobachtet fühltest?«

Ich erinnere mich an den Verfolger von gestern.

»Doch. Aber vielleicht sind wir zu zweit besser dran. Und ich würde auf dem Landweg nach Chile weiterreisen.«

Zweifelnd sieht sie mich an und schüttelt den Kopf. Sie überlegt.

»Es ist auch nicht so sehr wegen des Absturzes und der Fluggesellschaft. Es ist wegen des Kinderheims. Mein Freund hat da etwas recherchiert und auch der Casa Santa Magdalena liegen Augenzeugenberichte vor. Angeblich soll man die Kinder dort für irgendwelche Zwecke einsetzen. Es werden Medikamente verabreicht, die offiziell noch nicht zugelassen sind. Medikamente gegen psychische Störungen. Es ist aber nicht sicher, wer die Geldgeber für dieses Geschäft sind. Das Kinderheim gibt es ja schon etwas länger und es ist bisher nie negativ aufgefallen. Es fing ganz plötzlich so an: Ein interessierter Teilhaber, offensichtlich einer der verantwortlichen Erzieher, ist in diese Geschäfte verwickelt, hat sich kaufen lassen. Er lieferte plötzlich eine Vielzahl an Medikamenten. Angeblich Spenden durch persönliche Kontakte, Vergünstigungen. Tatsächlich aber befanden sich die Medikamente noch in der Erprobung und waren noch nicht am Markt zugelassen. Das war aber nicht alles. Man sagt diesem Erzieher außerdem nach versucht zu haben, Mädchen als Prostituierte zu vermarkten.« Louisa holte Luft.

»Das wird ja immer besser.«

»Die Erzieher verdienen nicht viel. Ich habe in einem Kinderheim in Santiago gearbeitet. Das soll jetzt angeschlossen werden. Deshalb hat mein Chef mich dorthin geschickt. Ich nehme an, die Gerüchte um dieses Heim sind ihm bereits zu Ohren gekommen. Er hat mir vertraut, weil ich mich engagiert habe. Er meinte wohl es wäre risikolos dorthin zu reisen. Das habe ich auch gedacht. Jetzt aber bin ich nicht mehr sicher. Was ist wenn diese Person auch zu den Vermittlern gehört, die bei der PAA-Übernahme involviert sind? Ein ganzer Verbrecher-Ring. Die Verhandlungen liefen zur gleichen Zeit, als auch die Pläne für die Expansion des Kinderheim-Projektes ins Rollen kamen.«

»Du glaubst an einen oder mehrere Vermittler sämtlicher Geschäfte dieser Art. Jemand, der sogar an höherer Stelle protegiert wird – zum Beispiel«, spinne ich meine Idee weiter.

Louisa antwortet nicht.

»Lennard, wir sind traumatisiert«, sagt sie plötzlich.

Was will sie damit sagen – wir fantasieren? ICH fantasiere? Ich muss an Cristina Batinedas Worte denken.

»Lass uns zusammen nach La Paz reisen. Mit dem Bus. Wir können auch so tun, als würden wir uns nicht kennen. Dann hat jeder den anderen im Auge. Und wir sind zu zweit, wenn irgendwas verdächtig ist.«

»Ich denke drüber nach«, bemerkt sie wieder in ihrer tonlosen Art. »Ich brauche noch etwas Zeit. Vielleicht findet mein Freund noch etwas heraus.«

»Okay.«

Sie bestellt noch einen *Café con leche* und wechselt zu banalen Themen, wir reden über Peru und das Reisen in Südamerika. Dann verabschiedet sie sich.

Ich bleibe mit einem befremdlichen Gefühl zurück. Ich kann Louisa nicht einordnen, ihre distanzierte Art. Vielleicht findet sie mich unsympathisch, hat ein bestimmtes Bild von mir. Stempel drauf: Lennard. Lennard – *wer*? Lennard, der Schwätzer. Lennard Krupp, so ein Typ, der sich aufspielt; der den Helden mimt; der … Ja, was noch?

Meine Zweifel über diese Begegnung, geben wohl den Ausschlag, warum es mich plötzlich in *diese* Richtung drängt. Zu *ihrem* Zimmer.

Ich stehe vor ihrer Tür und klopfe.

»*Entra!*« Es ist Carla-Marias Stimme.

Ich betrete das Zimmer. Sie sitzt auf dem Bett und schreibt etwas.

»So, du lässt tatsächlich jeden in dein Zimmer, ohne zu wissen, wer vor der Tür steht?«

»Aber du bist es doch nur«, bemerkt sie beinahe gleichgültig.

»Und das hast du schon gewusst. Eine Eingebung?«

»Vielleicht.«

Ich setze mich neben sie aufs Bett. Zur Begrüßung gibt sie mir einen Kuss auf die Wange. Dann schreibt sie einfach weiter, als wäre ich gar nicht da.

»Sag«, unterbreche ich ihr Schreiben, »hast du Lust was zu machen?«

»Was schlägst du vor?«

172

»Wir besorgen uns eine Flasche *Chicha* und gehen nochmal zum Schwimmbad. Wir können auch Kerzen mitnehmen, wenn es dunkel wird.«

»Hört sich romantisch an. Was genau steckt hinter deinem Plan?«

»Keine Ahnung. Nichts. Ich habe das früher in Deutschland mal mit einer Freundin gemacht«, erinnere ich mich ganz plötzlich. »Es war an einem See. Wir haben Wein getrunken und geredet. Beinahe die ganze Nacht.«

»Warst du in sie verliebt?«, fragt sie neugierig.

»Weiß nicht«, antworte ich wahrheitsgemäß. Es war einfach so. Vielleicht hätte ich mich in sie verliebt. Ich habe nicht darüber nachgedacht. Aber der Moment ist mir im Gedächtnis geblieben.«

»Du bist schon ein komischer Typ«, kommentiert sie.

»Findest du?«

»*Síí*«, sagt sie gedehnt, verdreht dabei die Augen und lacht.

»Möglicherweise habe ich das auch schon mal irgendwo gehört.«

»Siehst du!« Sie stubst mich in die Seite und lacht schon wieder.

»Wie ich sehe, geht´s dir besser! So gut, dass du mich schon aufziehen kannst.«

»Also gut«, ignoriert sie meinen Kommentar. »Wann gehen wir?«

Ich sehe zur Uhr, die auf dem Tischchen neben ihrem Bett steht.

»Ich würde sagen, in einer Stunde. Ich hole dich ab.«

Carla-Maria trägt diesmal Jeans. Dazu ein kurzes Top. Eine kurze Jacke hat sie ebenfalls dabei und eine kleine

Tasche mit Badezeug und Handtuch. Unterwegs besorgen wir uns eine Flasche *Chicha* und etwas zu essen, frisches Obst. Mangos, Bananen. Es ist noch hell, aber die Sonne liegt bereits in Schlafposition.

Wir erreichen das Schwimmbad gerade in dem Moment, als das letzte Licht der Sonne in wunderschönen Rottönen über Cuzco dahinfließt. Die vielen Gebäude und Dächer der Stadt leuchten gold- und kupferfarben. Auch die Natursteine des Poolbeckens tauchen in diesen einmalig schönen Ton, setzen beeindruckende Akzente zu den Farben des Himmels.

Carla-Maria und ich hocken uns an den Beckenrand und schauen gebannt dem Farbspiel zu.

Ihr Gesichtsausdruck zeigt Gelassenheit, Entspannung.

Ich schenke uns *Chicha* in Pappbechern ein und reiche ihr einen Becher. Lächelnd nimmt sie ihn entgegen.

Carla-Marias Lippen sind wie rote Tulpen im Licht der untergehenden Sonne. Ich lege den Arm um sie. Hier oben fühlt man sich frei und nah am Ziel der Erfüllung aller Wünsche. Welche auch immer das sind.

Sie schmiegt sich an mich. Ich lasse es zu, streiche über ihr Haar. Ihre Lippen suchen nach meinen. Ein kleiner Strudel erfasst mich. Ich spüre ihre Zunge über meine Lippen gleiten. Einen Moment lang löst es heißes Begehren in mir aus.

Schnell aber ist der Kuss vorbei und sie rückt etwas von mir ab.

Ich habe verstanden.

Mittlerweile ist das Licht fast komplett verschwunden. Es ist beinahe dunkel hier oben. Dunkler wird auch das Gefühl, das mich gerade noch in eine andere Stimmung versetzt hat.

Aus heiterem Himmel, erneut und völlig unerwartet versucht Carla-Maria mich zu küssen. Ihr Körper drängt sich immer mehr an mich. Ihre Zunge fiebert meiner entgegen. Dabei scheint sie fast atemlos. Es wirkt gezwungen. Sie gibt alles. Ihre Hand fummelt an meiner Hose. Ich lasse es geschehen, will sie nicht schon wieder wegstoßen. Sie zieht mich zu Boden – sie will es.

Und sie will es nicht. Nicht wirklich.

Plötzlich ist es vorbei. Schon wieder ist es vorbei. Ich weiß nicht, wie mir geschieht. Und ich verstehe auch nicht, was sie dazu treibt.

Sie rückt von mir ab, krümmt sich am Boden wie ein verwundetes Reh. Sie weint.

Einen Moment lang fühle ich mich, als hätte ich etwas verbrochen. Dann aber besinne ich mich. Sie weint nicht wegen mir. Es hat nichts mit mir zu tun. Vielleicht bin ich ihr Freund. Aber darüber hinaus, bin ich niemand. Niemand, der ihr nahe steht.

Ich lasse sie eine Weile weinen. Schließlich ziehe ich das Handtuch aus ihrer Tasche und lege es um ihre Schultern. Ich richte mich auf.

Die Situation ist mir plötzlich unangenehm. Sie überfordert mich. Alles hatte so schön begonnen. Und jetzt das?! Plötzliche Turbulenzen. Absturz.

Ich sehe zu Carla-Maria, knie mich neben sie und streichle zögerlich über ihr Haar.

Sie beruhigt sich.

»Es geht nicht«, sagt sie. »Ich fühle nichts.«

Tatsächlich nicht?

»Ist doch gar nicht schlimm«, räume ich ein. »Du hast ein Trauma«, wiederhole ich Cristinas Worte vom Vortag, ohne deren weitreichende Bedeutung zu erfassen. Ich kann nicht wirklich nachfühlen, was es für eine Frau bedeutet.

Dabei hat sie es gerade noch gewollt. Eventuell bin ich ja nicht ihr Typ.

»Hast du einen Freund in Chile?«, kommt mir ein spontaner Gedanke.

»Warum fragst du das jetzt?«

»Ich dachte nur. Vielleicht denkst du an ihn, und er wird sicher auf dich eingehen, dir Zeit geben.«

Vermutlich habe ich gerade etwas sehr Dummes gesagt. Sie scheint es jedoch nicht zur Kenntnis zu nehmen.

»Wir haben uns kurz vor der Reise getrennt. Er ist mit einem Kumpel nach La Serena gefahren. Eve hat mich gefragt, ob wir nach Cuzco fliegen, Machu Picchu, ganz spontan für die Semesterferien.«

Sie hatte mir bereits am ersten Abend erzählt, dass sie in Santiago studiert. Aber es war mir entfallen. Ich habe an dem Abend so unsagbar viel getrunken, dass ich mich kaum an den Inhalt unserer Gespräche erinnere. Vielleicht habe ich ihr etwas über mich erzählt. Auch daran erinnere ich mich nicht. Habe ich ihr von Elena erzählt?

»Wenn du lieber gehen möchtest, musst du mir das sagen«, wechsele ich das Thema.

»Nein. Lass uns noch ein bisschen reden und Obst essen.«

»Du hast Hunger?«

Sie bestätigt kopfnickend. Tatsächlich überzeugt mich ihre Idee. Ich hatte das Essen fast vergessen. Jetzt gerade aber bemerke ich das unterschwellige Hungergefühl. Es ist ein gutes Zeichen.

Carla-Maria und ich verbringen den Abend mit *Chicha*, Obst und Reden. Die Stimmung lockert sich und irgendwann habe ich das Gefühl, wir hätten niemals versucht Sex zu haben.

Reisemomente

Bin ich ein Traumtänzer, Schaumschläger? Und kann jemand der zu viel denkt, irgendwann ein guter Ingenieur werden, wenn er es noch nicht ist? Gibt es überhaupt einen geeigneten Beruf für mich? Sicher ist, dass es läuft. Wie auch immer. Es läuft.

Die Nacht, durch die wir eine halbe Ewigkeit gefahren sind, ist vorbei. Um mich herum aber herrscht noch immer Nachtstimmung. Meine Mitreisenden schlafen. Durch die Gardine dringt gedämpftes, rötliches Licht. Ich habe zu wenig geschlafen und den Großteil der Nacht intensiv miterlebt. Etliche Zeilen und Seiten sind dabei entstanden. Manchmal habe ich wie im Rausch getippt. Ein Betrunkener. Von meinen Gefühlen überrannt, völlig losgelöst von meiner Umgebung.

Langsam zeigen sich Ermüdungserscheinungen. Und auch die ersten Zweifel. Was ist das, was ich hier vollbringe? Soll ich weitermachen oder doch besser alles löschen? Ich möchte mich lieber in der Schwerelosigkeit bewegen und nicht an diesen Zeilen aufhängen müssen. Das Geschriebene schafft eine neue Dimension meiner Existenz, die ich gerade betrete. Ich handele, meine Umwelt reagiert. Oder umgekehrt. Ich bin nicht allein. Du sitzt mir gegenüber und siehst mir zu. Mein zweites Ich. Ich habe eine Verantwortung dir gegenüber. Also schreibe ich weiter ...

LA PAZ

EINS

Der Bus schleppt sich über eine holprige Straße. Das Gefälle am Straßenrand geht monströs in die Tiefe. Hunderte von Metern. Etwas zu schnell rauscht das kastenartige Gefährt in die Kurve. Immer wieder denke ich: Gleich passiert es, wir stürzen ab.

Mir dreht es den Magen rum. Bei jeder neuen Kurve. Niemals zuvor meine ich eine ähnlich schlimme Fahrt erlebt zu haben – und gleichzeitig eine ähnlich schöne. Der Blick aus dem Fenster ist überwältigend. Wo ist die Natur noch so ursprünglich, so extrem.

Die Frau neben mir im Sitz schläft. Als könne ihr das alles gar nichts anhaben. Fast die ganze Fahrt über, hat sie geschlafen. Gegen fünf Uhr abends ging es los. Eine Nachtfahrt.

Ich habe die ganze Nacht kein Auge zugetan. Es ist eine Mischung aus Angst und Faszination zugleich. Ich weiß nicht, wie ich empfinden würde, wäre ich nicht durch einen Flugzeugabsturz hierhergekommen. Ich habe das Gefühl, *eine* Szene wiederholt sich ein halbes Dutzend Mal. Die Natur hat mich gerettet. Wären wir nicht über dem Regenwald abgestürzt, ob es auch nur den Hauch einer Chance gegeben hätte, den Absturz zu überleben? Sicher nicht.

Ich drehe mich um und sehe nach hinten. Louisa, drei Sitze hinter mir, ist ebenso wach wie ich. Sie sieht aus dem

Fenster und bemerkt mich nicht. Ob ihr gerade ähnliche Gedanken durch den Kopf gehen? Um wie viel intensiver als ich, mag sie den Absturz und die Zeit danach erlebt haben? Schließlich war sie gleich wieder bei Bewusstsein, hat alles mitbekommen. Das Chaos, das Blut ... – und die vielen Leichen. Ich erinnere mich an die ersten Sekunden, als ich mich aus dem Flugzeugwrack geschleppt habe. Es war wie ein Albtraum. Verdrängt habe ich ganz sicher einen Teil dieses Albtraums, ihn als Fiktion verklärt. Der Urwald hat uns gerettet. Gerettet.

Die Frau neben mir – eine typische *cholita* – bewegt sich. Langsam dreht sie sich auf die andere Seite, in meine Richtung. Ein pausbäckiges, einheimisches Gesicht. Sie trägt die traditionelle Kleidung aus mehrlagigen Röcken. Ihr Haar ist zu einem Zopf geflochten. Dazu trägt sie ihren Melonenhut. Im Schlaf sehen wir alle gleich aus. Und es sind die gleichen Begegnungen, die wir in diesem Bewusstseinszustand haben – mit unseren Träumen.

Ich sehe wieder aus dem Fenster. Wir fahren bergab. Dicker Frühnebel begleitet uns. Die Sonne ist noch schläfrig.

Kurzfristig hat sich diese Reise ergeben. Louisa rief mich gestern im Hotel an. Sie sagte mir, sie hätte es sich überlegt, sie wolle mitfahren. Das Ticket nach La Paz war bereits gekauft. Es gäbe noch Sitzplätze. Also ergatterte ich auch noch ein Ticket. Der Bus war schnell ausgebucht.

Als ich mit meinem Rucksack am Busbahnhof stand, hatte ich es einen Moment lang vorgehabt, ich wollte tatsächlich Josh in Valparaíso anrufen. Dann aber kam Louisa dazwischen.

Vielleicht soll es nicht sein.

Ich betrachte Elenas Armband an meinem Handgelenk. *Unsere Sitze waren sicher,* erinnere ich mich an ihre Worte –

und muss schon wieder darüber schmunzeln. Über ihren Aberglauben. Hoffen wir mal, dass auch diese Sitze hier im Bus gesegnet sind. Zugegeben, die Höhe macht mir Angst. Aber warum hätten wir einen Flugzeugabsturz und anschließend auch noch den Regenwald überlebt, wenn wir jetzt – bei einer banalen Busfahrt – ums Leben kämen? Das macht keinen Sinn. Und das gibt es nicht einmal im Film, sage ich mir. Der Held überlebt immer. Bis zum Schluss. Und wir sind die Helden.

Die ersten Häuser der Stadt tauchen aus dem Nebel auf. La Paz liegt auf einer Höhe von durchschnittlich 3.600 Metern. Womöglich werde ich wieder mit der Höhenkrankheit zu kämpfen haben. Bei der hinter mir liegenden Höllenfahrt und den unzähligen Malen, als ich nahe dran war, mich zu übergeben, spielt auch das keine Rolle mehr.

Etwa eine halbe Stunde später rollen wir am *Terminal de autobuses* von La Paz ein. Wir sind beide geschafft von der langen Fahrt, von den zahlreichen Kurven, und vor allem von der Höhe. An der *Plaza de San Francisco* checken wir gleich in ein kleines *backpacker*-Hotel ein.

Hinter dem Hotel thront die barocke *Iglesia de San Francisco* wie eine Königin über uns. Der Bau der Kirche hatte im 16. Jahrhundert begonnen, und ist eine Mischung aus spanischen und indigenen Elementen.

Die Stimmung zwischen Louisa und mir verändert sich, nach unserem Einchecken. Louisa vermeidet plötzlich jedes Gespräch mit mir. Sie möchte kein Risiko eingehen – oder ganz einfach nur nicht reden, weshalb sie darauf besteht, dass jeder von uns ein Einzelzimmer bezieht. Ihres liegt im zweiten Stock, eine Etage über meinem. Erst am Abend treffen wir uns in der Bar des Hotels wieder.

Leise lateinamerikanische Musik klingt aus dem Hintergrund. Nicht das übliche Gedudel von der Straße. Die Musik ist unaufdringlich, mit viel Gitarre, ein Liebeslied.

»Hallo Lennard«, begrüßt mich Louisa.

»Hi Louisa.«

Die Begrüßung ist eher distanziert, wenig Berührung. Typisch Deutsch? Möglich. Es ist wohl Louisas Art, und ich frage mich einen Moment lang, ob es auch meine Art ist.

Wir bestellen etwas zu trinken. Dann kramt sie eine Karte hervor, kommt gleich zur Sache. Ist ihr meine Gegenwart unangenehm? Warum hat sie mich dann als Begleiter akzeptiert?

»Das Kinderheim liegt hier ...« Sie deutet mit ihrem Finger an eine Stelle, unterhalb La Paz. »Das sind rund 25 Kilometer außerhalb. Vielleicht sollten wir besser getrennt anreisen. Es gibt eine kleine Kirche, unweit des Heims. Wir können uns dort gegen zehn treffen.« Sie spricht sehr leise.

»Gut, einverstanden.«

Ihr Haar trägt sie offen, nur mit einem Tuch zusammengehalten. Dazu eine Sonnenbrille. Ihre Hand zittert ein bisschen, als sie die Karte wieder zusammenfaltet, sie ist nervös. Hat sie Angst? Sieht sie unsere Tour als Risiko?

Es ist ein spontanes Gefühl. Ich möchte meine Hand auf ihre zitternde legen. Etwas aber hält mich davon ab.

»Hast du etwas von Elena gehört?«, frage ich, nicht ganz zusammenhangslos. »Geht es ihr gut?«

»Ich habe nichts von ihr gehört. Dabei wollte sie sich melden.«

»Und sie hat sich nicht gemeldet? Hast du versucht sie zu erreichen?« Ich bin natürlich besorgt.

Sie überlegt eine Weile. »Ja. Angeblich ist sie für ein paar Tage auf einem Seminar.«

»Ein Seminar? Wo?«

»Das haben sie nicht gesagt.«

Louisa sieht mich eindringlich an. Ich rätsele, was hinter ihrem Blick steckt. Was will sie mir sagen?

Ihre Gedanken schweifen derweil offensichtlich wieder ab. Sie leert ihr Glas mit einem Zug und erhebt sich.

»Sei mir nicht böse, Lennard. Ich bin müde. Wir sehen uns morgen zum Frühstück. Gegen Acht?«

Verwirrt bestätige ich.

Ich sehe ihr nach, wie sie hastig die Bar verlässt.

Mit vielen Fragezeichen im Kopf, bleibe ich zurück.

Was passiert hier. Ich fühle mich unwohl in meiner Haut und habe plötzlich das Gefühl, dass es ein Fehler war, hierher gekommen zu sein.

Der nächste Tag sollte mir das bestätigen.

ZWEI

Ich sitze vor einem Pfannkuchen bolivianischer Art, aus Maismehl. Mein Frühstück. Dazu *Cafe negro*. Der Kaffee hat einen leicht bitteren Geschmack. *Koka*, denke ich. In diesem Land wird sehr viel mit Koka produziert. Kokablätter kaut man. Unter Tage, in der Höhe, und anderswo. Das Kauen von Kokablättern gehört zum Alltag. Es wäre also nicht verwunderlich, wenn selbst der Kaffee einen Hauch von Koka besäße.

Es ist bereits fast neun. Von Louisa keine Spur. Ich wundere mich, dass sie nicht erscheint.

Als die Uhr neun Uhr dreißig anzeigt, stehe ich auf.

Vor ihrer Zimmertür bleibe ich unschlüssig stehen, lausche auf die Geräusche dahinter. Es ist mucksmäuschenstill.

Vorsichtig klopfe ich an. Niemand antwortet. Ich klopfe erneut. Wieder nichts. Die Tür ist nicht verschlossen. Also öffne ich sie vorsichtig, werfe ich einen Blick durch den Türspalt. Auf den ersten Blick wirkt das Zimmer leer. Ich öffne die Tür weiter und entdecke Louisas gepackten Rucksack am Boden. Das Bett ist ordentlich gemacht. Sie selbst ist abwesend. Vielleicht ist sie zur Toilette gegangen.

Ich warte noch einen Moment ab. Nichts passiert. Ich werde unruhig. Louisa macht nicht den Eindruck auf mich, als würde sie jemals zu einem Termin zu spät kommen. Jetzt aber ist sie bereits seit mehr als einer Stunde überfällig. Es muss etwas passiert sein.

Ich gehe zur Rezeption und frage dort nach ihr. Ebenso im Frühstücksraum. Niemand weiß etwas. Ich bin sehr beunruhigt. Soll ich ohne sie fahren? Die genaue Adresse des Kinderheims ist irgendwo notiert. Ich habe eine vage Erinnerung an die Karte.

Aufgewühlt durch die unklare Situation, eile ich noch einmal zurück. Das Zimmer wirkt nach wie vor unberührt. Louisa ist auch während meiner Abwesenheit nicht dort gewesen.

Ich öffne ein Seitenfach ihres Rucksacks, ziehe die Karte heraus. Sie hat die Stelle markiert, an der sich das Kinderheim befindet.

Ich nehme die Karte an mich.

Nach einer weiteren Stunde unruhigen Wartens, besteige ich ein Taxi, das vor dem Hotel parkt und nenne dem Fahrer mein Ziel.

Während der Fahrt geht mir alles Mögliche durch den Kopf. Ist sie ohne ihren Rucksack gefahren? Die Fahrt bis zum Kinderheim ist von der Kilometerzahl her nicht weit. Vielleicht hat sie sich spontan entschieden mich und auch ihre Sachen im Hotel zu lassen. Ich erinnere mich an ihr Verhalten vom Vortag, wie nervös sie war.

Nervös bin auch ich. Na ja, etwas nervös. Nicht wirklich der Rede wert, rede ich mir gut zu.

Zweifel stellen sich dann aber doch ein. Eindeutig besser wäre es umzukehren, sagt mir mein Bauchgefühl.

Geistesabwesend fällt mein Blick auf die Rückenansicht des Taxifahrers. Ein normaler Bolivianer. So der erste Eindruck. Neben dem Armaturenbrett klemmt ein Foto, bunt eingerahmt. Darauf ist er mit Frau und Kindern zu sehen. Ein beinahe poppig-buntes Abziehbild der Heiligen Jungfrau Maria klebt gleich neben dem Familienfoto, Kitsch. Am Rückspiegel baumelt ein Holzkreuz, zusammen mit der bolivianischen Nationalflagge. Eine typische Szene, denke ich. »Señor …«, setze ich zu einer Frage an.

Er sieht mich durch den Rückspiegel an und lächelt.

Nein, das alles hier ist ganz harmlos, überzeuge ich mich. Kein Hinterhalt. Alles ist in Ordnung.

Ich sehe aus dem Fenster. Wir haben die Stadt bereits verlassen. Das Fahrzeug bahnt sich seinen Weg durchs Gebirge. Allmählich fällt die Straße wieder ab.

Nach einer Weile erreichen wir einen kleinen Ort. Wenn man diesen tatsächlich als Ort bezeichnen kann. Es gibt kaum Häuser. Bereits von weitem, erkenne ich die Kirche, die Louisa wohl gemeint hat. Der Taxifahrer biegt in einen Feldweg ab. Am Ende des Weges befindet sich ein helles Gebäude.

Da der kaum geschotterte Weg eher schlecht passierbar ist, stoppt er bereits in etwas Abstand zum Gebäude.

»Hier?«, frage ich ungläubig. Die Gegend scheint mir verlassen. »Können Sie warten?«

Er hat den Motor abgestellt.

»Es wird vermutlich nicht lange dauern.«

Zustimmend nickt er.

Ich steige aus, werfe einen kurzen Blick zurück. Dann gehe ich Richtung Feldweg.

Die Sonne brennt. Ich muss mich auf jeden Schritt konzentrieren. Langsam nähere ich mich daher dem Gebäude. Was erwartet mich hier?

Wir liegen deutlich tiefer als in La Paz. Auch ist es um ein paar Grad wärmer. Das Klima ist ein komplett anderes. Hitze. Die Geräusche der Großstadt fehlen. Mehr noch als das: Es ist nahezu gespenstisch still. Und je mehr ich mich dem Gebäude nähere, desto dichter drängt sich der Verdacht auf, eine völlig verlassene Gegend zu durchstreifen. Kein Kindergeschrei. Nicht einmal Hundegebell oder Vogelgezwitscher.

Ich betrete das Grundstück. Trotz aller Abgeschiedenheit, erweckt das Gebäude, aus der Nähe betrachtet, einen etwas lebhafteren Eindruck. Das Grundstück ist umzäunt und tatsächlich habe ich einen Moment lang das Gefühl, als hätten hier vor kurzem noch Spielgeräte gestanden.

Ich betrete das leerstehende Gebäude. Kahle, weiße Mauern. Möglicherweise haben irgendwann Bilder an den Wänden gehangen. Die einsamen Nägel könnten ein Indiz dafür sein. Es sind sechs größere Räume. Ein oder zwei waren vielleicht Schlafräume. In einem finde ich Überreste von Möbelstücken. Reste von Baumaterial, alte Tapetenrollen.

Hat man über Nacht das Gebäude verlassen? Was ist mit den Kindern, die hier gelebt haben passiert? Wohin hat man sie gebracht? Ich weiß nicht warum, aber ich male mir gerade ein Szenario vor Augen, das mich erschaudern lässt.

Lennard, du übertreibst, tadele ich mich selbst. Bin ich paranoid?

Immer wieder liest man diese Dinge, bei denen die bloße Vorstellungskraft nicht ausreicht, sie sich auszumalen. Betrete ich einen Ort, an dem sich vor kurzem noch Schlimmes ereignet hat?

Ich suche jeden Winkel nach einem Hinweis ab, ein verwertbares Zeichen, drehe mich auf dem Absatz in alle Richtungen.

Helles Licht dringt durch das Fenster. Die Kinder könnten sich durchaus auch sehr wohl hier gefühlt haben. Das Gebäude liegt günstig.

Ich trete wieder ins Freie. Die Luft ist klar, die Natur verführt. Im Hintergrund erkennt man die steilen Berghänge der Anden. Hier und da Büsche. Schilf, Farn, farbenfrohe Bromelien und Orchideen. Für Kinder ein paradiesischer Ort. Irgendwo höre ich das Plätschern von Wasser. Ein Fluss oder ein Wasserfall. Auf den zweiten Blick gibt es hier viel zu entdecken und zu bewundern. Man könnte auch noch mehr aus diesem Ort machen. Ich denke an Bio-Erzeugnisse. Vielleicht ein Bio-Laden. Die Kinder könnten einen eigenen Garten anlegen, pflanzen und ernten. Sie könnten Brot backen, Kräuter mischen, Käse herstellen. Warum hat man das hier aufgegeben?

Irgendwo höre ich einen Hund bellen. Also doch. Die Region ist nicht unbewohnt. Es klingt jedoch etwas entfernt. Ich bin einen höheren Geräuschpegel gewohnt. Valparaíso, Cuzco, La Paz. Alles Orte, an denen es nie wirklich still ist.

Ich klettere einen kleinen Hang hinter dem Haus hinunter, gelange zu einem Fluss. Der Anblick des dahinfließenden Wassers weckt Erinnerungen.

Ein unverkennbares kleines Idyll. Kinder, die in intakter Natur aufwachsen, sollten keine Sorgen haben. Hier gibt es weder Messerstechereien noch gewaltsame Übergriffe – oder?

Fragen mischen sich in meine heile Welt. Ich sehe grobe Erzieher, die kleine Kinder schlagen oder anderes körperliche Leid zufügen. Wieder ist sie da, diese unbegründete, düsteruntermalte Panik. Sie steckt tief in mir.

Zügig haste ich den Feldweg zurück.

Der Taxifahrer kommt gerade aus dem Gebüsch, zieht sich den Reißverschluss seiner Hose hoch und lächelt verlegen, als er mich entdeckt. Dann steigt er gleich wieder in das Fahrzeug. Ohne ein Wort. Eine Tür lässt er offen.

Ich gehe weiter. Der Weg wird, ab der Stelle wo das Taxi steht, eben. Dies jedoch nur über ein kurzes Stück. Dahinter folgt erneut Hügelland. In der Ferne erkenne ich eine Frau. Sie trägt ein Hündchen auf dem Arm. Irgendwo biegt sie ab und verschwindet aus meinem Blickfeld.

Ich atme die saubere Luft ein. Endlich kann ich wieder unbeschwert frei ein- und ausatmen. Es gibt genug Sauerstoff.

Daher laufe ich noch weiter. Nach einer Weile verschwinden Taxi und Gebäude hinter mir. Die Natur verschluckt sie. Vor mir liegt die gigantische Kulisse der andinen Bergwelt.

Nach einer Weile, die ich weiter und weiter gegangen bin, spüre ich plötzlich Druck auf den Ohren. Der Druck wandert von den Ohren weiter, erfasst nach und nach meinen gesamten Schädel, löst fast gleichzeitig ein Gefühl von Übelkeit aus. Das ist der erste Schritt. Dem folgt eine plötzliche Atemnot, Herzrasen, Panik. Es überfällt mich gänzlich unerwartet. *Soroche,* denke ich. Schon wieder. Bin ich höher gestiegen, ohne es gemerkt zu haben? Sollte mich die Höhenkrankheit tatsächlich erneut erwischt haben, dann ist es diesmal heftiger. Als ich zurücksehe, wird mir bewusst, dass das Gebäude und das Taxi, mit dem ich hergekommen bin, hinter dem Hügel liegen. Ich bin ziemlich weit gelaufen.

Bei dieser Erkenntnis mache ich auf der Stelle kehrt, gehe zurück. Weit komme ich jedoch nicht. Die Übelkeit zieht mir plötzlich den Magen zusammen. Ich krümme mich, komme kaum einen Schritt voran. Schließlich muss ich mich übergeben.

Doch es ist noch nicht vorbei. Die nächste Übelkeitswelle überfällt mich. Kopfschmerz und Schwindel werden derart unerträglich, dass ich einen regelrechten Kampf mit meinem Körper austrage. Ich erinnere mich an den Kaffee vom Morgen. Außerdem hatte der Taxifahrer mir eine eigenartig schmeckende Süßigkeit aus Koka geschenkt, als ich das Fahrzeug bestieg.

Mit jedem Schritt, den ich weitergehe kommt es mir vor, als weiche der Boden meinen Schritten aus. Ich weiß nicht mehr, wo ich den Fuß absetzen soll, es schwimmt vor meinen Augen. Es schwimmt wie in einem trüben Teich, der mich langsam in die Tiefe zieht. Eine unsichtbare Kraft von dort.

Letztlich geht nichts mehr. Ich stolpere über meine eigenen Füße, taumele … Ich falle.

DREI

Es ist heller Tag. Die Sonne scheint auf meinen flachen Körper, kitzelt mein Auge, was ich kurz öffne und gleich wieder schließe. Die Umgebung ist tropisch warm. Unter mir ruckelt und wackelt es. Wir bewegen uns zügig vorwärts.

Ich fühle mich noch immer schummrig, körperlich nicht in bester Form. Meine Hände sind verbunden. Ebenso meine Beine. Gefesselt. Unter meinem Kopf liegt eine alte Plane.

Was ist passiert?, frage ich mich.

Ich öffne die Augen erneut. Nur einen winzigen Spalt. Diesmal brennt es wie Feuer. Das Fahrzeug, auf dem ich liege, schleppt sich über eine zugewachsene Straße, rechts und links eingerahmt vom Regenwald. Meine Haare sind feucht. Ebenso mein T-Shirt. Vermutlich hat es geregnet. Ich entdecke Schrammen und Spuren von Blut auf meinem Arm. Mein Rucksack liegt neben mir am Boden.

Nachdem ich mich grob orientiert und auch kurz meine Bewegungsfähigkeit getestet habe, versuche ich mich aufzurichten – was gefesselt ein kleines Problem darstellt. Ich schaffe es dennoch, insbesondere dank der ruckelnden Bewegungen des Fahrzeugs, in eine bessere Position zu kommen. Nach weiteren Schlaglöchern, über die wir hinwegstolpern, sitze ich beinahe.

Meine nähere Umgebung ist die offene Ladefläche eines Kleintransporters. Neben mir und der Plane liegen ein altes Autoradio, ein paar rostige Nägel, Seile, Werkzeug.

Vorsichtig drehe ich mich in Fahrtrichtung. Dort erkenne ich zwei Gestalten. Der Mann, der den Transporter fährt, trägt ein Tuch um den Kopf gebunden, sitzt mit nacktem, braun gebranntem Oberkörper hinter dem Steuer. An seiner Seite ein zweiter Mann, von dem ich jedoch nicht viel erkenne. Sein Kopf ist zur Seite gekippt. Er scheint zu schlafen.

Ich frage mich, wie lange wir bereits unterwegs sind und wohin es geht. Offensichtlich habe ich die Nacht halb bewusstlos verbracht. Ich erinnere mich nicht. Der Umgebung nach zu urteilen, sind wir im tropischen Teil Boliviens, vermutlich die Grenzregion zu Brasilien?

Man hat mich also entführt, will mich aus dem Land schaffen, Aber warum Brasilien – um mich dort *verschwinden* zu lassen.

Ich fange an zu bereuen, mich in Dinge eingemischt zu haben und nicht gleich nach Chile zurückgekehrt zu sein. Warum habe ich Josh nicht angerufen? Wie soll er jetzt erfahren, was mit mir passiert ist.

Aber was ist ein Menschenleben auch schon wert?, geht es mir auf einmal durch den Kopf. Ein Leben, wie meins.

In Bolivien, in den Minen von Potosí arbeiten Männer unter Tage, schöpfen Ressourcen aus der Erde, sehen kaum das Tageslicht und lassen sich darauf ein, nicht alt zu werden. Die Sklaverei hat nie aufgehört. Auch bei uns nicht. Fleisch, das ein Verfallsdatum überschritten hat, schicken wir nach Afrika. Klamotten lassen wir billig in Asien produzieren, wo die Arbeiterinnen einen Hungerlohn kassieren. Ganz zu schweigen von den gesundheitlichen Risiken, die sie dafür auf sich nehmen. Wir nehmen uns alles zum Dumpingpreis, hochwertig. Was mit Schweiß und blutigen Fingern gefertigt wurde, und ohne

Arbeitsschutz und Krankenversicherung. Wenn jemand stirbt – dann stirbt er eben. Jeder ist ersetzbar durch einen anderen. Das Ding, das er produziert, ist mehr wert als er selbst. Was also ist mein Leben hier wert?

Nichts.

Vielleicht werde ich bestraft. Man bekommt nur einmal ein neues Leben geschenkt. Ich hätte etwas daraus machen und Dinge verändern können. Habe ich aber nicht.

Eine weitere Chance gibt es nicht.

Oder? –

Mein Blick gleitet auf die Straße. Wir fahren an einfachen Holzhütten vorbei. Manche auf Stelzen. In Chile nennt man sie *Palafitos*. Es gibt sie im südlichen Teil des Landes. Zum Beispiel auf der Insel Chiloé.

Oder eben hier. In einer Region, in der die Flüsse über die Ufer treten und das Land überschwemmen.

Die Erde ist dunkelrot. Mal staubig, mal schlammig. Ich sehe Menschen am Straßenrand. Goldgräber. Dann wieder junge Frauen. Vermutlich Prostituierte. Auch Kinder sind darunter.

Der Transporter biegt ab. Wir fahren in den dichten Regenwald hinein, immer tiefer. Die Straße wird zunehmend beschwerlich. Fast bleiben wir stecken. Der Motor heult auf und ich höre den Mann am Steuer fluchen. Nach ein paar Anläufen ist das Fahrzeug wieder frei und es geht weiter.

Nach einer Weile wird der Wald wieder lichter. Wir kommen jetzt zügig voran. Die Hitze macht mir zu schaffen. Ich fühle mich noch immer wie im Nebel – sobald ich versuche mich noch weiter aufzurichten. Wie war das, überlege ich, war es der Taxifahrer? Hat er mich überwältigt? Ich erinnere mich an das Familienfoto in seinem

Taxi, sein unschuldiges Gesicht. Aber wer ist schon unschuldig. Das Leben steckt voller unerwarteter Überraschungen.

Und Louisa? Verflucht, wo hat sie nur gesteckt?

Wir fahren langsamer. Der Transporter kommt schließlich zum Stillstand. Der Mann am Steuer springt heraus. Und auch der andere Mann, auf dem Beifahrersitz bewegt sich. Ich lege mich wieder hin, warte ab, was sie mit mir vorhaben. Eine Weile passiert nichts.

Dann wird die Tür zur Ladefläche geöffnet. Der Mann vom Beifahrersitz klettert auf die Ladefläche. In einer Hand hält er eine Flasche. Was hat er vor? Er bückt sich zu mir herunter.

»*Qué tal* – Scheiß Gringo?! Willst du dich ein bisschen besaufen?«

Er nimmt die geöffnete Flasche und steckt mir den Flaschenhals in den Mund. »*Toma!*«, fordert er mich auf zu trinken. »*Tomátelo todo!* ... Ist der perfekte Schlaftrunk, glaub mir!«

Er schüttet den Inhalt der Flasche in mich hinein. Ich spüre hochprozentigen Alkohol durch meine Kehle gleiten. Es schmeckt abscheulich, brennt erneut wie Hölle.

Als die Flasche leer ist, zieht er sie weg und schlägt sie mir über den Kopf.

VIER

Ich kann nur raten, wie lange meine Bewusstlosigkeit angehalten hat. Als ich wieder zu mir komme, sind wir wieder auf der Straße. Unter mir fühle ich erneut die Bewegung. An meinen Händen und Beinen sind noch immer Fesseln. Vorsichtig öffne ich die Augen. Schon wieder grelles Tageslicht.

Ich liege noch immer auf der Ladefläche des Kleintransporters. Allerdings bin ich nicht mehr allein. Neben mir am Boden kauern drei junge Mädchen. Besser gesagt, sind die drei noch Kinder. Ihrer Kleidung nach zu urteilen stammen sie aus ärmeren Verhältnissen, wirken nahezu verwahrlost.

Eines der Mädchen, offenbar die älteste der drei, lächelt, als sie bemerkt, dass ich zu Bewusstsein komme. Sie stößt den beiden anderen vorsichtig in die Seite und grinst verlegen. Keine der beiden reagiert auf ihren Stoß. Sie starren nur stumpf vor sich hin.

Ich bin betroffen von ihrem Anblick. Ihre Gesichter, auch wenn ich sehr schöne, feine Züge und große dunkle Augen entdecke, sind schmutzig, verschrammt, als hätte man sie geschlagen. Auch ihre Kleidung vermittelt einen verwahrlosten Eindruck. Der Glanz aus ihren Augen, den es vor kurzem ganz sicher noch gegeben hat, ist verschwunden.

Der Transporter fährt in eine scharfe Kurve. Dabei werden wir in eine Richtung gedrängt.

Auch die eben noch sehr lebhaft wirkende Größere der drei, zeigt jetzt ein verschrecktes, fast gleichgültiges Gesicht. Sie möchte sich die Angst nicht anmerken lassen, denke ich. Erst als ich versuche mich aufzurichten, saugt sich ihr Blick an mir fest. Sie hat sehr dunkle, olivfarbene Augen. Ihre Haare gehen einen Stich ins Rötliche.

Die anderen beiden mustern mich ebenfalls.

»Wer seid ihr?«, frage ich auf Spanisch.

Keine Antwort. Die Aufgeweckte zuckt etwas mit den Schultern.

»*Quechua*?«, fragt sie dann.

Nein, ich spreche kein *Quechua*. »*Español*?«, frage ich zurück.

Sie antwortet nicht, starrt stattdessen gebannt zu den Männern vorne im Fahrerhäuschen. Ich folge ihrem Blick.

»Wenig«, flüstert sie dann. Sie deutet mir, mich zu ducken, damit die Männer uns nicht sehen.

»Wie heißt du?«, frage ich. »Ich bin Lennard ... Lennard«, wiederhole ich und deute auf mich.

»Felipa«, sagt sie. Dabei kuschelt sie sich an die anderen beiden Mädchen.

Aus der Ecke, in der sie jetzt mehr liegt als sitzt, beobachtet sie mich aufmerksam, ohne sich zu bewegen. Sie legt ihre kleine Hand auf meine und lässt mich nicht aus dem Blick. Vermutlich hat sie sich mit dieser Geste davon überzeugt, dass ich nichts Böses im Sinn habe. Wir befinden uns in einer Art gemeinsamer Notlage.

»Hat man euch entführt?«, frage ich mit dem sicheren Gefühl, wohl keine Antwort zu erhalten. Vielleicht rätselt sie in der Tat, was ich gefragt haben könnte, antwortet aber nicht. Ihre Hand liegt weiterhin auf meiner. Irgendwann schließt sie die Augen und ist, wie die anderen beiden auch, bald eingeschlafen.

Wir fahren den ganzen Tag. Anfänglich kriege ich kein Auge zu. Das Gefühl, auf die drei Mädchen aufpassen zu müssen zwingt mich, mich wach zu halten. Nicht nochmal will ich den ekelhaften Alkohol trinken müssen. Jetzt aber sind die Mädchen das Haupttransportgut, so sagt mir mein Instinkt. Ich bin unwichtig.

Es fängt bereits an zu dämmern, als ich gegen meinen Willen doch einnicke.

Es ist dunkel, als ich wieder zu mir komme. Der Transporter rollt durch eine Toreinfahrt, ein Privatgrundstück … vermutlich. Die Zufahrt ist breit angelegt.

Über eine Strecke von etwa einem Kilometer geht es immer geradeaus, dezente Scheinwerfer, links und rechts säumen Palmen den Weg. Was ich schwammig erkenne, wirkt gepflegt, nobel.

Auch die Landschaft hat sich erneut verändert. Die Luft ist trocken, aber noch immer warm, obwohl es bereits nach acht sein müsste. Wüstenklima, – vielleicht die Atacama-Wüste. Kann es sein, dass wir bereits in Chile sind? Somit aber müssten wir die Grenze passiert haben, was mir unwahrscheinlich erscheint.

Ich werfe einen Blick zu den drei Mädchen. Sie haben sich zu einem Häufchen in einer Ecke des Transporters formiert. Felipa hält die Kleinste halb im Arm. Ein sehr zierliches Mädchen mit schwarzen halblangen Haaren. Daneben liegt die Dritte, ein etwas größeres Mädchen mit dicken, dunkelbraunen Locken, dichten Wimpern und mestizischen Gesichtszügen. Felipa ist die offenkundig die Aufgeweckteste der Drei.

Felipas Hand muss, während des Geruckels auf der Fahrt, aus meiner gerutscht sein, denn sie liegt noch immer so da, als wäre sie in dem Glauben, sich an etwas oder jemanden zu klammern.

Plötzlich wird es hell um uns. Als hätte jemand einen Lichtschalter betätigt, künstliches Licht. Wir rollen in einen beleuchteten Vorhof. Als ich mich in Fahrtrichtung drehe, erkenne ich ein Gebäude. Ein herrschaftliches Haus, fast wie eine Villa. Weiß, mit klobigen Säulen vor dem Eingangsbereich. Kitschige Marmorfiguren, rechts und links neben dem Eingangsportal, das einem Tor gleicht. Davor eine breite Treppe. Große Glasfenster, Palmen, Marmor und Granit.

Ein sicheres Gefühl sagt mir, dass das Geld hinter diesen Mauern, nicht ehrlich erworben ist. Die Männer vorne im Fahrzeug passen ebenso wenig hierher wie wir, das Transportgut. So verwahrlost wie wir sind, was sollen wir hier? Was kommt jetzt?

Größer noch als die Sorge um mein eigenes Schicksal, ist die Sorge um das Schicksal der drei Mädchen. Mir schwant Übles.

Mittlerweile sind auch die drei durch das Licht geweckt worden. Felipa deutet den beiden Kleineren an, sich ruhig zu verhalten.

Was, wenn ich ihnen nicht helfen kann?, geht es mir durch den Kopf. Ich bin gefesselt. Sie aus dem Fahrzeug klettern und wegrennen zu lassen, wäre vermutlich töricht. Sicher ist das Grundstück überwacht. Man würde sie schnell finden – und womöglich würde man ihnen etwas antun. Ihre einzige Chance hier rauszukommen, bin ich.

»Ich passe auf euch auf, keine Angst«, flüstere ich, in der Hoffnung, dass sie zumindest einen Teil meiner Worte verstehen.

Der Motor ist aus. Der Wagen steht.

Eine Weile passiert nichts. Dann steigt der Beifahrer aus. Ein Mann – ein ziemlich bulliger Typ – erscheint in einer schattigen Ecke, seitlich des Hauseingangs. Vermutlich ein Hausangestellter. Sie wechseln ein paar Worte. Dann öffnet sich ein Tor, eine Einfahrt für ein Fahrzeug. Der Beifahrer steigt wieder ein und der Mann hinter dem Steuer lässt den Motor an. Wir fahren durch das geöffnete Tor. Der Hof, in den wir fahren ist dunkel.

Wieder steigt der Beifahrer aus und verschwindet irgendwo in der Dunkelheit. Der Mann hinter dem Steuer wartet.

Nachdem einige Zeit vergangen ist, wird der Mann unruhig. Warum kommt der andere nicht zurück? Nervös sieht er zur Ladefläche. Es ist unwahrscheinlich, dass er uns in der Dunkelheit wahrnimmt. Viel mehr als Umrisse wird er kaum erkennen.

Was geht hier vor?

Das kurze Aufglimmen einer Flamme, erzeugt durch ein Feuerzeug, durchbricht die Szene. Er zündet sich eine Zigarette an und raucht. Die Fahrertür steht offen und der Rauch zieht in den Hof.

Ein eigenartiges Gefühl befällt mich, eine Art düstere Vorahnung. Der andere Mann wird nicht zurückkommen, denke ich plötzlich.

Möglicherweise kommt ihm gerade ein ähnlicher Gedanke. Hektisch nimmt er gleich mehrere Züge hintereinander. Schließlich wirft er die Zigarette auf den Boden, springt aus dem Fahrerhäuschen und drückt den Stummel mit dem Schuh aus. Draußen bleibt er bewegungslos stehen, sieht sich, wie ein aufgescheuchter Hund, der etwas wittert. Irgendwo öffnet sich eine Tür. Ein kurzer Lichteinfall. Der Hausangestellte erscheint und winkt den Mann zu sich. Skeptisch sieht dieser sich noch einmal zur Ladefläche um. Dann kommt er der Aufforderung nach und bewegt sich langsam in die Richtung, aus der das Licht kommt.

Kurz darauf ist es wieder dunkel. Es ist so dunkel, dass ich kaum mehr erkenne, als die ängstlich hin- und her huschenden Augenpaare der Kinder.

»Felipa, Felipa …«, höre ich die Stimme der ganz Kleinen.

Die Dunkelheit ist nur von kurzer Dauer, denn die Tür öffnet sich bereits wieder und ein praller Lichtstrahl blendet uns regelrecht. Der Hausangestellte steht in der Tür. Eine Weile rührt er sich nicht von der Stelle. Dann nähert er sich dem Fahrzeug. Erst überprüft er das Schloss zur Ladefläche, zieht irgendwo an der Seite ein Papier heraus, das er gleich einsteckt. Dann öffnet er das Schloss zur Ladefläche. Niemand von uns Vieren wagt es derweil einen Laut von sich zu geben.

Ich beschließe mich schlafend zu stellen. Vielleicht räumt es mir eine Chance ein, den Kindern zu helfen und bewahrt mich vor Schlimmerem. Wenn ich hier bliebe, könnte ich später verfolgen, wo die Kinder hingebracht werden. Eine Flucht von hier wäre ohnehin sinnlos.

Ich höre seine Stimme. Zutraulich redet er auf die Mädchen ein. *Quechua.* Die Kinder antworten nicht, ich spüre aber, dass sie sich sträuben. Er lässt sich jedoch nicht beirren, redet weiter – redet und redet.

Felipa streift beiläufig über meinen Arm. Sie hat meine Absicht verstanden, ich darf mich nicht bewegen, soll mich schlafend stellen.

Kurz darauf, ist es wieder still. Er hat die drei Kinder mitgenommen.

Ich öffne die Augen und finde mich verlassen, vergessen – in der Stille der Dunkelheit.

Nach einer Weile bemerke ich, dass es nicht vollkommen dunkel ist. Der Wagen steht unter offenem Himmel. Der Mond über mir, ist eine schmale Sichel. Der Himmel ist glasklar und angefüllt mit Sternen. Ich erkenne aber nur einen kleinen Ausschnitt des Himmels, denn der Innenhof, in den ich blicke ist deutlich kleiner als der Hof, in dem das Fahrzeug bei seiner Ankunft geparkt hatte. Rechts und links befinden sich hohe Mauern.

Da ich jeden Moment damit rechne, dass wieder jemand kommt, – der bullige Hausangestellte oder wer auch immer –, um mich zu holen, bleibe ich wachsam.

Nichts passiert. Offenbar hat man mich tatsächlich vergessen. Das wäre meine Chance.

Bei jeder Bewegung, spüre ich die Fesseln, sie brennen auf meiner Haut, weshalb ich es vorziehe mich nicht mehr als nötig zu bewegen. Die Hitze des vergangenen Tages hat mir zugesetzt. Denken fällt zunehmend schwer. Ich bin unsagbar erschöpft, vermutlich auch durch die Unmengen von Alkohol, die man mir verabreicht hat.

Irgendwann gebe ich den Kampf (vorläufig) auf und schlafe ein.

FÜNF

Das Sonnenlicht weckt mich.
Mein erster Gedanke gilt den drei Kindern. Wo hat man sie hingebracht?

Eine kurze Bewegung erinnert mich gleich daran, dass ich gefesselt bin. Ich fühle mich jedoch etwas kräftiger als noch in der Nacht, in der Lage mich eventuell von den Fesseln zu befreien.

Durch heftiges Zerren gelingt es mir dann auch, die Fesseln an den Füßen zu lockern. Jedes kleine Stück gewonnene Bewegungsfreiheit bringt Erleichterung. Ich rolle mich auf die Seite. Unter einer freigelegten Plane entdecke ich jetzt weiteres Werkzeug. Darunter auch ein paar spitze Gegenstände. Ob es mir gelingt, mich bis dorthin zu rollen?

Ich unternehme den Versuch mich zu drehen, schaffe es aber nur bis zur Hälfte und bleibe in seitlicher Position liegen. Mit einem kurzen Ruck liege ich wieder auf den Rücken. Erneut zerre ich an den Fußfesseln, die sich irgendwann komplett lösen, so dass ich leicht herausschlüpfen kann. Ein Teil meines Körpers ist tatsächlich befreit und in der Lage sich vollkommen ungehindert zu bewegen. Ich mobilisiere Kräfte, um mich jetzt auf die Knie zu konzentrieren. Mit angewinkelten Knien nehme ich den größtmöglichen Anschwung und richte mich auf.

Geschafft. Tatsächlich stehe ich auf meinen zwei Beinen, die sich jedoch wie Pudding anfühlen. Auch ist mir noch leicht schwindelig.

Benommen steuere ich das soeben wiederentdeckte Werkzeug an. An besagter Stelle lasse ich mich langsam wieder zu Boden gleiten, taste dabei mit noch immer verbundenen Händen die Gegend ab.

Ich bekomme einen der spitzen Gegenstände, eine Art Keil, zu greifen, ziehe das Seil etwas an und reibe es über den Keil. Es nimmt einige Zeit und Geduld in Anspruch, bis das Seil dünner wird und schließlich brüchig. Anschließend ist es leicht zu zerreißen.

Der letzte Schritt in Richtung Freiheit ist getan, auch wenn es sich erst einmal nur um die wiedererlangte Bewegungsfreiheit meines Körpers handelt.

Wieviel Zeit würde mir bleiben? Was ist mit den Kindern?

Auf den ersten Blick erscheinen mir die Mauern zu hoch, um sie zu besteigen. Die Tür ist vermutlich verschlossen. Ebenso das Tor, durch das wir gestern hereingefahren sind. Einen anderen Ausgang gibt es nicht.

Ich öffne die Tür der Ladefläche des Transporters und steige vom Fahrzeug. Es ist ein merkwürdiges Gefühl, wieder festen Boden unter den Füßen zu spüren. Es bleibt mir jedoch nicht viel Zeit das Gefühl auszukosten. Die Zeit drängt.

Zuerst versuche ich es mit der Tür zum Nebengebäude. Sie ist, wie erwartet, verschlossen. Ebenso das Tor unterhalb der Mauer.

Tatsächlich kommt nur die andere Seite der Mauer für meine Flucht in Frage. Wie auch immer ich es anstellen könnte, ich muss hier raus. Suchend sehe ich mich um. Zuerst ziehe ich das noch teilweise intakte Seil von der Ladefläche. Unter der Plane finde ich die rostigen Nägel und auch einen Hammer. Wenn ich Nägel in die Mauer schlage und das Seil daran befestige? Das Ganze wäre eine wacklige Angelegenheit. Aber es ist eine Chance. Also fange ich damit an Nägel in die Mauer zu schlagen. Erst unten. Dann weiter oben. Vorsichtig setze ich meinen Fuß auf den ersten Nagel, arbeite mich so, Nagel für Nagel, nach oben. Mühsam komme ich voran. Sehr langsam zwar, und immer mit einem wackligen Gefühl, aber es funktioniert. Als ich die höchste Stelle der Mauer erreicht habe, klettere ich ins Freie. Oben angekommen, atme ich erst einmal erleichtert auf. Die Hälfte ist geschafft. Von hier oben erkenne ich nicht viel von der anderen Seite des Geländes. Eine Hecke verdeckt die Sicht, Mauern eines Erker. Dahinter geht es um eine Ecke, die ich ebenfalls nicht einsehen kann. Ich befestige das Seil, das ich mir um die Schultern gelegt habe, an einem Nagel. Sorgfältig schlage ich den Nagel ein, bis er mir stabil genug erscheint, um mich zu tragen, zumindest so weit zu tragen, dass der mögliche freie Fall etwas verzögert wird. Ich seile mich behutsam ab, schaffe es gerade so bis zur Hälfte der Mauer. Dort reißt der Nagel ab, ich verliere das Gleichgewicht, falle und knalle mit voller Wucht auf den Boden.

Eine Weile liege ich benommen da, ohne es zu wagen mich zu bewegen. Habe ich mir was gebrochen? Vorsichtig taste ich mein Bein ab. Es gelingt mir beinahe schmerzfrei es zu strecken. Ich setze meine Hände auf den Boden, stütze meinen Körper damit ab und richte mich langsam auf. Bei jeder der neuen Bewegung spüre ich einen kurzen Schmerz im Oberschenkel. Darüber hinaus aber, scheint das Glück auf meiner Seite. Ein paar blaue Flecken, eine leichte Prellung, das ist alles.

Mein Rucksack!, denke ich dann. Verflucht, ich habe ihn vergessen. Aber es ist zu spät, lässt sich nicht mehr ändern. Ich muss das Risiko eingehen, dass jemand ihn findet.

Nachdem ich nicht mehr damit beschäftigt bin, meinen Körper zu sortieren, studiere ich meine Umgebung. Ich vermute, dass ich mich in einem Bereich neben dem Hof befinde, den wir vergangene Nacht passiert haben. Die drei Mädchen können folglich nicht weit entfernt sein.

Ich taste mich vor. Eine unverschlossene Tür führt durch einen Patio. Dahinter liegt eine offensichtlich sehr weitläufige Gartenanlage. Die Mitte des Gartens ziert eine – meiner Meinung nach – übertrieben wuchtige Marmorfigur, ein Frauenakt, wohl einem italienischen Modell nachempfunden. Daneben ein nicht minder übertriebenes Wasserspiel.

Ich streife umher, lasse den Garten hinter mir. Zum Hauptgebäude gehört eine Art Nebentrakt. Der Hauptteil liegt dahinter.

Durch eine weitere Tür gelange ich in den Vorhof. Hier finde ich das Tor von gestern. Angrenzende Mauern sind von Pflanzendeko, allerlei Schlingpflanzen, überwuchert, weshalb das Tor kaum auffällt.

Wo sind die Kinder?, frage ich mich.

Das Gebäude ist zweifellos gut gesichert. Man wird kein Risiko eingehen. Wer auch immer *sie* sind, und was auch immer sie hier tun. Ich lasse mich nicht entmutigen, baue auf den Zufall. Bisher stand dieser mir zur Seite. Vielleicht hat der Hausangestellte in der Eile vergessen die Tür zu verschließen. Ich erinnere mich an die Szene von gestern. Daran, dass beide Männer, Fahrer und Beifahrer, ganz plötzlich verschwunden waren. Wohin?, frage ich mich. Werden sie hier festgehalten? Gehören sie dazu?

Aus Spionagefilmen weiß man, was alles möglich ist. Aber das ist Fiktion, Film. Das hier ist die Realität. Ein schmaler Grat, denn: Unerwünschte Zeugen kann niemand brauchen. Aber genau das bin auch ich. Ein mehr als unerwünschter Zeuge.

Hier denke ich besser nicht weiter. Mir wird übel bei dem Gedanken. Aber nein, ich wird mich nicht erwischen. Nicht hier. Meine Bestimmung ist es zu überleben! Ich bin die glückliche Ausnahme, eine Nummer, die äußerst selten in den Absturzstatistiken auftaucht: einer von drei Überlebenden. Das hier wird auf keinen Fall mein Ende sein.

Außerdem kenne ich jetzt sie ... die *eine*. Elena. Ich habe ihr Bild vor Augen, wir werden uns wiedersehen. Vielleicht sogar mehr als das. Es ist kein Traum, es ist ... Ja, was ist es?

Trotz meines heldenhaften Ansatzes, bemerke ich *sie* in mir hochkriechen, die Angst. Ich höre plötzlich Stimmen und drücke mich gegen die Mauer, lasse mich schnell nach unten gleiten, um mich hinter einem riesigen Pflanzenkübel zu verstecken.

Oberhalb der Treppe erkenne ich zwei Männer. Sie diskutieren lautstark. Ein dritter Mann mit Schnauzbart und zurück gegeltem Haar kommt hinzu und versucht zu beschwichtigen.

Ich konzentriere mich auf das Gesagte, verstehe aber, aufgrund der Entfernung, so gut wie nichts. Nachdem der Dritte sich eingeschaltet hat, wirkt das Gespräch entspannter. Offenbar versucht man, sich zu einigen.

Im Türrahmen wird noch eine weitere Person sichtbar, eine Frau. Die Männer beachten sie nicht. Ich erkenne nur einen Teil von ihr. Nach einer Weile tritt sie aus dem Türrahmen, stellt sich neben einen der Männer und rückt damit in mein unmittelbares Blickfeld.

Die Frau wirkt sehr jung, verboten jung, trotz des Makeups. Sie trägt ein hautenges, schulterfreies, kurzes, rotes Kleid und hat langes, schwarzes Haar. Soweit ich das von hier erkenne, ist sie sehr hübsch, puppenhaft, oder auch nur sehr aufwändig zurechtgemacht. Sie bewegt sich nicht wirklich natürlich. Vielmehr bewegt sie sich wie jemand, von dem man erwartet, dass er sich so bewegt. Sie ist nicht hier, um ihre Stimme zu gebrauchen.

Wie zur Bestätigung meines Gedankens, legt der Mann mit dem Schnauzbart plötzlich seinen Arm um ihre Schultern, gestikuliert dabei jedoch weiter, als wäre sie nicht wirklich anwesend und nur eine Art Stützpfeiler.

Die beiden Männer reden auf ihn ein. Der Schnauzbärtige klinkt sich zunehmend aus, fängt an ungeniert mit ihr zu knutschen und sie zu befummeln, wie man das bei einer Prostituierten macht. Keiner der beiden anderen Männer reagiert darauf. Mittendrin, während sie ihre Arme um ihn schlingt, stößt er sie ganz plötzlich weg.

Die anderen beiden halten im Gespräch inne. Nur kurz, dann reden sie gleich weiter, als wäre nichts passiert. Sie haben Respekt, oder ganz einfach eine Heidenangst vor dem Schnauzbart.

Dieser neigt sich jetzt zu der Frau, flüstert ihr etwas ins Ohr, worauf sie nicht reagiert. Sie wirkt angespannt. Er wiederholt seine Worte – laut –, so dass die beiden anderen auch hören, was er sagt. Es ist offensichtlich, dass ihr das Gesagte nicht gefällt. Er will etwas von ihr. Sie zögert, worauf seine Stimme erneut zu hören ist. Diesmal auch für mich, laut und deutlich hörbar: »*Puta! Desnúdate!*«

Sie soll sich ausziehen. Die Männer treten zur Seite. Beinahe etwas beschämt beobachten sie die Szene.

Ungeschickt befummelt sie den Rücken ihres Kleides. Sie will den Reißverschluss nicht finden, oder findet ihn, aufgrund ihrer Angst, tatsächlich nicht.

Wieder fährt er sie herrisch an. Dezentes, verhaltenes Lachen kommt von den Männern.

Steif und angespannt bewegt sie sich, wiegt sich eher ungeschickt in der Hüfte. Sie soll wohl eine kleine Show für die Männer veranstalten, einen spontanen Striptease. Vielleicht will er sie testen.

Tatsächlich gelingt es ihr irgendwann den Reißverschluss zu öffnen und sie steht nur im BH da. Lüstern und gleichzeitig beschämt, starren die Männer auf die prall gefüllten Körbchen ihres BHs. Sie fängt an sich lasziv zu bewegen, zu tanzen. Der Schnauzbart fährt sie an. Widerstrebend kommt sie seinen erneuten Aufforderungen nach, bewegt sich irgendwie. Wohl aber nicht so, wie er es erwartet. Beleidigungen und Provokationen prasseln auf sie nieder. Von irgendwoher zieht er eine Flasche Schaumwein(?), gießt den Inhalt über die junge Frau. Sie versucht so cool wie möglich darauf zu reagieren. Ihre Bewegungen aber verraten, dass sie alles andere als cool ist, sich zunehmend gehemmt und vermutlich noch mehr gedemütigt und verängstigt fühlt.

Wut kocht in mir hoch, beim Anblick dieser Szene. Ich frage mich, welcher Sinn dahinter steckt, jemanden in dieser Form bloßzustellen. Überdruss, Langeweile, massive Minderwertigkeitskomplexe.

Mittlerweile steht die Frau halbnackt vor drei, mehr oder weniger lüsternen Männern. Sie trägt nur noch einen Hauch von Nichts.

Die beiden Männer lachen über die Witze des anderen. Es sieht aus, als fürchten sie sich tatsächlich vor ihm – dem Schnauzbart, dem absoluten Abschaum der Menschheit, der hier seine lächerliche Macht ausspielt.

Aber das Übel kennt immer noch eine Steigerung, ist hemmungslos. Das schnauzbärtige Monster beginnt damit, ihr das Kleid mit dem Messer zu zerschneiden.

»*Te parece sexy?*«, höhnt er.

Als er sein Werk beendet hat, brennt er mit dem Feuerzeug Löcher hinein. Das Ganze ist für ihn, allem Anschein nach, eine zum Schreien komische Aktion.

Den beiden anderen Männern hat es mittlerweile die Sprache verschlagen. Mir geht es ähnlich, nur dass ich nicht daneben stehe. Hier würde ich liebend gerne eingreifen. Aber ich denke an die Kinder.

Die letzte, traurige Demütigung besteht darin, die junge Frau die Treppe rauf- und runterlaufen zu lassen.

»*MÁS RÁPIDO!*«, grölt er, sie solle schneller laufen, während das junge Mädchen an die Grenze ihrer Kräfte kommt.

Ein grausiges, verabscheuungswürdiges Schauspiel findet hier statt.

Soweit ist es mit der Menschheit gekommen. Ich empfinde nichts als Verachtung für diese Männer. Für jeden der drei. Ein verkrüppeltes Verbrechergesicht und zwei Feiglinge, die nur stumm zusehen. Erbärmlich.

Während das Mädchen sich noch immer, mittlerweile einer Ohnmacht nahe, die Treppenstufen hochschleppt, erscheint plötzlich eine weitere Frau im Türrahmen. Sie ist deutlich älter und etwas formaler gekleidet, als die junge Frau. Auf ihr Erscheinen hin, verstummt das Gelächter.

Sie herrscht die drei an, ergreift die junge Frau grob am Handgelenk und zieht sie mit sich ins Haus.

»War doch nur ein Scherz. Verstehst du keinen Spaß oder was?!«, ruft das Monster ihr nach.

Ein Scherz, denke ich, *du* bist ein Scherz, ein äußerst übler Scherz!

Als die Frauen weg sind, lacht er ungeniert weiter, reißt Witze.

Irgendwann aber ist die Luft raus und sie trotten wieder ins Haus.

Ich brauche noch eine Weile, um das Gesehene zu verdauen, hole tief Luft und atme langsam ein und aus. Es ist ein Albtraum, ein absoluter Albtraum. Dann aber besinne ich mich, – denn sollte ich noch länger hier ausharren, liefe ich Gefahr erwischt zu werden.

Vorsichtig rutsche ich aus meinem Versteck. Mein Nacken fühlt sich steif an. Ich frage mich, was im Inneren des Gebäudes vor sich geht. Wie viele Personen dort anwesend sind.

Jetzt oder nie!, fordere ich mich auf, und wage mich bis zum Treppenabsatz vor.

Aus der Nähe betrachtet, erscheint die Treppe mir höher und noch herrschaftlicher, als aus der Distanz. Kein Wunder, dass die Frau völlig außer Atem war.

Vorsichtig besteige ich die ersten Stufen. Ich befinde mich auf der Höhe von Fenstern, zwei große Fenster. Die Fenster sind nur gekippt. Eine Gardine dahinter, versperrt die Sicht. Ich versuche die Fenster zu öffnen, habe aber kein Glück. Vielleicht auf der anderen Seite.

Ich schleiche zurück und passiere jetzt die Fenster auf der anderen Seite der Treppe. Hier sind es ebenfalls zwei. Ich besteige erneut die ersten Treppenstufen.

Eins der beiden Fenster ist tatsächlich nur angelehnt. Von außen drücke ich daher leicht gegen die Scheibe, klettere umgehend durch das jetzt offene Fenster. Das letzte Stück bis zum Boden falle ich beinahe vor Schreck, denn schon wieder höre ich Stimmen.

Mein Herz trommelt und ich untersage mir kurz das Atmen. Panisch drücke ich mich unterhalb der Fensterbank an die Wand, verharre an einer Stelle am Boden kauernd. Wenn man mich hier entdeckt …

Es ist eine Frauenstimme, die ich höre. Ich bin etwas erleichtert, auch wenn ihre Stimme erneut herrisch klingt. Es ist die ältere Frau von eben.

Neugierig richte ich mich auf, spähe durch das Fenster, durch das ich gerade gestiegen bin, ziehe es dabei vorsichtig etwas zu. Von hier drinnen sehe ich nur einen winzigen Ausschnitt der Szene.

Die Frau redet mit dem jungen Mädchen, besser gesagt – sie schimpft. Ihr Gegenüber kommt kaum zu Wort, denn sie fährt ihr immer wieder dazwischen.

Ich lehne mich noch weiter vor, sehe die junge Frau jetzt etwas besser. Sie trägt eine Art Morgenmantel. Die andere hält ihr etwas hin, offenbar das zerrissene Kleid, beschimpft sie.

»*TONTA*! Das zahlst du mir! Dass dir das klar ist. Das war ein teures Kleid, richtig teuer! Dafür krieg ich dich ran, du must arbeiten, um das abzubezahlen! Hörst du! *TRA-BAJAR*!!«

Sie soll das Kleid bezahlen. Das junge Ding zittert am ganzen Körper und wagt es nicht zu widersprechen.

Das Gesicht der Jüngeren rückt jetzt näher in mein Blickfeld. Ich erkenne ihre Gesichtszüge, bin entsetzt. Sie ist tatsächlich, wie ich ihren Gesten bereits entnommen hatte, noch ein Kind! Das Make-up ist von ihren Tränen verschmiert. Wie alt mag sie sein? Sechzehn. Allerhöchstens siebzehn. Ein Kind, zurechtgemacht wie eine Frau.

Es schnürt mir die Kehle zu, angesichts dieser neuen, abscheulichen Szene. Wie gerne würde ich auf der Stelle mein Versteck verlassen und auf die Frau losgehen. Damit aber wäre niemandem geholfen. Nicht den Kindern – und der jungen Frau vermutlich auch nicht.

Meine Position ist unbequem. Die Füße schlafen mir fast ein. Vorsichtig bewege ich mich – jedoch nicht zu sehr. Ich möchte nicht die Aufmerksamkeit der beiden zerstreuen. Es könnte gefährlich enden.

Nachdem ich mich kurz durch meine nähere Umgebung habe ablenken lassen, sind die Stimmen auf der Treppe weg.

Ich spähe in die Dunkelheit des Raumes. Groß ist er. Ein Teil der Außenbeleuchtung schafft es durch die Gardine, daher erkenne ich gestapelte Kartons. Ansonsten aber ist der Raum leer. Kein Regal, nichts. Offenbar handelt es sich um eine Art Lagerraum. An der Decke hängt ein teurer Kronleuchter, verziert mit Glasperlen in Gold, Silber und Weinrot.

Es ist gespenstisch still im Haus. Obwohl ich nicht allein bin, hört man hier unten nichts. Die Wände sind dick, gut isoliert.

Ein oberflächlicher Blick auf die Kartons offenbart mir, dass sie nichts Besonderes enthalten. Dekoartikel, Ramsch.

Vorsichtig öffne ich die Tür. Sie führt hinaus auf einen Gang. Auch hier herrscht beklemmende Totenstille. Die Menschen befinden sich in den oberen Stockwerken.

Wo hat man die Mädchen untergebracht? Möglich, dass sie nicht weit entfernt sind.

Ich gehe den Gang ab und stoße auf weitere Zimmertüren. Hinter jede Tür werfe ich einen kurzen Blick – sofern die Türen unverschlossen sind.

Die meisten Räume sind abgedunkelt. Auch verfügen viele nur über kleine Fenster, die in den Innenhof gehen. Ein ähnlicher Innenhof wie der, aus dem ich herausgeklettert bin. Ich betrete einen der Räume, um seinem Zweck auf die Spur zu kommen. Dabei lasse ich die Tür offen damit etwas Tageslicht hereindringen und ich besser sehen kann. Ich wage es nicht den Lichtschalter zu betätigen.

In einer Ecke liegen alte Säcke. Mir fällt auf, dass es von dort unangenehm riecht. Was ist das? Tierkadaver, geschlachtetes Vieh?

Ich gehe zu den Säcken und inspiziere sie aus der Nähe. Darunter finde ich jedoch nichts weiter als alte Farbkanister, Werkzeugreste, ein Feuerzeug. Das Feuerzeug nehme ich an mich.

Der Geruch wird derweil strenger, nahezu stechend, penetrant. Ich ziehe die Säcke komplett zur Seite – und … Überrascht verharre ich. Was ist das? Vor mir liegt eine Art Falltür.

Mittlerweile ist der Gestank kaum noch zu ertragen. Es besteht kein Zweifel, dass er von hier kommt. Ich muss die Tür öffnen.

Akribisch suche ich die Falltür ab, ertaste das Metall nach einen Hebel oder einer Einbuchtung. Das Feuerzeug leistet mir schließlich Hilfe und ich entdecke einen verrosteten Griff. Rau und klamm fühlt er sich an. Während ich ihn betätige, befällt mich das Gefühl als zöge der Gestank über meine Haut, erfasse meinen Körper. Ich schüttele mich vor Ekel.

Zu meiner grenzenlosen Erleichterung aber lässt die Tür sich leicht öffnen, man muss sie nur anheben.

Als die Tür freiliegt, betätige ich erneut das Feuerzeug ...

Für das Grauen finden sich nicht immer gleich die passenden Worte. Erst einmal muss ich verdauen, *was* mich – im Prinzip nicht völlig unerwartet – anspringt. Es ist der blanke Horror. Schlimmer! Ich bin wie gelähmt vor Entsetzen, möchte augenblicklich hysterisch aufschreien. Aber das geht nicht. Es ist nicht zu fassen, eben noch haben sie leibhaftig vor mir gesessen, in einem klapprigen Kleintransporter. Die beiden Männer.

Das Albtraumszenario des Absturzes wiederholt sich. Permanent. Immer wieder in einer neuen Version.

Ich weiche einen Schritt zurück, starre weiter auf das Unfassbare. In der Hoffnung, dass meine Augen mich betrügen. Mein ganzer Körper bebt vor Angst und Schrecken.

Zu meinen Füßen liegen die zwei Leichen der Männer. Die Tatsache, dass es nicht irgendwelche Kadaver oder Menschen ohne Gesichter sind, ist das, was ich nicht ertrage. Diese Männer haben mich hierher gefahren und man hat sie einfach so entsorgt. Wie Müll entsorgt.

Was ist ein Menschenleben wert? Schon wieder diese Frage, die immer wieder in mir aufpoppt, sobald ich jenem unfassbaren Erzeugnis menschlicher Kultur in die Augen schaue.

Das Leben ist ein Geschenk, erinnere ich mich an mein Erwachen im Regenwald. Ein Geschenk ... dabei jedoch nicht gratis.

Wieder einmal wird mir bewusst, wie dünn das Seil ist, auf dem ich tanze. Und welch glücklicher Umstand, dass sich hier *nur* zwei Leichen befinden. Und nicht noch weitere. Meine oder die der drei Kinder.

Darf ich so denken?

Mit etwas mehr Kraftaufwand als zuvor, verschließe ich die Falltür wieder. Ich habe genug gesehen.

Noch immer völlig betäubt durch das Entdeckte, verlasse ich fluchtartig, stolpernd, den Raum. Vor der Tür ringe ich nach Luft. Nur Ruhe bewahren. Auch wenn die Zeichen auf Panik stehen, ich muss mich am Riemen reißen, cool bleiben. Alles – nur nicht durchdrehen!

Langsam fange ich mich wieder.

Bisher sieht es so aus, als hätte man mich vergessen. Was dort oben läuft, hat höchste Priorität. Meine Gegenwart ist also zweitrangig, unwichtig. Folglich auch meine Flucht. Alleine gehen, möchte ich jedoch nicht. Das Schicksal der drei Mädchen lässt mir keine Ruhe. Ihre verzweifelt bittenden Blicke. Felipas vertraute Berührung, als sie meinen Arm streifte, Zeichen ihrer Zuversicht. Ich darf sie nicht im Stich lassen.

Am Ende des Ganges, der sich tatsächlich ziemlich in die Länge zieht, entdecke ich jetzt eine Treppe. Sie führt nach oben.

Es ist ein Wagnis, denn ich vermute, wohin sie führt. Dann aber …

Dumpf höre ich plötzlich Stimmen. Stimmen ganz in der Nähe, hinter einer Tür. Ich richte meine Aufmerksamkeit auf die Tür neben mir, drücke ein Ohr gegen sie. Leises Flüstern ist dahinter zu hören. Es sind tatsächlich Kinderstimmen. Ich möchte die Tür öffnen, realisiere aber gleich, dass sie verschlossen ist. Suchend sehe ich mich um, entdecke glücklicherweise, oben auf dem Türrahmen, einen Schlüssel. Ich fische ihn herunter, stecke ihn ins Schloss (dabei wird mir übel ...) – er passt. Ich darf jetzt nicht schlapp machen, denke ich. Nicht jetzt. Mein Magen rebelliert und steht vor einer echten Belastungsprobe. Doch ich kämpfe. Es ist als übernähme mein Verstand im Alleingang. Ohne den Körper. Dieser führt nur mechanisch aus. Immer an der Kante, kurz vorm Zusammenbruch. Ich drehe den Schlüssel herumdrehe, stütze mich dabei im Türrahmen ab. Instinktiv rechne ich mit dem Schlimmsten. Und genauso ist es ...

Mehr als ein halbes Dutzend Paar Kinderaugen starren mich plötzlich an. Verängstigt. Leere, als auch hoffnungsvolle Blicke. Jungen und Mädchen. Sie sitzen auf Schlafsäcken, am Boden. Betonboden. Unsagbar kalt, grau. Absolut ungemütlich. Kinder gehören nicht hierher. Kinder ohne Eltern. Die Kleinsten von ihnen kaum sechs Jahre alt.

Auf einem Tisch liegen Besteck, schmutziges Geschirr und Tücher, abgestandenes Wasser. Eine Schüssel, offenbar zum Urinieren; eine andere zum Waschen.

Ich weiß nicht, was mich im Moment mehr verstört: der Leichenfund oder diese erneute, ganz unglaubliche Entdeckung.

»Was ...?«, stammele ich. »Was ist hier los? Was macht ihr hier? Mein Gott ... Ihr seid doch Kinder. *Hablan español?*«

Ein kleines Mädchen nickt mit dem Kopf, ein Junge. Dann drei weitere Mädchen. Noch ein Junge. Sie möchten gerne alle meine Frage beantworten, etwas sagen. Dann aber sehe ich ihr Zögern.

»Was macht ihr hier?«, wiederhole ich meine Frage. Die wohl unsinnigste Frage überhaupt. Als ob sie freiwillig hier wären. Kann ich ihnen meine Fragen überhaupt zumuten?

Ich entdecke Felipas Gesicht und auch das Gesicht der anderen beiden Mädchen unter den Kindern. Die drängelt sich nach vorn, kommt zu mir, schmiegt sich an mich. Ich lege meine Hand auf ihr Haar, streichele sie.

»Sie wollen ein neues Zuhause für uns«, flüstert ein kleiner Junge leise. Ich schätze ihn auf ungefähr zehn Jahre.

»Ein Zuhause?«

Sieht das hier aus, als wolle man Kindern Gutes tun – ein Zuhause schaffen?!

»Ja, sie sagen wir bekommen ein schönes Zuhause. Aber das glaube ich nicht.«

»Du glaubst es nicht? Ich auch nicht«, stimme ich ihm zu.

Er zieht die Schultern hoch und kratzt stumm auf dem Boden. »Eliza hat das gesagt.«

»Eliza? Wer ist Eliza?«

Er deutet nach oben.

»Eliza ist dort oben?«

»Ja, sie machen etwas mit ihr. Sie finden das lustig, aber sie mag es nicht«, meldet sich jetzt ein kleines Mädchen zu Wort. Ich schätze sie nur wenig jünger als den Jungen.

»Und ihr glaubt sie haben dasselbe mit euch vor?«

Niemand antwortet. Ein paar nicken stumm mit dem Kopf.

»Ist Eliza das Mädchen in dem teuren Kleid?«

»Ja.«

»Wie alt ist sie?«

»Vierzehn.«

»Vierzehn?!« Ich bin in der Tat geschockt und muss an den Auftritt an der Treppe denken.

»Wie viele Leute sind dort oben?«, frage ich.

Das Mädchen rechnet im Kopf. »Es sind vier Männer, Agnes, Marcel der Hausangestellte und die Mädchen.«

Agnes ist vermutlich die ältere Frau.

»Gibt es noch mehr junge Mädchen? Sind sie alle so alt wie Eliza?«

»Die anderen Mädchen sind nicht hier. Und sie sind etwas älter«, redet jetzt wieder der Junge. »Zwei sind sechzehn. Aber sie wollen alle nur Eliza.«

»Du meinst, weil sie die Jüngste ist?«

Er bestätigt kopfnickend.

»Ihr wisst aber nicht genau, was sie dort oben machen?«

»Geschäfte«, sagt der Junge.

Ein paar Mädchen sehen verängstigt zu Boden. Felipa geht wieder zu den beiden kleineren Mädchen, legt ihre Arme schützend um sie.

»Und sie *fummeln* herum«, sagt ein Mädchen weiter hinten. Mein Blick sucht nach ihrem Gesicht. Ich begegne dem aufgeweckten, trotzigen Blick einer etwa Zehn oder Elfjährigen. Vermutlich weiß sie, wovon sie spricht. Aber ob sie auch eine Vorstellung davon hat, dass dieses »Herumfummeln« unter anderen Umständen auch etwas Nettes, Angenehmes bedeuten kann.

»Ich helfe euch«, verspreche ich – auch wenn ich dieses Versprechen kaum gleich werde umsetzen können. Ich brauche Zeit. Aber ich muss die Kinder retten. Um jeden Preis. Sie müssen weg von hier – weg!

»Habt ihr eine Idee, wie man hier rauskommt? Ist das gesamte Grundstück bewacht?«

Einige der Kinder zucken ahnungslos mit den Schultern. Das Mädchen von eben weiß dazu wieder etwas zu sagen: »Sie fahren einmal die Woche in die Stadt. Dann sind nur Marcel und Agnes noch im Haus. Und die Hunde.«

»Hunde?«

»Die Hunde sind im Zwinger, sie bewachen das Grundstück. Wenn sich draußen etwas bewegt oder jemand zu nahe kommt, lassen sie sie raus«, erklärt der Junge.

Kampfhunde also. »Und was machen *die* hier den ganzen Tag?«

»Geschäfte, Feiern …«, antwortet er.

»Und sie *fummeln* herum«, fügt das Mädchen erneut hinzu.

»Was sind das für Geschäfte und woher haben sie das Geld?«

Ich erwarte nicht, dass jemand von den Kindern darauf eine Antwort weiß.

Nach einigem Zögern aber antwortet ein ungefähr zwölfjähriger Junge.

»Das sind illegale Geschäfte. Drogengeschäfte. Die machen sie mit Männern in Anzügen. Und dann kommen wieder neue Mädchen und Frauen. Oder Kinder.«

»Kinder? Das ist ganz und gar nicht in Ordnung.«

Niemand sagt etwas. Es herrscht gespenstische Stille.

Nach einer Weile kommt Felipa erneut zu mir. Sie sucht nach meiner Hand, nimmt sie und legt ihre kleine, schmale in meine. Dabei sieht sie mich bittend an.

Eine plötzliche Welle grenzenlosen Mitgefühls befällt mich. Ich ziehe sie an mich, halte sie ganz fest in meinen Armen. Stellvertretend für alle Kinder hier im Raum. Ich empfinde Wut, angesichts dieser Situation.

Dabei habe ich den Kindern etwas voraus: Noch hat man mich hier nicht bemerkt, oder man hat mich schlichtweg vergessen. Das verschafft mir einen entscheidenden Vorteil. Vielleicht gibt es eine Möglichkeit.

Vorsichtig löse ich Felipas zierliche Gestalt aus meinen Armen.

»Ich werde alles versuchen«, verspreche ich erneut. Diesmal ist meine Stimme fest, entschlossen. Ich muss jetzt gleich handeln, denke ich.

»Ich verspreche es. Darum gehe ich jetzt. Ich werde jetzt gleich etwas unternehmen. Versprochen!« Es ist das letzte, was ich den Kindern zuflüstere. Am liebsten möchte ich sie alle mitnehmen.

Leise verschließe ich die Tür wieder von außen, lege den Schlüssel zurück auf den Türrahmen. Niemand soll etwas bemerken.

Auf Zehenspitzen steige ich jetzt die Treppe nach oben.

In der oberen Etage herrscht ein anderer Stil. Nichts mehr von der Nüchternheit der unteren Etage. Prunk und stilloser Luxus haben hier die Oberhand. Der Fußboden ist aus Marmor. Kitschige Lampen mit Glitzersteinchen – ähnlich der von eben – baumeln von der Decke. Stuck und Goldornamente verstopfen eher als dass sie dekorieren. Dazu gesellt sich haufenweise geschmacklose Kunst. Pink und Grellgrün dominieren.

Als ich weiter den Gang entlang streife, bemerke ich zu spät, aus welcher Richtung die Stimmen kommen. Ich will gerade umdrehen, als sich plötzlich eine Tür öffnet und die Frau heraustritt – es ist benannte Agnes.

Erschrocken weiche ich zurück, hocke mich hinter die Statue. Eine Statue, die an einem völlig unsinnigen Ort steht, gerade jedoch ganz praktisch für mich.

Sie huscht an mir vorbei, ohne mich zu bemerken. Gott sei Dank! Wie es aussieht, geht sie in die Küche. Ich höre sie kurz mit Geschirr hantieren. Dann kommt sie bereits zurück.

Ich weiß nicht, warum ich diese absurde Handlung begehe, ich muss vollkommen verrückt sein ...

Aus einem spontanen Impuls – oder auch aus meiner geistigen Umnachtung heraus, stelle ich mich ihr einfach in den Weg.

»Huuch, Señor!«, verdattert sieht sie mich an, holt im selben Moment Luft, will eventuell schreien, überlegt es sich aber anders. Denn ich lächele sie freundlich an. Wirklich, ich lächele – so sehr um Freundlichkeit bemüht (was mir nicht gerade leicht fällt) – dass sie es sich buchstäblich im letzten Moment anders überlegt, und nicht schreit. Es ist ein Zeichen: Meine Strategie geht auf.

»Oh ... aah, sind Sie das ... Señor Hamsbach? Andreas Hamsbach, der Journalist?«

Zum Überlegen habe ich keine Zeit. Also nicke ich brav mit dem Kopf.

Sie lächelt – ein eher gekünsteltes Lächeln.

Wer auch immer dieser Andreas Hamsbach ist, ab sofort ist das mein Name.

»Wie ich sehe, hat Marcel Sie schon abgeholt. War der Termin nicht morgen? Dann hat Señor Millweak ihn vorverlegt, hat es wohl vergessen zu ... Na, egal. Warten Sie hier. Ich sage ihm Bescheid. Das Interview kriegen wir noch dazwischen. Er hat ja so viele Termine. Gerade in er auch *schon wieder* in einer Besprechung. Aber ich werde sehen, was ich tun kann. Es scheint ja wichtig. Und die Presse ist uns natürlich jederzeit ein willkommener Gast.

Jederzeit, ha-ha.« Wieder lacht sie ihre falsche, gekünstelte Lache.

Alles etwas dick aufgetragen, denke ich. Aber ich erkenne den glücklichen Zufall einer unvorhergesehenen Chance. Die Frage ist nur, welches Risiko gehe ich ein, sollte ich auffliegen.

»Wenn es Ihnen heute nicht passt, kann ich auch ...«

»Ach neeeeiiin, das macht gar nichts«, behauptet sie gedehnt. »Jetzt haben Sie sich die Mühe gemacht. Die Herren sind exzellente Gastgeber und stellen Gastfreundschaft über alles.«

Bevor ich etwas erwidern kann, ist sie bereits durch die Tür verschwunden.

Wenn ich mich jetzt aus dem Staub mache, wäre die Chance verpatzt. Ich muss die Kinder retten, und was bringe ich ihnen noch als Leiche?

Ein anderer Gedanke funkt mir plötzlich dazwischen: Was wenn der Hausangestellte mich erkennt?

Die Angst sitzt nur einen Atemzug neben dem Mut. Die Falle könnte zuschnappen, denn wie ich bereits weiß, ist der bullige Hausangestellte unberechenbar.

Die Zeit vergeht, ich warte. Endlose Minuten plätschern dahin als wäre Zeit ein endlos dehnbares Phänomen.

Dann aber öffnet sich die Tür und die Frau kommt zurück.

Hinter Agnes erscheint ein Mann. Es ist keiner der Männer, die ich auf der Treppe beobachtet hatte. Der Mann ist mittelgroß und eher hellhäutig. Ein rötlicher Typ. Mit dem ernsten Blick eines Geschäftsmannes und mit ausgestreckter Hand, kommt er auf mich zu.

»Mister Hamsbach? *It's a pleasure to meet you.*«

Ich misstraue seinem Blick und der ausgestreckten Hand, die er mir entgegen streckt – denn ich spüre Kühle, Distanz. Dennoch nehme ich sie, erwidere seinen Händedruck.

Man hält mich also für einen Journalisten. Konsequenterweise bedeutet das, in die vorgegebene Rolle zu schlüpfen, zu improvisieren. Als Schüler habe ich einmal Theater gespielt, erinnere ich mich an meine Rolle. Ich war der Fuchs aus Saint-Exupérys *Kleinem Prinzen*.

»Drüben können wir ungestört reden. Lassen Sie mich vorgehen.«

Er öffnet irgendeine Tür von den auch hier zahllos vorhandenen. Wir betreten eine Art Konferenzraum.

Aufdringliche Eleganz. Das erstklassige technische Equipment sticht sofort ins Auge. Ein gigantischer Bildschirm klebt an der Wand, darunter Micro-Anlage, PC, Overhead Projektor, Standlautsprecher, neben einem granitfarbenem Panzerschrank. An den Wänden hängen goldgerahmte Fotografien von irgendwelchen wichtigen Männern in Anzug und Krawatte.

Angesichts des wuchtigen Mobiliar, – elegante Metallstühle mit Lederbezug; dazu ein gigantisch langer Tisch mit Glasplatte –, kommt man sich wie eine Miniaturausgabe von Mensch vor.

»Setzen sie sich doch«, fordert er mich auf.

Ich falle in einen der riesigen Lehnstühle, von denen insgesamt zwölf an der Zahl, um den Tisch verteilt sind.

Unterschwellig nehme ich wahr, wie er mich beobachtet.

»Sie kommen so ganz ohne Ausstattung. Nicht einmal ein Aufnahmegerät?« Er ist misstrauisch.

»Das ist nicht nötig. Mein Gedächtnis funktioniert ausgezeichnet. Ich hasse es, zu viel mit mir zu tragen. Man muss immer damit rechnen ausgeraubt zu werden. Wissen im Kopf ist unantastbar.«

»Sehr weitsichtig. Sie sind ein kluger Kopf, Mister Hamsbach. Möchten Sie etwas trinken? Soda, Campari, Ginger Ale oder ein Wässerchen mit einem Hauch von Limette?«

Ich muss an die Kinder unter mir denken, und dass man ihnen nur einen Eimer zum Urinieren hinstellt.

»Nein, danke«, antworte ich höflich und versuche es mir, in dem viel zu groß geratenen Stuhl bequem zu machen, um möglichst routiniert und cool zu wirken. In etwa so cool wie er.

»Sie wollen Details zu dem geplanten Kinderheimprojekt wissen, sagten Sie mir am Telefon. Nur zu, stellen Sie Ihre Fragen!«

Also doch, denke ich, das Kinderheimprojekt. Glücklicherweise trifft es mich somit nicht ganz unvorbereitet.

»Wie ich las, gibt es bereits bestehende Heime für das Projekt. Sie sind dabei involviert ...?« Nicht ganz frei von innerer Unruhe warte ich seine Reaktion ab.

Er deutet ein stummes Kopfnicken an, äußert sich aber nicht.

»Woher stammen die Kinder aus den Heimen und was ist das Ziel dieses Projektes?«

»Ganz einfach, den Kindern ein Zuhause zu geben, eine echte Lebensperspektive, die sie in ihren Elternhäusern nicht haben. Die meisten stammen aus zerrütteten Verhältnissen. Drogen, Alkohol, Arbeitslosigkeit. Das sind die Probleme auf diesem Teil der Erde. Wir wollen dem

Nachwuchs eine Chance bieten, die Gesellschaft zu verändern, Verantwortung zu übernehmen. Die Erziehung ist streng, aber gerecht und bei entsprechenden Leistungen stehen den jungen Menschen viele Türen offen.«

Ich mustere den Mann beiläufig. Er trägt einen schlichten, aber augenscheinlich sehr teuren, grauen Anzug mit einem hellblauen Hemd darunter. Keine Krawatte. Sicher teures Design. Es hat etwas Absurdes sich in dieser Aufmachung als jemand auszugeben, der derart vertraut über den sozial benachteiligten Teil der Bevölkerung spricht. Der sich mit seinen Worten anmaßt, hinter die Mauern des Elends schauen und sich einfühlen zu können. Hier prallen zwei Welten aufeinander. Zwei Welten, die in entgegengesetzte Richtungen steuern.

»Sie leben sehr großzügig, stecken möglicherweise viel Geld in dieses Projekt, weil Sie die Möglichkeit haben. Woher kommt das Geld und ist das alles zum gesellschaftlichen Wohl? Ich halte Sie für einen Geschäftsmann und fraglos muss man ja auch ein guter Geschäftsmann sein, um ein Projekt erfolgreich aufzuziehen. Welchen Gewinn versprechen Sie sich konkret von diesem Projekt? Es ist Ihnen vermutlich zu Ohren gekommen, es gibt Verdachtsäußerungen wie Menschenhandel, Medikamentenmissbrauch, Kinderprostitution. Was sagen Sie dazu?« Ich setzte auf volles Risiko, begebe mich auf dünnes Eis. Sehr dünnes Eis. Vermutlich bin ich lebensmüde. Aber der tiefe, monströse Stuhl, in dem ich halb liege, wiegt mich. Er ist dafür da, das Gefühl von Sicherheit zu vermitteln. Die aufgezwungene Sitzposition begrenzt außerdem die Möglichkeiten sich seinem Gegenüber unterlegen zu fühlen. Und als schicksalsbegünstigter *Flugzeugabsturzüberlebender* bin ich noch dazu privilegiert – wie gesagt.

Scheinbar hat mein Gegenüber Wind von meiner Aura bekommen. Er bewegt sich – sichtlich gereizt – nervös hin und her. Die Fassung aber ist schnell wiedergefunden. Er zieht ein Päckchen Zigarillos aus seiner Jackentasche, bietet mir auch eine an, was ich kopfschüttelnd ablehne.

»Mister Hamsbach. Lassen Sie uns offen miteinander reden«, versucht er es mit der Kumpelmasche.

»Was die privaten Geldgeber betrifft, kann ich Ihnen hier natürlich keine Details nennen. Das müssen Sie verstehen.«

Klare Sache. Hätte er jetzt etwas anderes gesagt, wäre ich möglicherweise auf den Gedanken gekommen, ihn für einen seriösen Geschäftsmann zuhalten.

»Was den zweiten Teil Ihrer Frage betrifft ...« Er schlägt die Beine übereinander und nimmt einen Zug von seinem Zigarillo, den er anschließend im Aschenbecher ablegt. »Wir beide wissen doch, dass kein Geschäft funktioniert, wenn man den anderen immer nur um eine nette Spende für die vermeintlich gute Sache bitten muss. Schon gar nicht hier in Bolivien. Und gäbe es ihn auch, jenen großzügigen, gutherzigen Spender, irgendwann hört jeder Goldesel auf zu scheißen. Machen wir uns doch nichts vor. Wir aber bieten Geschäftsleuten an, sich für eine gute Sache zu engagieren. Und im Gegenzug, bekommen Sie von uns einen kleinen Service geboten. Junge Mädchen begleiten gerne angesehene Geschäftsmänner. In der Gesellschaft lernen sie viel. Diese Mädchen betreten eine ganz neue Welt und haben Möglichkeiten, manchmal mehr als wir, Sie und ich. Wenn sie es clever anstellen, nutzen sie dies als Chance und steigen sozial auf. Ich finde daran nichts Verwerfliches. Oder finden Sie es besser, wenn ein Mädchen oder Junge, im zarten Alter von vierzehn oder fünfzehn Jahren mit einem ebenso Minderjährigen ein Kind bekommt und dann von den Eltern vor die Tür gesetzt wird?«

Dieser Punkt lässt mich nicht los. Die Szene, die ich vor Augen habe, hat sich gerade erst hier, unmittelbar vor meinen Augen abgespielt – drei Männer und eine junge Frau … ein Kind – und ich fand sie mehr als abstoßend.

»Geht es nicht vielmehr darum, was ein Mädchen dabei empfindet? Für den gleichaltrigen Freund hegt sie vielleicht zärtliche Gefühle. Der Mann im Anzug aber hat sie gekauft und bezahlt dafür, dass sie mit ihm schläft. Das ist der verwerfliche Teil der Wahrheit, die hinter Ihrer Aussage steckt. Moralisch sehr bedenklich.«

»Bedenklich?! Schauen Sie, Mister Hamsbach! Sie wissen nicht unter welchen Verhältnissen diese Kinder aufwachsen. *Unsere* Welt kennen diese Kinder nicht, ihre und meine.«

Ich möchte stark bezweifeln, dass ich in seiner Welt zuhause bin. Seine und meine Welt – dazwischen liegen Galaxien.

»Wohlbehütet, umsorgt von den Eltern, wie wir. Nein, diese Kinder würden sie verderben, wenn Sie plötzlich damit anfingen, ihnen alles umsonst hinzustellen. Ein sorgenloses Leben, quasi als Geschenk. Sie wüssten gar nichts damit anzufangen. Ihnen ist noch nie im Leben etwas geschenkt worden. Sie brauchen eine andere Erziehung. Und der beste Weg ist es, ihnen das Gefühl zu vermitteln, ihr Glück selbst erarbeiten und steuern zu können. Somit gewinnen sie Selbstvertrauen und werden zu starken Persönlichkeiten. Solche Persönlichkeiten, wie sie unser Land braucht.«

Ich stelle mir diese Persönlichkeit vor, von der er spricht. Eine Frau oder ein Mann, die oder der sich unter Umständen ein Lebens lang für Geld vermarktet. Jemand, der mit der Zeit langsam an seinen unterdrückten Bedürfnissen zugrunde geht. Und ich sehe darin beim besten Willen keine Bedingung für eine stabile Persönlichkeit, geschweige denn Glück oder die Fähigkeit *wirkliche* Werte aufzubauen. Was mir hier präsentiert wird, ist ein Projekt zum emotionalen Ruin einer Gesellschaft.

Mein Gegenüber aber hat sich seine Argumente sorgfältig zurechtgelegt. Auch wenn ich diese Diskussion gerne provokativ weiterführen würde, muss ich doch erkennen, es führt zu nichts. Meine Panik legt dennoch für einen Moment eine Pause ein, denn ich habe den Triumph in der Tasche ein Pressevertreter zu sein, wenn auch nur ein gespielter. Ich spüre seinen Respekt mir gegenüber. Die Presse macht man sich nicht freiwillig zum Feind. Im Notfall kauft man sie. Soweit aber ist er noch nicht.

»Und was die Gerüchte über Medikamentenmissbrauch betrifft, ich bitte Sie Señor Hamsbach! Das glauben Sie doch nicht wirklich. Unsere Kinder werden erstklassig medizinisch versorgt. Da wird keinesfalls gespart. Oder haben Sie was anderes gehört? Mir schwebt sogar vor, hier in Zukunft noch aktiver zu werden und einen Hilfsfond zum Kauf von Aidsmedikamenten für Afrika aufzulegen.«

Wenn er darauf abzielt von meiner grenzenlosen Bewunderung überschüttet zu werden, hat er sich geschnitten. Ich bevorzuge es das Gehörte unkommentiert im Raum stehenzulassen.

»Sagen Sie, Mister Millweak, was für ein Landsmann sind Sie eigentlich? Bolivianer? Ich glaube, ich habe diese

Frage noch nicht gestellt. Sie sind vermutlich nicht von hier?«

Ich gerate ins Schleudern, vielleicht sollte ich es wissen. Für den Bruchteil einer Sekunde kehrt die Angst zurück. Ich darf mir jetzt keinen Fehler erlauben.

»Bolivianer? ... Nein!«

Ein selbstgefälliger Mensch wie Millweak kommt nicht auf den Gedanken, dass sein Gesprächspartner eventuell unzureichend recherchiert haben könnte. Nein. Jemand wie Millweak liebt es über sich selbst zu reden.

»Ich bin Kanadier«, verkündet er fast stolz.

»Kanadier? Und was hat Sie hierher verschlagen?«

»Mein Vater hat für einen internationalen Konzern in La Paz gearbeitet. Ich bin in verschiedenen Internaten in Europa und hier in Bolivien groß geworden.«

»Sicherlich waren das gute, teure Internate, die sich ein Durchschnittsbolivianer nicht leisten kann.«

Zu meiner Überraschung schweigt er zu dieser Frage. Er spielt ein paar Sekunden lang mit dem goldenen, klumpigen Ring an seinem Finger.

»Sie sind doch nicht gekommen, um Fragen über mein Privatleben zu stellen, bleiben wir also beim Thema.«

»Ja, aber auch das gehört zum Thema. Sie tragen Verantwortung für das Projekt ...« Ich stochere im Dunkeln. Tatsächlich ist das nur eine Vermutung.

»Ich nehme an, Sie haben Familie. Was würden Sie sagen, wenn Ihre Tochter im zarten Alter von fünfzehn Jahren einem Geschäftsmann als Eskortdame zur Verfügung gestellt würde, wären Sie damit einverstanden?«

Ich erkenne Verärgerung in seinem Blick. Er unterdrückt das Gefühl jedoch und versucht einen freundlichen Ton anzuschlagen, was ihm sichtlich schwer fällt.

»Ich habe keine Familie«, entgegnet er zu meiner Verwunderung. »Aber wenn ich eine Tochter hätte, stimmte ich Ihnen zu. Nein, das würde ich nicht dulden. Sie müssen aber sehen, … wie ich es eben schon sagte, dass sich Ihre und meine Welt von der Welt der Menschen hier unterscheidet. Außerdem habe ich niemals von Eskortservice gesprochen.«

»Was Sie umschreiben, deutet aber doch darauf hin.«

»Nein. Die jungen Mädchen, stehen unter unserem Schutz und wenn man Dinge von ihnen verlangt, die sie nicht tun möchten, müssen sie das nicht.«

»Sie meinen, sie müssen es nicht gleich.«

Millweak ist jetzt tatsächlich verärgert, lässt es aber nicht zu, dass ich mich im Erfolg wälze. Er schottet sich ab und gibt sich souverän, fast cool, womit er signalisiert, dass er sich nichts vorzuwerfen hat.

Dann kontert er mit freundlicher aber bestimmter Stimme: »Ich darf bemerken, dass Sie nicht auf das eingehen, was ich Ihnen eben zu erklären versucht habe. Sie wollen mich nicht verstehen oder haben eine vorgefertigte Meinung. Was Ihnen aber nicht zu verdenken ist, denn der Bericht letzte Woche war tatsächlich eine Ohrfeige. Eine böse Verleumdung. Hatten Sie mir nicht eine Gegendarstellung vorgeschlagen? So lautete doch Ihr Angebot, wenn ich mich richtig erinnere. Ich meine, wir können *das hier* auch gerne abkürzen. Ich würde mich durchaus auch erkenntlich zeigen.«

Bei seinen letzten Worten durchzuckt es mich wie ein Blitz. Tatsächlich wurde bereits über das Projekt berichtet?! Steckt möglicherweise die Casa Santa Magdalena mit ihrer Arbeit dahinter? Oder Louisa?

Millweak versucht augenscheinlich mich zu bestechen. Gewissen kennt er nicht. Er ist Geschäftsmann. Vielleicht ist er sogar homosexuell.

»Ich werde es mir durch den Kopf gehen lassen«, besinne ich mich auf meine Situation. »Haben Sie Unterlagen zum Projekt, die Sie mir zur Verfügung stellen könnten? Ich werde etwas aufsetzen und Sie dann kontaktieren, bevor es in den Druck geht. Sind Sie damit einverstanden?«, versuche ich es mit Diplomatie, um mich, was seinen Vorschlag betrifft, nicht querzustellen.

Sein Blick durchbohrt mich, als wolle er damit feindliches Gedankengut aufspüren. Wieder fühle ich mich einen Moment lang in die Enge getrieben. Mein Herz pumpt schneller, der Puls rast. In welche fatale Situation habe ich mich hier nur gebracht.

»Gut«, gibt er dann – zu meiner Erleichterung – nach. »Verbleiben wir so. Sie senden mir Ihren Artikelentwurf per E-Mail. Ich werde mich gerne erkenntlich zeigen, sollte mich Ihr Beitrag überzeugen. Die Unterlagen ...« Er steht auf, geht zum Schrank und zieht etwas aus einer Schublade. Eine vorbereitete Mappe, offenbar eigenhändig für die Presse angefertigt. »Hier haben Sie sämtliches Material. Und jetzt entschuldigen Sie mich bitte. Ich habe einen vollen Terminkalender. Leider. Ich sage Marcel Bescheid, dass er Sie zur Pforte fährt.«

Jetzt wirds brenzlig. Marcel. Wirklich ungern möchte ich ihm begegnen.

»Wenn Sie erlauben, würde ich mir gerne etwas die Füße vertreten.«

Wieder mustert er mich skeptisch. Ich erkenne deutliches Misstrauen in seinem Blick. Irgendetwas läuft schief. Ich spüre es instinktiv.

»Gut«, räumt er mir dann jedoch großzügig ein. Er ist nicht wirklich mit meiner Entscheidung einverstanden, protestiert jedoch nicht. Ein kalter, distanzierter Händedruck ist das Letzte, was sich zwischen uns abspielt. Agnes begleitet mich zur Tür.

Kurz darauf stehe ich im Freien. Ich atme tief durch.

Die Tatsache es hinter mich gebracht zu haben, beruhigt mich jedoch nur kurzzeitig, denn ich bin gezwungen die Kinder zurückzulassen. Kinder, die hier alles andere als in Sicherheit sind.

Ich beschwichtige mich jedoch damit, dass ich jetzt die Chance habe, mich um Hilfe zu kümmern. – Somit treibt mich nur noch ein Gedanke: Weg hier! Nichts wie weg.

Die Bewegung an frischer Luft belebt meine Gedanken. Kaum zu fassen – ich laufe, ich bin frei! Die Freude darüber, steigert das Tempo meiner Schritte.

Noch ist es jedoch nicht vollständig geschafft. Das Gebäude liegt noch in Sichtweite, ich befinde mich nach wie vor auf Millweaks Grundstück – und als hätte ich das Übel vorausgesehen, höre ich plötzlich Motorengeräusche hinter mir.

Erschrocken sehe ich mich um. Ein Fahrzeug rollt auf mich zu.

Schweiß tritt aus. Kalter Schweiß. Angstschweiß. Ich wage es nicht, mich erneut umzudrehen, spüre aber, dass das Fahrzeug bereits meine Höhe erreicht.

Bald schon fährt es neben mir. Ein dunkelblauer Cadillac. Die Fensterscheibe senkt sich auf Knopfdruck. Die befürchtete, bullige Visage zwängt sich durchs Fenster: Marcel, der Hausangestellte.

Ich werfe ihm einen flüchtigen Seitenblick zu. Er ist der Typ Schläger oder Türsteher. Breites Gesicht, große Nase, dichte Augenbrauen, die mittig über der Nase zusammengewachsen sind.

»Einsteigen!«, ordert er im Befehlston.

Die Schweißproduktion läuft auf Hochtouren. Aus allen Poren meines Körpers quillt die blanke Angst. Daher ziehe ich es vor, seiner Aufforderung gleich nachzukommen.

»Schnall dich an!«, ordert er etwas freundlicher, dabei aber immer noch ruppig, als ich neben ihm sitze.

Erneut bin ich willig, ziehe den Gut über meinen Oberkörper. Eine Weile herrscht beklemmende Stille.

»Auf fremdem Grund solltest du niemals spazieren gehen. Wir leben in wilder Natur. Gefährliche Tiere gibt es fast überall.«

Vermutlich redet er von den Hunden. Er mustert mich von der Seite. Hat er mich erkannt? Ich versuche möglichst entspannt und locker zu wirken.

»Sag mal, kennen wir uns von irgendwoher?«, fragt er prompt, als könne er Gedanken lesen.

»Nein. Nicht das ich wüsste. Vielleicht sehe ich jemandem ähnlich, einem Verehrer der Ehefrau«, versuche ich es mit einem Witz, was voll in die Hose geht. Meine Art von Humor teilt er nicht – was eigentlich zu erwarten war.

»Bist ein kleiner Scherzkeks. Ha-ha-ha …«

Sein Lachen klingt kindisch und viel zu laut.

»Meine Frau – ha ha … *der* ist gut!« Abrupt hört er dann auf zu lachen.

Ich ahne was jetzt kommt.

»Zum Teufel, was geht dich Drecksgringo meine Frau an«, rastet er regelrecht aus. »Über sie machst du keine

Witze, ist das klar?! Und: Schreibs dir hinter die Ohren: Fass sie nur einmal an, und du ahnst nicht, was ich mit dir mache …!«

Doch, ich ahne es. Und ich drücke mich instinktiv in den Sitz. Zweifelsfrei ist er mir körperlich überlegen.

»Keine Sorge, Ehefrauen sind für mich – ich meine deine Frau … ist für mich natürlich tabu. Absolut. Ehrensache, das war ein Scherz. Außerdem habe ich eine Freundin«, verteidige ich mich und denke dabei an Elena. Immerhin hat mein Scherz ihn davon abgebracht, darüber nachzusinnen, woher er mich kennt.

»Eine Freundin, die´s dir hoffentlich ordentlich besorgt, HA HA! Das brauchst du Milchgesicht!« Jetzt klopft er mir auf die Knie und lacht noch lauter.

Ich sehe die Eingangspforte auf uns zukommen und bete innig, bald aus dem Fahrzeug aussteigen zu dürfen.

Die Pforte öffnet sich auf Knopfdruck und wir fahren hindurch.

Aber … STOP! Was ist das?! Er fährt tatsächlich weiter, fährt auf die Straße. STOOOOOP!, schreie ich in Gedanken. »Du kannst mich gerne hier absetzen.«

»Hier? Hier kommst du nicht weg. Señor Millweak sagt, du wohnst im Hostal Sucre in Chiguana.« (Ich meine zu wissen, *wer* in diesem Hotel wohnt). »Es gehört zum guten Service Gäste sicher nach Hause zu bringen.«

»Gut dann, das ist … ist sehr freundlich.«

Ich stehe unter Strom und sende bereits das nächste Stoßgebet: Bitte lass ihn nicht auch noch mit ins Hostal kommen! Wenn der echte Andreas Hamsbach plötzlich dastünde, würde alles auffliegen.

Die Fahrt dauert unerträgliche fünfundvierzig Minuten. Ich versuche mir die Strecke einzuprägen, weil ich wieder an die Kinder denken muss, die ich jetzt zurücklasse. Marcel redet die ganze Fahrt über, was mir entgegen kommt, denn ich muss nicht einmal zuhören. Es reicht, wenn ich gelegentlich lache und einen kurzen, bedeutungslosen Kommentar einwerfe. Sein offensichtliches Lieblingsthema ist er selbst. Er erzählt, wie folgenschwer und technisch raffiniert er Leute schon verprügelt hat. Wieviel Alkohol er verträgt. Und natürlich seine Potenz. Eigentlich widert er mich an. Aber die Aussicht, ihn bald wieder loszuwerden, lässt es mich geduldig ertragen.

Schließlich nähern wir uns einem kleinen Ort.

Chiguana liegt auf über 3.600 Metern Höhe, beidseitig von Salaren umgeben. Salzgeschmack und Wüstenklima. Man hat das Gefühl, mit dem Kopf in den Wolken zu stecken.

Das Hostal befindet sich einige Kilometer außerhalb des Ortes, nahe der chilenisch-bolivianischen Grenze. Ein rechteckiger Bau, von außen recht schäbig. Marcel parkt unmittelbar vor der Eingangstür.

Als ich aussteigen will, hält er mich plötzlich am Arm fest.

Erneut bin ich unerwartet in Alarmbereitschaft. Was will er noch? Strenge liegt in seinem Blick. Habe ich mich nicht angemessen benommen?

»Danke«, murmele ich schnell und versuche dabei zu lächeln.

Er starrt mich an, als wolle er mir im nächsten Augenblick an die Gurgel. »Du bist in Ordnung«, sagt er dann – nach längerem Hinauszögern.

Ich bin perplex. Kurz empfinde ich fast Mitleid. Er ist eine bedauernswerte Kreatur. Ein Werkzeug des Verbrechens, hoffnungslos verroht. Ich empfinde nichts als Verachtung für ihn.

Marcel lässt mich tatsächlich aussteigen. Ich möchte gerne rennen, reiße mich jedoch zusammen und schenke ihm sogar noch ein weiteres freundliches Lächeln und ein: »Adiós«.

»Ich könnte schwören, ich habe dich schon einmal gesehen«, wiederholt er seine Worte von vorhin. »Aber ... es wird mir schon noch einfallen, woher ich dich kenne. Ganz sicher«, beschwört er.

Seltsamerweise zweifele ich nicht daran. Auch ich befürchte, dass es ihm wieder einfällt.

Noch aber sollte er Zeit haben und die Nacht drüber schlafen dürfen. Auch mir blieb diese Zeit.

SECHS

Wie kommt man zu einer Übernachtung in einem Hotel, wenn man weder über einen Pass noch über Geld oder Gepäck verfügt?

Die bittere Realität meiner Situation, wird mir bewusst, als ich vor der jungen Bolivianerin stehe, die hinter der Rezeption hockt. Die Rezeption ist nichts weiter als ein antikes Schränkchen vom Trödler. Sie schlägt ein Buch auf, vermutlich das Gästebuch, blättert darin.

»Dein Gepäck wurde gestohlen und du hast keinen Ausweis«, wiederholt sie die Worte, die sie soeben gehört hat.

Ich weiß, dass es für meinen Fall Möglichkeiten gibt. Hilfsdienste für Notfälle im Ausland, Versicherungen. Das ganze Programm. Das alles aber scheint mir gerade zu langwierig, umständlich und vollkommen nutzlos. Ich gehöre zur digitalisierten Generation. Laptop, Handy ... auch wenn ich beides gerade nicht bei mir habe.

»Gibt es hier einen Internetanschluss?«

Sie nickt. Mir kommt eine Idee.

»Wenn ich kurz ins Internet könnte, regele ich das. Du gibst mir irgendein Zimmer, ganz egal was für eins. Ein einfaches Bett reicht. Es muss nicht schön sein, das Billigste ... Du bekommst meine Uhr dafür. Es ist eine wirklich schöne, wertvolle Uhr.«

Skeptisch sieht sie erst mich an, dann die Uhr. Ich schiebe den Ärmel hoch, damit sie sie besser betrachten kann.

Ihr Gesichtsausdruck verändert sich schlagartig. Sie starrt auf mein Handgelenk, als wäre es verstümmelt. Ich erkenne Entsetzen in ihrem Blick, beinahe Panik. Irritiert ziehe ich meine Hand zurück.

»Gefällt sie dir nicht?«

Sie ist noch immer wie erstarrt.

»Sie ist ein Erbstück.« Ich streife mir die Uhr ab und lege sie auf das Tischchen. Als meine Hand ihr dabei näher kommt, weicht sie erschrocken zurück. Erneut bemerke ich, wie sie mit weit aufgerissenen Augen auf eine Stelle meines Handgelenks starrt. Elenas Armband! Sie starrt auf Elenas Armband.

»Woher hast du *das*?«, stammelt sie.

»Das? Du meinst das Armband? Oh, das ist ein Geschenk. Möchtest du es haben?«

Entsetzt schüttelt sie den Kopf. »Nein! Nein nein. Das ist böse«, behauptet sie. Ich will etwas entgegnen, aber sie redet gleich weiter: »Du reist gleich morgen früh ab, in Ordnung?«

»Ja«, antworte ich irritiert – aber erfreut.

»Ich gebe dir ein Zimmer. Wann möchtest du frühstücken, um acht?«

»Ja.«

»Komm!«

Ich folge ihr.

»Der Computer fürs Internet steht dort drüben. Du gibst als Passwort *Sucre* ein, dann kannst du surfen.«

Sie gibt mir ein Zimmer, ganz am Ende des Ganges. Es ist nicht unbedingt das schäbigste Zimmer, aber auch nicht das Schönste; sicher aber ist es das am weitesten von der Rezeption entfernte.

Dahinter liegt ein kleiner, bewachsener Patio mit Kletterpflanzen und Blumenkästen. Ich fühle mich beinahe wohl.

Als sie sich wieder entfernt hat, lasse ich mich aufs Bett fallen. Der Tag ist noch jung. Es ist gerade mal Nachmittag.

Ich habe plötzlich Hunger, sehr großen Hunger sogar. Auf dem Kleintransporter hatte man mich mit Alkohol vollgepumpt. Es war das letzte, was mein Magen zu sich genommen hat.

Bevor ich jedoch dazu komme, mich vom Bett zu erheben, klopft es an der Tür ...

Es ist die junge Bolivianerin, die ihren Kopf durch den Türspalt steckt.

»Hier, deine Uhr ...« Sie hält mir meine Uhr hin.

»Oh, die ist für dich, als Anzahlung.«

»Nicht nötig.«

»Kann ich etwas zu essen bekommen?«

»Ich bringe dir *Empanadas* mit Kartoffeln und Reis.«

»Klingt klasse.«

Behutsam legt sie die Uhr auf mein Bett, bevor sie das Zimmer verlässt.

SIEBEN

In der Nacht schlafe ich unruhig. Ein dunkler Wagen folgt mir durch meinen Traum. Marcel sitzt darin, bewaffnet bis an die Zähne.

Als ich aufwache, bin ich schweißgebadet.

Schlaftrunken richte ich mich auf, gehe zum Fenster und ziehe die Gardine auf. Es ist bereits hell, aber noch sehr frisch, wie ich an der ersten kleinen Böe bemerke, der mir entgegen weht. Die Straße ist wie ausgestorben.

Über das Internet habe ich mir vom Deutschen Konsulat ein provisorisches Reisedokument besorgen können, womit ich über die Grenze komme. In Chile werde ich mich um alles Weitere kümmern.

Ich beschließe keine Zeit zu verlieren, ehe Marcel sich doch noch *erinnert*.

Als ich mich auf den Weg zum Frühstücksraum mache, sehe ich die Angestellte von gestern an der Rezeption mit einem jungen Typen reden.

Ich schlendere weiter. Nach ein paar Schritten, höre ich ihre Stimme hinter mir.

»*Hola*. Das ist er ….«, sagt sie offensichtlich in meine Richtung. Abrupt bleibe ich stehen, drehe ich mich um.

Der Angesprochene sieht in meine Richtung. Er trägt Trekkingklamotten, Sandalen. Ein Tourist. Er ist groß, braune Haare … Deutscher?

»Señor Hamsbach …«, höre ich wieder ihre Stimme, fahre erschrocken bei der Erwähnung des Namens zusammen, »… er ist auch aus Deutschland«, beendet sie ihren Satz.

Ich gehe auf ihn zu. Der Schrecken verwandelt sich augenblicklich in Freude. Ich strecke ihm meine Hand entgegen. »Hallo! Ich bin Lennard.« Fast habe ich das Bedürfnis ihn zu umarmen. *Er* ist es, denke ich nur. »Du bist Andreas Hamsbach?«

»Ja.«

Ich drücke seine Hand, klopfe ihm auf die Schulter. »Komm«, sage ich und schleife ihn mit in den Frühstücksraum, der noch komplett leer ist.

»Du bist der Journalist, stimmts?«, hole ich mir noch einmal die Bestätigung, als wir sitzen.

»Hmn … na ja, eigentlich bin ich nur Praktikant beim *El Mercurio* in Santiago. Ich habe gerade mein Praktikum verlängert, weil ich noch nicht zurück kann. Meine Freundin ist verschwunden. Du kommst aus Deutschland?«

In Gedanken kombiniere ich seine Aussage, krame Informationen aus meiner Erinnerung: Andreas … oder Andi? Redet er von Louisa – ist er tatsächlich *Louisas Andi*, ihr Freund?«

»Du bist Andi?«, frage ich unvermittelt, »Louisas Freund?«

»Du kennst sie. Hast du sie unterwegs getroffen?« Er ist fast erleichtert.

»Ja, aber das ist schon eine Weile her. Wir wollten ein Kinderheim in Bolivien besichtigen. In der Nähe von La Paz. Wir hatten uns verabredet, sie kam jedoch nicht. Dann bin ich alleine los und wurde, kurz darauf, gekidnappt. Du glaubst es ja nicht, was alles los war, was für eine Reise hinter mir liegt. Der reinste Albtraum. Sie haben mich betäubt und auf diesen Transporter geladen, mich dann in diese Villa verschleppt. Auf dem Transporter waren, außer mir, noch drei Kinder. Drei Mädchen. Ich vermute, das Kinderheim ist nur eine Tarnung für andere illegale Geschäfte, die sie im Hintergrund abwickeln. Sie bedienen sich dieser Kinder aus den Heimen für ihre Zwecke, profitieren davon, dass die Eltern mittellos oder eben vollkommen verwahrlost sind. Die Eltern denken vermutlich, es ginge den Kindern dort besser. Aber das ist ein Irrtum. Für das Wohl dieser Kinder interessiert sich niemand. Die Mädchen machen sie zu Edelprostituierten, die sie schikanieren können. Ich habe es selbst gesehen. Das hat nichts mit guter Erziehung zu tun.« Ich hole Luft. Endlich kann ich ungezwungen reden, jemandem meine Erlebnisse anvertrauen – jemandem, der mir zweifellos glauben wird, der meine Sprache spricht.

»Vermutlich weißt du das alles schon. Dein Interviewtermin mit Mister Millweak.«

»Du weißt Bescheid.«

»Zwangsläufig. Ich musste für dich einspringen, so ganz ad-hoc. Mir blieb gar nichts anderes übrig – sonst hätte Hauskiller Marcel mich um die Ecke gebracht. Ich hoffe nur, ich habe nichts Falsches gesagt.«

Andi hört mir zu, ohne jedoch vollständig zu begreifen. Er weiß offenbar nicht, in welches Schlangennest er getreten ist. Auf den ersten Blick wirkt er wie ein Auslandspraktikant, der Akten sortiert, Kaffee kocht und seine Zeit in irgendwelchen Büros absitzt. Einer dieser *Voluntarios*, die gerne die Welt verbessern möchten, dann aber doch nichts begreifen.

Aber vielleicht tue ich Andi Unrecht.

»Was war das, was du eben über Louisa gesagt hast?«, hakt er nach. »Du sagst, sie wäre nicht zu eurer Verabredung gekommen. Wann genau war das? Ich hatte zuletzt vor drei Tagen mit ihr Kontakt. Normalerweise aber haben wir täglich Kontakt. Ich mache mir Sorgen.«

»Drei Tage? Kommt in etwa hin. Wir wollten zu diesem Kinderheim, wie gesagt. Aber sie war plötzlich wie vom Erdboden verschluckt. Ihre Sachen waren noch da, aber sie ... Ich bin dann alleine los. Vielleicht ist sie ohne Gepäck dorthin – dachte ich. Ich fand die Adresse des Kinderheims bei ihren Sachen und bin dann mit dem Taxi los. Dort war dann alles wie ausgestorben. Kein Kinderheim, nur ein leeres Gebäude. Beim Ablaufen des Grundstücks wurde mir plötzlich schwindelig und übel – und kurz danach: Filmriss. Was dazwischen war ... alles weg. Ich bin erst wieder zu mir gekommen, als ich mich auf der Ladefläche dieses Kleintransporters befand.«

Andi ist etwas bleich im Gesicht. Dazu sieht er mich mit einem Blick an, als überlege er, in welche Kategorie er meine Story einsortieren soll: Wahrheit? Halbwahrheit? Fiktion?

»Krasse Geschichte. Bist du sicher, dass ... ich meine, dass Louisa ...?« Er verhaspelt sich. »Louisa hat einen Flugzeugabsturz überlebt«, stammelt er.

»Ich weiß. Ich auch.«

»*Du* bist das? Dann wirst du es wissen: Sie ist vollkommen traumatisiert. Sie braucht psychologische Hilfe. Ich habe ihr gesagt, sie soll zurück nach Deutschland, das Praktikum abbrechen. Aber sie wollte unbedingt dieses Heim besichtigen. Das war absolut hirnrissig, verrückt! Es gab einen Pressebericht über das Kinderheim. Diese Flugbegleiterin hat ihr gesagt, sie solle sich besser raushalten, Schutz in der Casa Santa Magdalena suchen. Doch was macht sie ...?!«

»Sie war in der Casa Santa Magdalena«, bestätige ich.

243

»Ja, und dort haben sie ihr auch ganz dringend davon abgeraten, allein zu dem Kinderheim zu fahren.«

»Glaubst du man hat sie …?

»… entführt?« Andi fährt sich durchs Haar, sieht an mir vorbei. »Ich befürchte Schlimmeres. Schließlich ist die Sache mit dem Flugzeugabsturz noch nicht publik, und das nicht ohne Grund. Das Ganze hat System. Sie ist also so oder so in Gefahr.«

Bei Andis Worten, überdenke ich meine eigene Situation. Bisher habe ich unglaubliches Glück gehabt. Was wenn das auf Louisa nicht zutrifft?

»Du befürchtest, man hat sie aus dem Weg geräumt?«

Andi schweigt. Ich erzähle ihm von meiner Begegnung mit Millweak und die scheußliche Szene, die ich in der Villa beobachtet habe. Ich erzähle auch von den Kindern und meiner Befürchtung Marcel könne mich erkannt haben.

»Du solltest sehr bald zurück nach Chile«, sagt er.

»Ich muss etwas unternehmen wegen der Kindern.«

»Sie werden sie rausholen. Amnesty ist bereits mobilisiert. Hier geht es um Menschenrechtsverletzungen … Menschenhandel. Man weiß noch nicht hundertprozentig wer als Geldgeber involviert ist, aber allein dass Menschen – vermeintlich zivilisiert denkende Menschen, so ein Projekt unterstützen, ist ein Skandal, eine Straftat«, argumentiert er.

Ich habe ganz vergessen, dass Andi bereits mehr weiß als ich. Er hat recherchiert. »Wer ist dieser Millweak?«, frage ich.

»Er leitet die Geschäfte, knüpft Kontakte zu anderen Geschäftsleuten. Er bewegt sich wie ein glitschiger Aal durch die sogenannte bessere Gesellschaft, nutzt jede Gelegenheit sein Gegenüber geschickt um den Finger zu wickeln – sagt man. Etwa in der Art: Was machen Sie nach der Party? Dann hat er einen super Tipp. Und schon ist man dabei, mitten drin. Eine reizvolle Luxus-Location, junge Mädchen ... sehr junge Mädchen. So läuft das Geschäft. Millweak ist Kanadier, schottischer Abstammung. Seine sexuellen Neigungen kann man nicht eindeutig zuordnen. Er gibt sich hochkorrekt, ist aber weder verheiratet, noch weiß man, ob er in homosexuellen Kreisen verkehrt. Studiert ist er. Angeblich sogar hochintelligent. Diplomatenkind und in teuren privaten Erziehungsanstalten aufgewachsen.«

»Gute Recherche.«

»Das habe nicht ich herausgefunden«, gibt Andi zu. »Bei der Zeitung haben sie so einige Informationen gesammelt. Ich assistiere nur, korrespondiere mit den ausländischen Agenturen, NGOs und übersetze fürs Internet. Daher weiß ich das alles.«

»Millweak kann man schlecht einschätzen. Für überdurchschnittlich intelligent halte ich ihn allerdings nicht. Jemand, der so denkt wie der ...«, erinnere ich mich an unser Gespräch. »Oder ich habe eine andere Definition für Intelligenz. Kalt ist er ganz sicher. Kalt und unnahbar, das ganz sicher. Er hat jedes Argument von mir abgeschmettert. Du solltest dich dort auf keinen Fall blicken lassen. Auf keinen Fall!! Sonst fliegt alles auf – *ich* fliege auf.«

Andi stimmt mir zu. Möglicherweise nur pro forma. Natürlich will er wissen, was mit Louisa ist.

»Es gibt sicher eine logische Erklärung dafür, warum sie sich noch nicht gemeldet hat. Vielleicht ist sie nur vorsichtig«, beschwichtige ich ihn.

»Übrigens, ich habe noch was über das Projekt«, fallen mir plötzlich die Unterlagen ein, die Millweak mir ausgehändigt hat. »Ich werde es dir holen, etwas für deinen Bericht. Wenn du tatsächlich was schreiben und ein gutes Wort zur Völkerverständigung einlegen willst.«

»Völkerverständigung ...?«

»War ein Witz. Er ist selbst in Heimen aufgewachsen, sagt er. Aber das ist keine Rechtfertigung.«

»Nein, sicher nicht.« Ich lache. »Bin gleich wieder da ...«

Ich gehe auf mein Zimmer, um Andi die Unterlagen zu holen. Bis jetzt konnte ich mich nicht dazu aufraffen, selbst einen Blick hineinzuwerfen. Ich erwarte nicht mehr als belogen zu werden.

Wir frühstücken zusammen.

Anschließend verabschiede ich mich und breche auf. Ich weiß nicht, was Andi jetzt tun wird, ob er sich nicht doch auf den Weg zu Millweaks Anwesen machen wird. Wenn, würde ich ihn kaum davon abhalten können.

Der Gedanke beunruhigt mich dennoch.

Mit Nichts in den Händen, weder einem *Boliviano* in der Hosentasche, noch einem Kleidungsstück als Gepäck und nur einem Papier, das mich befugt die Grenze zu überqueren, mache ich mich – zu Fuß – auf den Weg. Das Ziel liegt auf der anderen Seite, in unmittelbarer Nähe. Chile. Es sind nur noch wenige Kilometer, ein paar tausend Schritte. Ein Fußmarsch, der es jedoch unerwartet auch in sich haben könnte.

Vor ein paar Wochen noch war mein Leben geordnet, erfreulich geordnet. Aber das *war*.

Wenn ich drüben wäre, würde ich Kontakt mit Elenas Familie in Santiago aufnehmen. Danach kam Josh. Wenn er mir nicht bereits gekündigt hatte.

Die frische Luft und der feste Boden unter den Füßen sind Motivation. Die Temperatur ist noch angenehm. Langsam erklimmen die Grade das Thermometer. Meine Kleidung hat in den letzten Wochen gelitten. Abgenutzt, schmutzig ist alles, was an mir klebt. Ich freue mich darauf, bald in eine frische Hose schlüpfen zu dürfen. Ein duftendes T-Shirt. Dennoch bin ich einigermaßen für das Hochland gerüstet. Meine Schuhe verfügen noch über genügend Profil. Im Notfall würde ich eine Tagestour schaffen. Gerade so.

Während ich einerseits motiviert, beinahe beschwingt, die Straße entlang schlendere, ahne ich – andererseits – nicht, was mich erwartet. Völlig blauäugig stürze ich mich ins nächste Abenteuer, blende alles aus, was mir möglicherweise unverhofft den Weg erschweren könnte.

Eine graue Wolke fegt hinter mir über die Straße. Aufgewirbelter Staub. Ich genieße den blauen Himmel, versuche mir die Kräfte einzuteilen.

Doch der friedliche Eindruck täuscht. Das Übel rückt bereits unmerklich heran. Motorengeräusche. Sie sind noch in weiter Ferne, ähneln dem Surren von Insekten. Nur dass es diese hier, in der Salzwüste, kaum gibt.

Ich bleibe einen Moment lang stehen, sehe zurück. Die Straße ist wie ein hellgelber, flirrender Ölteppich. Ich trete mir den Staub von den Schuhen, versuche mir das Summen aus dem Ohr zu reiben. Doch es bleibt.

Zügig gehe ich weiter, gewöhne mich allmählich an das Geräusch. Ich denke nicht über Insekten nach. Erst als es lauter wird, werde ich unruhig, empfinde es als zunehmend störend.

Wieder sehe ich mich um. Die graue Wolke ist größer geworden. Sie bewegt sich. Genaugenommen bewegt sie sich auf mich zu – und wenn ich mich auf die Umrisse der Wolke konzentriere, hat sie tatsächlich eine Form. Ähnlich einem Fahrzeug. Ein dunkles Fahrzeug. Ein Cadillac?

Unmöglich. Hatte Marcel mich nicht *gestern* … Das war gestern, denke ich. Nicht heute. Die Vergangenheit kommt nicht zurück. Dennoch beunruhigt mich das Entdeckte und ich gehe einen Schritt schneller, stolpere dabei fast über meine eigenen Füße. Ich werde es ignorieren, mich um keinen Preis aufhalten lassen, denke ich. Es steht jedoch außer Frage, dass der Fahrer mich, selbst aus der Entfernung, bereits erkannt hat.

Unschlüssig darüber, welche Konsequenz ich daraus ableiten soll, haste ich weiter. Dabei habe auf einmal das Gefühl eine unsichtbare Wand stellt sich mir in den Weg. Nein!, denke ich, bitte nicht! – und drehe mich erneut herum.

Klar und deutlich erkenne ich es jetzt. Kein Zweifel, es ist Marcels dunkelblauer Cadillac.

Die Unruhe in mir wächst zu einem Sturm. Wohin könnte ich flüchten?! Im Nichts verschwinden? Unmöglich. Das Nichts ist hier so sichtbar wie sonst nirgendwo. Meine Beine kleben am Boden, sind auf einmal schwer wie Blei. Wüste und Salz haben mich umzingelt. Marcel wird mich einholen, ich sitze fest. Es gibt einfach keine Fluchtmöglichkeit.

Tatsächlich dauert es noch eine gefühlte Ewigkeit, bis der Cadillac meine Höhe erreicht. Dann überholt er mich, parkt quer auf der Straße, versperrt mir den Weg. Gelähmt von meiner stillen Panik, bleibe ich stehen.

Absturz, denke ich, es wiederholt sich – und diesmal entkomme ich *dem* nicht. Jetzt hat er mich.

Langsam öffnet sich die Fahrertür, ohne dass jemand aussteigt.

Ich warte. Mein Puls rast. Mein Herz ebenfalls. Kalter Schweiß läuft mir über den Rücken, woran auch die fahrige Bewegung meiner Hand, welche versucht ihn wegzuwischen, nichts ändert. Ich erwarte bereits einen Schuss. Einen Schuss in meine Richtung. Oder gleich einen ganzen Kugelhagel. Mit wie vielen Schüssen wird Marcel mich hinrichten? Ich komme hier nicht raus. Kein gesegneter Sitz kann mich retten. Auch Elenas Armband nicht. Ich drücke es ganz fest an mich, denke intensiv an sie. Ein letztes Mal geht mir unsere Nacht durch den Kopf. Krampfhaft halte ich die Bilder fest. Für meinen letzten Augenblick. Für den Moment kurz vor der Dunkelheit.

Marcel ist ausgestiegen und steht auf der Straße.

Tatsächlich ist er bewaffnet. Die Waffe steckt in seiner Hose, gut sichtbar für mich.

»Hallo mein Freund«, begrüßt er mich, keinesfalls mit dem Ton eines Freundes.

Er lässt die Tür seines Fahrzeugs offen und stellt sich mir breitbeinig in den Weg.

Was erwartet er? Ich bleibe wie angewurzelt stehen.

»Nach einigem Überlegen ist es mir tatsächlich wieder eingefallen, woher ich dich kenne.«

Ich hatte es befürchtet.

»Und soll ich dir sagen, was mir dabei eingefallen ist?«

Ich will es nicht unbedingt wissen.

Nichts passiert. Dann geht er zum Kofferraum, zieht etwas heraus und wirft es auf die Straße.

Mein Rucksack!

Mit dem Fuß tritt er dagegen. Dann geht er ein paar Schritte weiter, hebt ihn wieder auf.

»Lass mich lesen, was hier steht.« Er zieht etwas aus dem Seitenfach, meinen Pass. »Lennard Krupp. Und sonst? … Nichts!«

Er leert das gesamte Seitenfach, wirft alles auf den Boden. »Kein Presseausweis. Wo ist Andreas Hamsbach?! … Ich lese …« Er hebt etwas vom Boden auf, »… Elena Arevalo? Deine Freundin? Nein, das ist sie wohl nicht. Und hier …« Wieder hält er etwas in der Hand, das ich schwammig erkenne. Louisas Notizbuch.

»Wer ist Louisa Baumann, oder besser: *Wo* ist Louisa Baumann?« Er wirft einen flüchtigen Blick zu seinem Fahrzeug, schmeißt das Büchlein auf den Boden und baut sich erneut breitbeinig auf. Dabei verschränkt er die Arme. Eine typische Geste, die andeuten soll, wie eindeutig überlegen er sich in dieser Situation mir gegenüber fühlt. Allein die Waffe! mit einem Hüftschwung setzt er sie in Szene.

»Na, warum so schweigsam? Hast die Hosen voll, WAS!«

Tatsächlich könnte man es so nennen. Sie sind voll. Mir bleibt nichts weiter, als mich der Situation zu stellen und geduldig auf meine Hinrichtung zu warten. Noch steckt die Waffe an sicherer Stelle.

»Dabei hatte ich dich schon ins Herz geschlossen.« Er lacht sein künstliches, bulliges Lachen.

»KOMM HER!«

Ich folge seiner Aufforderung. Als ich die Höhe des Fahrzeugs erreiche, öffnet er die hintere Tür des Cadillac.

»Da sind sie, die Mäuschen. Schau sie dir an!«

Starr vor Schreck, blicke ich auf den Rücksitz, entdecke dort ein Knäul aus zwei Menschen, ihre zusammengebundenen Körper. Ich erkenne nackte Haut und braunes Haar. Louisa und Andi!

Wie gelähmt vor Schreck, weiche ich einen Schritt zurück. Der Anblick erschüttert mich bis ins Mark.

Dann jedoch – aus der Panik wird plötzlich Wut. Rebellische Wut, die unerwartet neue Kräfte mobilisiert. Meine geballte Faust.

»Was soll das?! Das sind unschuldige Menschen!« fahre ich ihn an. Wild entschlossen ihm das Maximale an Widerstand entgegenzusetzen.

»Unschuldig? Was denkst du, was ich mit Leuten mache, die ihre Nase in Angelegenheiten stecken, die sie nichts angehen?!«

»Sie sind Touristen. Wenn jemand verschwindet oder du ihnen was antust, hast du richtig Stress. Dann hast du die Botschaft am Hals, wanderst lebenslang in den Knast, dann könnt ihr euch eure Projekte sonstwo hinschmieren.«

»Das hättest du gern. Siehst du hier Polizei? Ich nicht.«

Mit einer Handgeste ahmt er einen Flugzeugabsturz nach. »Nicht ein Wort. Nicht eine Zeile.«

»Das kann nicht so lange verschwiegen werden. Die Angehörigen werden Fragen stellen. Immer wieder …«

»Bist du sicher? Es wird nichts geschrieben werden. Nicht ein Wort.«

Seine sichere Haltung irritiert mich.

»Darum verplempern wir auch nicht länger unnötig unsere kostbare Zeit.«

Blitzschnell zieht er seine Waffe und zielt ins Innere des Fahrzeugs. Zwei Schüsse erklingen. Meinen Körper durchzuckt es, als wäre ich selbst getroffen.

Die Panik flammt augenblicklich erneut auf.

Es ist meine letzte Option. Eine Kurzschlussreaktion. Ich nehme spontan Anlauf und renne mit voller Wucht gegen ihn. Die Waffe, die er gerade auf mich richten will, fliegt ihm aus der Hand. Er fischt danach. Ich trete sie weg, noch bevor er sie erreichen kann.

Während Marcel sich aufrichtet, werfe ich mich auf den Fahrersitz, starte den Motor. In dem Moment zielt er auf die Reifen, zerschießt sie.

Ich gebe Vollgas, fahre ein paar Meter – bremse aber gleich wieder ab.

Marcel ist hinter mir.

Ich lege den Rückwärtsgang ein, drücke aufs Gas. Die noch immer offene Hintertür reißt ihn um. Scheinbar bewusstlos bleibt er liegen.

Ich öffne die Fahrertür, um schnell den Rucksack und den verstreuten Inhalt aufzusammeln.

Langsam richtet er sich erneut auf. Ich drücke den Fuß aufs Gaspedal, setze zurück, fahre ihn ganz gezielt um.

Wie ein Sack fällt er um und bleibt liegen. Ich fahre erneut an, das Gaspedal bis zum Anschlag durchgedrückt. Egal, wie weit ich komme. Ich brauche nur einen kleinen Vorsprung. Marcel würde nicht so schnell wieder auf die Beine kommen.

Mit Ach und Krach schaffe ich vielleicht achthundert Meter, dann hängt der Wagen mit den platten Reifen. Ich komme nicht weiter. Es bleibt mir nichts anderes übrig als auszusteigen. In der Entfernung erkenne ich Marcel wie einen Stein am Wegrand liegen. Er bewegt sich noch immer nicht.

Ich werfe einen raschen Blick auf den Rücksitz, zu Louisa und Andi. Ich teste jeweils ihren Puls, finde keinen. Sie wurden tatsächlich getroffen. Ein kurzer Blick in ihre Gesichter reicht, dass es mich eiskalt erwischt. Ich möchte heulen, laut schreien, aber mir bleibt keine Zeit. Der Moment ist abscheulich und kaum zu ertragen. Doch ich muss hier weg. Marcel könnte jeden Augenblick zu sich kommen, und ich schätze es sind noch ein paar Kilometer bis zum chilenischen Grenzort Ollagüe.

Unglücklicherweise verbietet es mir die zunehmend dünne Luft in der Höhe zu rennen. Der Sauerstoffmangel macht es unmöglich, dass man mehr als nötig ein- und ausatmet. Ein Sprint kommt nicht in Frage. Ich bin gezwungen langsam zu machen, kann mein Tempo allerhöchstens in Etappen steigern.

Ich sehe nicht mehr zurück, konzentriere mich auf das, was vor mir liegt. Jede Aufregung kostet Kraft. Energie, die ich unnötigerweise verliere und somit riskiere auf den letzten Metern doch noch von Marcel überrascht zu werden. Ein Wettlauf mit der Zeit beginnt. Mit dem Tod.

Nach knapp zwei Stunden aber ist es tatsächlich geschafft.

Aus der Ferne erkenne ich die chilenische Flagge.

Bienvenido Lennard, willkommen zurück!

Reisemomente

Der Sitz neben mir ist nicht besetzt. Meine Sachen liegen dort. Laptop, Kulturbeutel mit allem, was ich nach dem Aufwachen brauche: Seife, Rasierzeug, Zahnbürste, Zahnpasta und ein kleines Handtuch.

Hinter der Gardine ist die Wüste. Ich weiß es, ohne sie zu sehen. Ich spüre sie, ich rieche sie.

Eigentlich mag ich Momente wie diesen nicht sonderlich. Ich kann zu viel Stille nicht ertragen. Es macht mich nervös, hibbelig. Meine Gedanken kreisen dann um mich selbst. Ich höre meine eigene Stimme mit mir reden. Ich mag es auch nicht, wenn ich meinen eigenen Atmen spüre, meinen Herzschlag. Manchmal wenn die Geräusche in mir zu laut werden, frage ich mich, ob das, was in meinem Körper steckt, gesund ist. Ob sich alles an der richtigen Stelle befindet, ob nicht irgendwo eine Bombe in mir tickt. Eine heimtückische Krankheit, die jeden Moment ausbrechen könnte, sich ausdehnen – und dann wäre es um mich geschehen.

Hier drinnen, in diesem Bus, kennt mich niemand. Eine Leiche, würde jemand schreien. Irgendjemand.

Vielleicht fiele es erst auf, wenn wir ankommen. Wenn es heißt: Alle Reisenden bitte aussteigen. Alle würden sie zu meinem Sitz stürzen, mich anstarren.

Eine Leiche ohne Namen. Ich.

ATACAMA – CHILE

EINS

Ich habe die Nacht in einem Hostal in San Pedro de Atacama verbracht. Meine erste, sehr friedliche Nacht seit langem. So fühlt es sich an. Auch das Geschnatter der Touristen, die schon früh zu den Sehenswürdigkeiten der Wüste aufbrechen, stört mich nicht.

Ich schlafe bis um zehn, genieße die Stille der Wüste. Die Atacamawüste ist eine der trockensten Wüsten der Welt und doch ist sie dem Meer so nahe, wie keine andere Wüste.

Dieses Gefühl, eingeklemmt zu sein, zwischen Meer und Anden, ist mir gerade sehr angenehm. Zumindest für den Moment, fühle ich mich sicher in Chile.

Nach dem Frühstück, rufe ich zunächst Josh in Valparaíso an. Man hat mir nicht gekündigt. Ganz im Gegenteil, der Job wartet auf mich. Mein Chef klingt merklich erleichtert. Ich soll nur nicht hetzen, sagt er. Auf einen Tag früher oder später käme es schließlich nicht an.

Ich gehe in ein Internetcafé und rufe meine E-Mails ab. Ich habe Post aus Cuzco. Eine E-Mail von Carla-Maria und eine von Julio. Ein Lichtblick und das wohlig Gefühl, nicht allein zu sein.

Zuerst lese ich Carla-Marias E-Mail. Sie hat sie bereits vor ein paar Tagen verschickt und schreibt:

255

Lieber Lennard,

ich hoffe es geht dir gut. Leider bist du so plötzlich abgereist, ohne eine Nachricht. Eve und Greg wollen eine Tour an den Titicacasee unternehmen und haben gefragt, ob du mitkommst. Jetzt ist es leider zu spät. Wie ich höre bist du auf dem Weg nach La Paz. Vielleicht sehen wir uns, wenn du wieder in Chile bist. Unten findest du meine Adresse und Telefonnummer. Ruf mich an!

Besos, Carla-Maria

Ich notiere ihre Adresse und Telefonnummer in mein Adressbuch. Dann lese ich Julios Nachricht:

Lennard, wo steckst du? Ich hoffe es geht dir gut. Wenn du das hier liest, melde dich dringend. Ich habe eine wichtige Nachricht für dich.
Julio.

Eine wichtige Nachricht. Was könnte das sein?
Bevor ich mich bei ihm melde – oder besser ihn anrufe, schreibe ich eine E-Mail an Cristina aus der Casa Santa Magdalena. Ich habe das dringende Bedürfnis etwas zu unternehmen, und darüber hinaus mir das Erlebte von der Seele zu schreiben. In einer sehr langen, und für mich ungewöhnlich emotionalen E-Mail, schildere ich ihr die komplette Geschichte. Ich schreibe von den Kindern und von der Art, wie man vor meinen Augen ein junges Mädchen behandelt hat, das kaum volljährig war. Ich liefere ihr eine grobe Beschreibung der Lage des ausgestorbenen

Kinderheims und der Villa, in der man die Kinder festhält. Ich erzähle ihr auch von den Leichen, die ich dort gesehen habe und wie Marcel Louisa und Andi vor meinen Augen erschossen hat. Die Worte fließen nur so aus mir heraus. Schließlich beende ich meine E-Mail mit den Worten:

> Du musst verstehen, dass ich dir im Moment nicht schreiben kann, wo ich bin. Sollte Marcel mir noch an den Fersen hängen, muss ich vorsichtig sein. Du kannst mich aber per E-Mail erreichen. Ich bitte dich inständig alles Menschenmögliche zu unternehmen, um den Kindern zu helfen. Ich habe es ihnen versprochen. Wenn ich mich weiter einmische, bin ich bald das nächste Opfer, und ich hänge an meinem Leben.
> Innige Grüße, Lennard

Ich fahre den Computer herunter und wende mich zum Gehen.

Auf der Straße begegnet mir das trockene Wüstenklima. Die Hitze ist mir wesentlich angenehmer, als die dünne Luft in den Höhen der Kordilleren. Ich kann mich unbesorgt fortbewegen, ohne mit plötzlicher Sauerstoffknappheit rechnen zu müssen. Auch Schwindelanfälle bleiben aus.

Ziellos schlendere ich durch San Pedros Gassen. Der Ort besteht aus Lehmhäusern mit bunten Holzelementen und kunstvollen Aufschriften. Darunter Bars, Souvenirläden, Reiseveranstalter. Im Hintergrund schimmert die Wüste glutrot. San Pedro ist ein typisch touristischer Ort, der in erster Linie Hippies und Aussteiger anzieht. Junge Chilenen und Leute aus der ganzen Welt. Es ist jedoch noch zu früh, um auf Massen von Touristen auf der Straße zu treffen. Viele sind außerdem auf den frühen Touren in der Umgebung unterwegs.

Ich genieße die ausgestorbene Atmosphäre, setze mich in eine Bar und döse eine Weile vor mich hin, ordne dabei Zettel und Notizen, die ich in meinem Rucksack gefunden habe. Ich betrachte das Armband an meinem Handgelenk und denke an Elena. Wo mag sie gerade sein? Ob sie noch an mich denkt? Ich stelle mir ihr Gesicht vor und wünsche mir sie in die Arme zu nehmen. Dabei höre ich ihre Stimme, wie sie sagt: *Lennard, mein Gott, was hast du nur erlebt.* Ich schließe die Augen und träume mich in den Regenwald.

»Lennard!«, höre ich plötzlich eine Stimme aus dem Hintergrund.

Erschrocken zucke ich zusammen, öffne die Augen. Eine bekannte Frauenstimme. Ich sehe nach oben – in ihr Gesicht. Eine junge Frau, schwarzhaarig, mit Kurzhaarschnitt, sehr schlank. Sie nimmt ihre Sonnenbrille ab, lächelt. Ich komme nicht umhin, sie von der Körpermitte und langsam abwärts zu mustern. Sie trägt sehr kurze Shorts. Emiliana Sánchez. Ich kenne sie aus dem Büro in Santiago. Seitdem das Projektteam nach Valparaíso gezogen ist, habe ich sie nicht mehr gesehen.

Bevor ich etwas erwidern kann, zieht sie sich einen Stuhl heran und setzt sich mit an meinen Tisch.

»Was machst *du* denn hier, Lennard? Hast du frei?«

»Kann man so sagen. Und du?«

»Klingt als hättest du dein Spanisch verbessert«, bemerkt sie, »neue Freundin?«

»Nein. Ich habe geübt, fleißig Vokabeln gelernt und so … «

Ein undefinierbares Gefühl sagt mir, dass mir ihre Anwesenheit nicht in jeder Hinsicht angenehm ist, Hintergrund unbekannt. Sollte es einen Grund dafür geben, habe ich ihn vergessen … oder es liegt an meiner Unpässlichkeit bei flüchtigen Liebesabenteuern.

»Aha, Vokabeln.« Sie sieht mich skeptisch von der Seite an. »Ich besuche meinen Bruder.«

»Was trinkst du da?«, prüft sie mein Getränk, »*Pisco Sour*?«

»*Pisco*, genau. Willst du?«

»Nein danke. Ist noch zu früh. Ich trinke lieber *Jugo natural*. Ist hier sehr lecker. Und wo wohnst du, Lennard?«, will sie als nächstes wissen. »Hast du ein Hotel?«

»Ein Hostal. Sonchak. Du wohnst vermutlich bei deinem Bruder?«, sichere ich mich ab.

»Ja.« Sie lächelt, was mich irritiert.

»Hast du schon was besichtigt? Kennst du den *Mercado Artesanal*, das Archäologische Museum? Ich könnte dich ein bisschen rumführen.«

»Warum nicht«, lasse ich mich spontan darauf ein. Eigentlich bin ich um jede Ablenkung froh. Ich möchte nicht darüber nachdenken, ob Marcel bereits in Chile ist. Ich möchte nicht über die Bilder in meinem Kopf nachdenken. Die Leichen von Louisa und Andi, die Kinder. Ich fühle mich fiebrig. Vielleicht bräuchte ich tatsächlich psychologische Hilfe, wie Cristina mir geraten hatte. Gerade aber funktioniert verdrängen besser.

Und tatsächlich trägt der Nachmittag mit Emiliana in gewisser Weise zu meiner Zerstreuung bei. Alles ist angenehm leicht, unkompliziert. Wir lassen uns einfach durch San Pedro treiben, bummeln durch die Gassen, gehen ins Archäologische Museum und bewundern die Sammlung des Jesuitenpaters Gustavo Le Paige, schlendern über den *artesanía* Markt und klappern ein paar Bars ab, essen irgendwo zu Abend.

Langsam merke ich, wie ich wieder runterkomme. Emilianas Gegenwart beruhigt mich. Wie auch immer mein Verhältnis zu ihr in der Vergangenheit war, jetzt gerade tut sie mir gut.

Es ist bereits fast zehn, als sie mich zum Hostal begleitet.

»Trinken wir noch eine *Pisco* auf deinem Zimmer?« Sie zieht eine Flasche aus ihrer Tasche, die sie unterwegs gekauft hat.

»Ich weiß nicht, ob das so eine gute Idee ist.« Ich muss an mein letztes Erlebnis mit Carla-Maria denken und fühle mich nicht unbedingt wohl dabei.

»Es ist noch früh. Oder willst du schon schlafen gehen?«

Einerseits fühle ich mich elendig, schlapp. Andererseits bin ich vermutlich viel zu aufgekratzt, um schnell einzuschlafen. Die Gedanken würden erneut kreisen und mich martern. Der Alkohol könnte tatsächlich Abhilfe schaffen.

»Also gut, warum nicht.«

Mein Blick streift ihre nackten schlanken Beine, als sie vor mir durch die Tür schlüpft und denke gleich, dass es ein Fehler ist.

Unsere Unterhaltung läuft zäh. Wir trinken *Pisco* aus der Flasche. Emiliana redet plötzlich kaum noch. Stattdessen wirft sie mir merkwürdige Blicke zu.

Ich weiß nicht, wie ich darauf reagieren soll, es ignorieren? Es käme sicher nicht gut bei ihr an. Ich muss das Spielchen mitspielen, wohl oder übel. Auch wenn ich gerade keine Lust dazu habe. Also lasse ich mich erneut zum

Trinken animieren, biete mich sogar an, eine weitere Flasche zu besorgen. Emiliana stimmt zu.

Bei der Familie, die das Hostal leitet, erstehe ich eine Flasche Wein. Was solls, denke ich und schlendere, mit der Flasche unterm Arm, zum Zimmer zurück. Als ich die Tür öffne, ist der Raum dunkel. Eine Weile starre ich von der Tür aus in die Dunkelheit, versuche etwas zu erkennen. Dabei überkommt mich ein sonderbares Gefühl.

Dann klickt ein Feuerzeug, eine kleine Flamme. Ich erkenne ihre Umrisse. Sie hat eine Kerze angezündet. Jetzt liegt sie auf meinem Bett. Nackt.

Nein, das hatten wir schon, denke ich, einerseits erleichtert, andererseits gereizt. Instinktiv trete ich einen Schritt zurück. Tatsächlich bin ich noch nicht betrunken genug.

»Komm her!«, flüstert sie mir zu.

Ich stehe noch immer wie angewurzelt an einer Stelle.

Dann gehe ich zum Bett, stelle die Weinflasche ab und krame in meinem Rucksack nach einem Korkenzieher. Ich spüre ihre Hand auf meinem Rücken.

»Warte …«, halte ich sie hin, »lass uns lieber den Wein trinken.«

»Weißt du noch beim letzten Mal?«, fragt sie plötzlich, meine Worte ignorierend.

Verwirrt drehe ich mich zu ihr.

»Es war echt gut.«

Sollte ich tatsächlich schon einmal etwas mit Emiliana gehabt haben, ist es mir entfallen. »Ach ja. Wir haben …?«

» … es so richtig getrieben. Eine ganze Nacht«, ergänzt sie und kichert.

Ich stelle die Weinflasche ab, setzte mich neben sie aufs Bett. Ich möchte sie nicht abweisen, aber …

»Was ist los?«, fragt sie.

Ich antworte nicht. Dann greife ich wieder zur Weinflasche, nehme einen hastigen Schluck. Emiliana liegt neben mir auf dem Rücken, spreizt ihre Beine. Ich erinnere mich an das junge Mädchen auf der Treppe und die Art, wie die Männer mit ihr umgegangen sind. Warum sollte ich sie zurückweisen.

Meine Passivität verunsichert sie.

»Was ist? Es ist doch nichts dabei ... oder?«, fragt sie.

Noch immer bringe ich kein Wort über die Lippen.

Als sie sich gerade aufrichten will, um sich wieder anzuziehen, halte ich sie zurück. Hastig ziehe ich mich aus, steige auf sie. »Nein, es ist eigentlich nichts dabei.«

Sie lächelt. Dann schmiegt sie sich an mich, schlingt ihre Arme um meinen Oberkörper, und ... es passiert.

Mechanisch stelle ich mich auf die Bewegungen ein. Mein Körper hat Lust, der Kopf aber will nicht. Leere und grenzenlose Erschöpfung stehen mir im Weg. Das Gefühl dort im Regenwald *jemanden* gehabt zu haben ... – nichts kann diesen Augenblick aufwiegen, denke ich und sehne mich danach zurück. Dabei blicke ich in Emilianas Gesicht. Ihre Augen sind geschlossen. Kleine Schweißperlen laufen über ihre Stirn. Unsere Körper sind erhitzt.

Warum mache ich das?, frage ich mich und denke plötzlich an Flucht. Ich weiß aber nicht wie und womit ich flüchten könnte. Flugzeuge stürzen ab, Fahrzeug haben unberechenbare Halter. Darunter Menschen, die andere verfolgen oder eiskalt abknallen. Nirgendwo bin ich sicher. *Ich komme hier nicht weg*, denke ich – dabei packe ich Emilianas Armen, reiße sie wild nach oben. Ich drücke sie so fest, dass sie sich weder wehren, noch bewegen kann, nehme ich sie fast brutal – immer schneller, immer heftiger. Ich renne gegen die Bilder in meinem Kopf an, als wäre ich ein kopfloser wütender Krieger.

Sie sagt kein Wort, lässt einfach alles über sich ergehen. Irgendwann kommt der Schmerz, wir sind beide schweißgebadet.

Abrupt breche ich ab, steige von ihr herunter und hocke mich auf die Bettkante.

»Bist du schon gekommen?«, fragt sie irritiert.

Ich antworte nicht, starre nur vor mich hin.

Sie beobachtet mich eine Weile. Dann schließt die Augen und lächelt.

Ihre Gegenwart lässt mich kalt. Ich bin irgendwie gar nicht hier.

»Für mich war es großartig«, sagt sie, als würde sie mit sich selbst reden.

Ich weiß nicht warum, aber ich hasse sie dafür. Ich wünschte sie hätte etwas anderes gesagt. Oder noch besser: Sie würde einfach verschwinden.

Sie reibt mit ihren zarten Fingern sanft über ihre Brustwarzen.

Vielleicht hat mich das beim letzten Mal tatsächlich angemacht. Jetzt aber empfinde ich nichts. Ich empfinde Ablehnung, Überdruss, Ekel.

Was sie denkt, ist mir völlig egal. Ich nehme den letzten Schluck aus der Weinflasche. Einen Moment lang fühlt es sich an, als müsse ich mich übergeben. Dann stehe ich vom Bett auf.

Der Boden ist eine bewegliche Fläche, mein Kopf fühlt sich an wie ein vollgelaufener Schwamm. Man müsste ihn auswringen.

»Ist dir nicht gut, Lennard?«, höre ich sie besorgt hinter mir.

Ist dir nicht gut-nicht gut-nicht gut-nicht gut ... ni-ni-ni-ni-ni-niiiicht gut, hallt es in meinen Ohren.

Ich taste mich zurück zum Bett, setze mich. Wie soll sie das auch verstehen, was in meinem Kopf abgeht?! Ich begreife es ja selbst nicht.

»Alles okay«, bestätige ich.

Emiliana ist noch immer nackt. Sie hat noch nicht genug. Vielleicht will sie sogar, dass wir ein zweites Mal.

»Du solltest jetzt nach Hause zu deinem Bruder gehen. Er macht sich sicher Sorgen«, versuche ich sie zum Gehen zu bewegen.

Sie überlegt. Dabei sieht sie mich durchdringend an, hofft auf ein Zeichen meinerseits – dass ich ihren Blick erwidere.

Als das Erhoffte ausbleibt, fischt sie ihre Klamotten vom Boden, streift sich T-Shirt und Shorts über und tappt barfuß, mit ihren Schuhen in der Hand zur Tür.

»Irgendwas ist mit dir«, stellt sie noch immer etwas unentschlossen fest. Ihre Stimme klingt schnippisch, deutlich verärgert.

»Aber lass mal, Lennard. Wenn du eine Freundin hast, ist okay. Okay ...« Mit einem bitteren, halb verkrampften Lächeln auf den Lippen öffnet sie die Tür, schlüpft hindurch. »Also, dann. Wir sehen uns.«

Weg ist sie.

In der Nacht, in einem Traum, wiederholt es sich. Ich schlafe mit Emiliana. Wobei sie sich abwechselnd in Carla-Maria und Elena verwandelt. Die Frauen rangeln. Plötzlich spüre ich es metallisch kalt an meiner Stirn. Marcels

Waffe. Ich soll springen, fordert er, aus dem Flugzeug springen. Ich sehe kein Flugzeug. Carla-Maria und Elena sind in einem dunklen Raum. Langsam entnimmt er dem Raum Sauerstoff. *Spring!*, fordert er wieder. Und wieder. Ich springe tatsächlich. Dabei zielt er auf mich. Die Kugeln verfehlen mich, erreichen vor mir den Boden. Sie treffen Louisa und Andi. Die beiden jedoch atmen noch. Mit aller Kraft versuche ich ihnen Leben einzuhauchen. Es ist ein Wettlauf mit der Zeit. Ich fühle wie ein kleines Mädchen meine Hand nimmt und fragt: *Was machst du da? Niemand hat den Absturz überlebt.*

Schweißgebadet erwache ich, richte mich benommen auf und bestätige mir, dass es nur ein Traum war. Ich schleppe mich aus dem Bett, durch das halbdunkle Zimmer. Draußen aber ist es bereits hell.

Ich klappe die Fensterläden auf und werde vom grellgelben Wüstenlicht der Atacamasonne begrüßt.

Ich wasche mir das Gesicht mit kaltem Wasser und ziehe mich sofort an. Alles läuft mechanisch ab. Ich bin nicht der, der ich bin. Bin ein anderer.

Laut Busfahrplan, fährt gegen Mittag ein Bus nach Santiago. Ich besorge mir ein Ticket und verbringe den Rest des Vormittags mit Wäsche waschen. Meine Wäsche hat es bitter nötig. Das letzte Mal habe ich sie in Cuzco gewaschen. Dazwischen liegt eine schier unendlich lange Zeit.

Ich beschließe Julio von Santiago aus anzurufen. Was auch immer er mir zu sagen hat, es muss bis zu meiner Ankunft warten.

Als ich ein paar Stunden später im Bus Richtung Süden sitze, bereue ich es auf einmal doch, ihn nicht doch angerufen zu haben. Er könnte etwas von Elena gehört haben.

Vorbei ist es mit der Entspannung, ich bin plötzlich aufgekratzt, nervös, stehe unter Strom. Während der ersten
Pause hinter Antofagasta, bekomme ich fast keinen Bissen
von meinem Sandwich herunter. Ich schlürfe lustlos einen
Kaffee und beschließe spontan Julio anzurufen. Es gibt
eine Telefonkabine hinter dem Restaurant. Tattrig wähle
ich Julios Nummer.

»*Hola!*« Eine Frauenstimme. Vermutlich seine Mutter.
Ich frage nach Julio. Sie ruft etwas in den Hintergrund. Es
dauert eine Weile bis Julio ans Telefon kommt.

»Lennard?« fragt er gleich. »Tut mir leid, hab geschlafen.
Die letzten zehn Tage haben echt geschlaucht. Jeden Tag
eine Tour, ohne Pause. Jetzt habe ich endlich frei. Aber
wie geht es dir? Wo steckst du?«

»Ich musste spontan nach La Paz, frag mich nicht warum, wann ... ich ... ich wollte mich bei dir melden ...
aber ... aber ... es kam alles anders. Ich kann dir jetzt
nicht erzählen, wa-wa-was ... passiert ist. Der Taxifahrer
... Marcel ...« Ich breche ab, fasse mir an die Stirn, mas-
siere sie etwas. Meine Stimme will nicht, wie ich es will.
Meine Knie fühlen sich an, als würden sie mir gleich weg-
sacken.

»Was ist mit dir Lennard?«, fragt Julio besorgt, als ich
nicht weiter spreche.

»Nichts«, bringe ich unter größter Anstrengung heraus.

»Ich habe mir schon Sorgen gemacht. Elena war bei
mir.«

»Elena? ... El-El-Elena ... El-e-na.«

»Lennard! Was ist los?«

»Nichts. Ich ... ich weiß es nicht. Hab wirklich keine
Ahnung, was hier los ist. Es ist vielleicht nur ein Albtraum.«

»Du musst zu einem Psychologen! Hörst du, Lennard. Geh zu einem Psychologen oder irgendeinem Arzt« redet er mir zu.

»Ach … das geht schon. Das geht vorbei. Sag mir lieber, was Elena bei dir wollte. Wi-ii-iie kommt sie denn auf dich?«

»Der Mann, der uns verfolgt hat. Du erinnerst dich? Der Mann auf der Straße. Er hat vermittelt. Sie hat etwas herausgefunden. Das wollte sie dir persönlich sagen.«

»So …« Ich spüre erneut eine Welle unberechenbaren Tumults in mir. Jetzt sind es meine Finger, die den Hörer umspannen und dabei unkontrolliert zucken. Als wäre ich ein Zombie. »Ich weiß nicht, ob ich … ich kann nicht mehr. Das muss aufhören, Julio. Ich muss zurück nach Chile. Arbeiten. Normalität …«, höre ich mich irgendwas krächzen. »Ich weiß nur nicht wie. Ich schaffe es nicht …«

»*Hombre*, jetzt mach mal nicht schlapp. Du bist kurz vor dem Ziel«, versucht er mich aufzubauen. »Gib dich nicht auf. Du schaffst das! Wo genau bist du jetzt?«

»Antofagasta. Auf dem Weg nach Santiago. Morgen werde ich in Valparaíso sein. Josh erwartet mich. Ich habe meinen Job noch.«

»Dann lässt du dich krankschreiben, hörst du. Du kannst so nicht arbeiten.«

»Was hat Elena noch gesagt? Will sie sich wieder melden?«

»Wenn ich was von dir höre, soll ich mich melden. Vielleicht kannst du dir in Valparaíso ein Mobiltelefon zulegen und dann schickst du mir deine Nummer.«

»Okay, mache ich. Ich muss jetzt, *hasta luego*.« Ich beende das Gespräch. Erschöpft lehne ich mich gegen die Wand. Ich weiß nicht, wie lange ich nur dastehe, halb dösend und völlig in meine Gedanken versunken. Vorbereitet auf jede neue Überraschung, den nächsten Dämmerzustand. Doch ich bin hellwach. Das ist das Problem.

Langsam tappe ich zum Restaurant zurück. Als ich dort ankomme, ist der Tisch, an dem die Gruppe aus dem Bus gesessen hat, leer.

»Sind die anderen schon zum Bus gegangen?«, frage ich den Kellner.

»Turbus nach Santiago?«

»Genau.«

»Ist gerade abgefahren.«

»WAS?!« Fassungslos starre ich Richtung Parkplatz. »A-a-a-aber ... Hat der Busfahrer die Leute denn nicht durchgezählt?«

»War nur ein Fahrer, stimmts? Ich sag´s ja immer: Das ist gar nicht gut, wenn sie diese Touren alleine fahren. Und übermüdet sind sie auch noch. Es sollten immer zwei sein. Da kann man sich bei der Buslinie beschweren. Und dann hat er hier auch noch die ganze Zeit telefoniert. Stress mit der Freundin. War ja nicht zu überhören. Wie ein Irrer hat er die Leute in den Bus gescheucht und ist los. Durchgezählt hat der ganz bestimmt nicht. Na das gibt ´ne saftige Beschwerde.«

Er zieht ein verdrießliches Gesicht, stützt dabei die Hände auf. »Und jetzt? Was Flüssiges bis der nächste Bus kommt?«

»*No gracias.*«

Ich wende mich ab. Meine Knie fangen erneut an zu zittern. Es beginnt ganz langsam – der Albtraum, aus dem ich einfach nicht erwachen will. Dazu die Hitze. Was mache ich hier, in dieser gottverlassenen Gegend. Zum Glück habe ich meinen Rucksack bei mir. Ich hatte ihn ins

Restaurant mitgenommen, vorsichtshalber. Instinkt. Ich will keinesfalls nochmal ohne Papiere dastehen.

Ich gehe noch einmal vor die Tür, vertrete mir die Füße. Bewegung tut gut. Eine gute halbe Stunde verbringe ich mit Abwarten, Laufen und immer wieder Nachdenken … Nachdenken. Sobald die Gedanken eine allzu negative Richtung einschlagen, wende ich mich ab, wechsle die Laufrichtung.

Ich gehe zurück ins Restaurant. Der Mann braucht eine Weile, bis er sich mir wieder zuwendet. Dabei ist das Restaurant fast leer. Wie ausgestorben.

»Ich nehme noch einen Kaffee.«

Er verschwindet ohne ein Wort hinter der Bar. Ich beobachte, wie er sich kurz mit einem anderen Mann austauscht. Dann kommt er mit einer Kaffeetasse zurück.

»Der nächste Turbus aus Iquique kommt in einer halben Stunde.«

Er stellt die Kaffeetasse ab.

»*Gracias.*«

Eine Weile fixiert er mich immer wieder schräg von der Seite. Merkwürdiger Blick, denke ich. Plötzlich beugt er sich etwas zu mir vor und flüstert: »So wie's aussieht, hast 'nen verdammten Glücksengel bei dir. Der Bus ist von der Fahrbahn abgekommen, keine zehn Kilometer von hier. Böser Unfall. Übermüdung, sag ich doch. Ist ja nicht der Erste.«

Ich fange an hysterisch zu lachen. Nein, das ist ein Scherz, denke ich.

»Was gibt's denn da zu lachen?! Es gibt einen Toten und ein paar Schwerverletzte. Es waren Kinder an Bord.«

Mit einem Schlag verstummt mein Gelächter. Ich bin in der Wirklichkeit angekommen. Panisch, hysterisch und alles andere als amüsiert.

»Oder einer hat sich an der Kiste zu schaffen gemacht. In der Mittagspause. Du warst es aber nicht?«, fragt er vorsichtig.

Ich bin entrüstet. »WIE BITTE?! Ich habe telefoniert. Ich bin auf dem Heimweg, will nichts anderes als irgendwo ankommen. Warum sollte ich?! Sagtest du nicht gerade, der Fahrer wäre übermüdet gewesen?«

»Ich meine ja nur. Kann die Junkies oft nicht unterscheiden. Manche von denen sehen ganz normal aus. Drogenhändler, Kuriere, Zuhälter. Treibt sich alles hier herum. Gesocks. Üble Gestalten. Erst gestern: drei Typen, Schwarze. Denen möchte man nicht alleine begegnen.« Er zieht ein verkniffenes Gesicht.

Ich muss hier weg, denke ich. Nichts wie weg, bevor auch noch die Polizei anrollt und ich den nächsten Schlamassel am Hals habe.

Hastig schütte ich den Kaffee in mich hinein. »Man sagt nicht Schwarze«, belehre ich ihn nebenbei.

»Afrikaner«, korrigiert er sich.

»Denkst du alle Afrikaner sind Vodoopriester, so wie alle Deutsche Nazis sind?« Ich bin gereizt.

»Das habe ich gar nicht gesagt. Die drei sahen halt echt schräg aus. Ihre Klamotten und so. Du bist Deutscher? Deutschland find ich cool. Echt! Fussball. Ein klasse Team, eure Nationalmannschaft. Kicken, das könnt ihr.«

Ich habe keine Lust mich weiter mit ihm zu unterhalten. Schon gar nicht über Fußball. Fußball langweilt mich.

»Gibt es eine Möglichkeit bald hier wegzukommen, schneller als in einer halben Stunde?«

»Auto-Stop.«

Ich zahle meinen Kaffee.

Als ich das Restaurant verlasse, begegne ich vor der Tür zwei jungen Frauen, die bei meinem Erscheinen abrupt aufhören zu sprechen und mich auffällig anstarren.

Ich gehe Richtung Parkplatz, sehe mich aber kurz um. Eine flüstert der anderen etwas zu.

Ich überquere den Parkplatz, schlendere Richtung Straße.

Es ist unerträglich heiß. Die Atacama Wüste ist eine der heißesten und trockensten Wüsten der Welt, sagt man. Ja, sie ist es tatsächlich – und sie ist es ganz besonders in diesem Moment.

Eine Weile trottet ein herrenloser Hund lustlos neben mir her. Nachdem er bemerkt, dass es nichts bei mir zu holen gibt, legt er sich irgendwo in den Schatten.

Ich laufe ein gutes Stück, bis das Restaurant aus meinem Blickfeld verschwindet. Dann setze ich mich, etwas abseits vom Straßenrand, auf den staubigen Untergrund, döse vor mich hin, unschlüssig darüber wie es weitergehen soll. Mein Ziel Valparaíso, scheint mir in weiter Ferne. Ich ertappe mich bei dem Gedanken, dass ich es so schnell nicht erreichen werde. Mein Schicksal ist die Wüste. Vielleicht werde ich vertrocknen und niemand findet jemals meine Leiche.

»Haste ´ne Zigarette?«

Eine Frauenstimme hinter mir. Spanisch mit leichtem Akzent. Möglicherweise ein afrikanischer Akzent. Ich drehe mich herum.

»Rauchen ist ungesund. Du solltest es lassen. Es schadet deinem Teint.«

Sie ist jung, dunkle Haut. Mulattin.

271

»Das ist meine Entscheidung. Also?«

»Nein.«

Sie blinzelt in die Sonne.

»Hab ich dich nicht eben am Busbahnhof gesehen? Wo ist denn deine Freundin?«

»Kommt gleich. Hast du Geld oder was anderes, was zu rauchen?«, fragt sie, etwas aufdringlich.

»Sehe ich so aus?«

»Ja.«

Ich mustere sie unauffällig. Sie trägt ein knappes, pinkfarbenes Spaghetti-Top und sehr kurze, enge Shorts.«

»Woher kommst du?«

»Medellín, Kolumbien.«

»Das ist nicht grad um die Ecke. Und du bist hier wegen der Drogen?«

»Nein, so ist das nicht. Ich nehme nichts Hartes. Nur ganz harmloses Zeug, bin nicht drauf oder so.«

Sie hockt sich neben mich. Dabei stützt sie Ihre Arme so geschickt auf die Knie, dass ich einen großzügigen Blick auf das, was sich unter ihrem Top befindet, werfen kann. Ihre Brüste sind auffällig rund und prall, fast künstlich.

»Ich mache dir einen guten Preis, *Gringo*. Sag mir einfach, worauf du Bock hast. Wir können es auch zu dritt machen.«

Mir fällt die Kinnlade runter. Dabei hatte ich es mir gleich gedacht, als ich die beiden gesehen habe, sie sind Prostituierte.

»Und was macht ihr so?«

»Alles, was du willst. Blasen, ficken, auch in den Arsch ficken, wenn du willst.«

»Und wo macht ihr das? Hier?«

»Nicht weit von hier gibt es eine Wasserstelle.«

»Wo ist denn dein Zuhälter?«

»Gibt es nicht. Ich bin frei.« Sie deutet in irgendeine Richtung. Dann fummelt sie an ihrem Ausschnitt herum, sieht mich dabei nicht an.

»Gut, dann lass uns gehen.«

»Erst die Bezahlung. Willst du mich oder uns beide?«, fragt sie fordernd.

»Wenn schon, euch beide. Wieviel?«

Ich weiß auch nicht, was mich treibt …

»Fünfzig *Luca*.«

»Fünfunddreißig.«

»Vierzig und es gibt was zu Rauchen dazu. Gratis.«

Dope für *danach*, denke ich.

»Okay. Und deine Freundin?«

»Die kommt dorthin.«

Sie nimmt das Geld, das ich ihr reiche, zählt es kurz durch, steht sofort auf und geht mit wackelndem Hintern vor. Vermutlich will sie mir das Gefühl vermitteln, ihren Preis wert zu sein.

Ich sehe mich um, entdecke die zweite Frau jedoch nirgendwo.

»Wie heißt du?«

»Angelina sowie die Jo-l-ie. Die kennst du doch, oder?«

»Und deine Freundin?«

»Fatinma. Ihr Vater ist aus dem Sudan. Eine echte, arabische Schönheit. Und sie kann geil blasen, sage ich dir. Sie wickelt ihre Zunge zweimal drum, drückt ihn zusammen, ganz langsam, wie eine Schlange, eine Würgeschlange. Da kannst du nicht anders, als sofort abspritzen.«

»Und was ist deine Spezialität?«

»Meine?« Sie dreht sich beim Gehen halb herum.

»Hmn … ich lasse mich gern ficken. Aber nicht zu hart, weißt du. Auch mal von hinten. Das kommt aber drauf an.«

»Worauf kommt es an?«

»Wie groß dein Schwanz ist. Ist er groß?«

»Das kommt drauf an, was du als groß bezeichnest.«

Ich komme mir irgendwie blöd dabei vor, mich über Schwanzgrößen zu unterhalten.

»Ich denke, er ist schon groß«, lasse ich mich auf ihr Niveau ein.

Sie bleibt stehen, legt ihre Tasche ab und sieht sich eine Weile suchend um. Dann blickt sie flüchtig zu mir. »Ach … das sagen sie doch alle.«

Wieder sieht sie sich suchend um.

»Und wo bleibt deine Freundin?«

»Sie ist gleich hier. Gleich … das heißt jeden Moment.«

»Dann machen wir es uns doch solange gemütlich«, unterbreche ich sie, in der Hoffnung so etwas mehr Aufmerksamkeit zu bekommen. Ich setze mich auf den Boden. Aus irgendeinem, mir nicht ersichtlichen Grund, tut sie es mir nicht nach, sondern bleibt stehen. Ich bemerke wie sie zunehmend nervös wird. Angestrengt sieht sie in eine Richtung. Dann geht sie ein paar Schritte.

»Wir können auch schon einmal ohne sie anfangen. Wenn Blasen nicht deine Spezialität, dann können wir auch mit was anderem anfangen.«

»Gut, dann zieh dich aus«, verlangt sie mit relativ gleichgültiger Stimme. Wieder starrt sie konzentriert in eine Richtung.

Ich komme ihrer Aufforderung nach, merke aber, dass sie nicht bei der Sache ist. Sie wirft mir einen kurzen, eher flüchtigen Blick zu. »Der wird gleich stehen, wie ne eins. Ich sags dir.«

Wieder sieht sie in die andere Richtung.

»Wie wäre es, wenn du mir etwas hilfst? Immerhin habe ich 40 Tausend Pesos bezahlt«, bemerke ich ungeduldig, auch wenn ihre Worte bereits eine kleine Reaktion hervorgebracht haben. Noch nie habe ich Geld für ein Sexabenteuer bezahlt. Und ganz sicher werde ich es auch nie wieder tun. Es war Neugier auf die Sache. Ein Fehler, das sehe ich ein. Ob es sich irgendwie anders anfühlt, habe ich mich gefragt. Ich habe gerade das Gefühl, ich muss irgendwas mit mir machen – machen lassen. Alles, nur nicht denken. Die Zeit überbrücken. Andererseits, komme ich mir blöd vor.

Angelina dreht sich zu mir. Endlich. Langsam und betont lasziv bewegt sie sich auf mich zu. Sie bleibt unmittelbar vor mir stehen, sieht an mir herunter.

»Hast recht gehabt, ist ein verdammt großes Ding, was du da in der Hose hast.«

Zügig dreht sie mir ihr Hinterteil zu, zieht die Shorts etwas herunter. Jedoch nicht vollständig. Wie hypnotisiert, reiße ich sie ganz herunter, erhasche einen kurzen Blick auf ihr pralles, rundes Hinterteil.

»Mach schnell«, drängelt sie, »fick mich.« Ihre Vulgärsprache macht mich total an. Ich vergesse alles um mich herum.

In diesem Moment fällt ein Schuss. Angelina springt erschrocken auf, zieht sich ihre Shorts hastig hoch. Ich weiß nicht, wie mir geschieht. Sie stößt mich zurück, greift nach ihrer Tasche und sprintet los.

Irritiert und immer noch begriffsstutzig, sehe ich ihr nach. Einen Moment lang kann ich es nicht fassen, meines

275

Vergnügens beraubt worden zu sein – durch wen und was auch immer.

Dann aber kommt der Verstand zurück, ich erkenne meine Lage. Benebelt ziehe ich meine Hose wieder hoch. Verdammt, was für ein Idiot ich bin!

Durch das Gestrüpp erkenne ich einen Kleintransporter mit offener Ladefläche. Ein Mann diskutiert mit einem anderen. Angelina ist unbemerkt auf die Ladefläche geklettert. Woher kam der Schuss? Ich halte Ausschau nach der anderen Frau, entdecke sie nirgendwo. Und wer hat geschossen? Oder war das Ganze nur ein Ablenkungsmanöver? Klar, was sonst! Ich bin übers Ohr gehauen worden.

Aber was solls, denke ich, setze mich in den Staub. Ich überlege. Ein Motor wird gestartet. Vermutlich der des Kleintransporters. Ich mache mich klein. Der Transporter fährt ab.

Ich bin angespannt, rastlos, unbefriedigt. Bis zur nächsten Panikattacke ist es offenbar nur ein Katzensprung. Mit aller Macht wehre ich mich dagegen. Der Wunsch Elena zu sehen, brennt plötzlich in mir. Es ist das einzige …

Ich muss weiter, denke ich dann wieder. Was bringen mir sinnlose Träumereien. Ich richte mich auf, gehe ein paar Schritte, steuere auf die Straße zu. Jeder Schritt ist ein Kraftakt.

Die Straße liegt vor mir wie eine giftige Natter. Weiter hinten windet sie sich. Ich gehe einfach, folge ihrem Verlauf. Besser nicht zurücksehen.

Meine Schritte werden allmählich fester. Auch der Untergrund bleibt greifbar, der Taumel ist plötzlich weg. Die Sonne brennt über mir. Ich habe kein Zeitgefühl.

Irgendwann höre ich etwas hinter mir. Ein Fahrzeug.

Aber es ist kein Cadillac. Das erkenne ich am Geräusch des Motors. Es ist ein Jeep.

Die Erlösung rollt auf mich zu. Gerade im richtigen Augenblick.

Der Fahrer kurbelt das Fenster herunter.

»He, wo willst du hin? Süden?«

»Valparaíso«, nenne ich mein fernes Ziel.

»Das liegt auf meiner Strecke. Steig ein!«

Reisemomente

Meine Flucht zurück in die Freiheit ist ein Abenteuer. Das Abenteuer zieht sich wie ein roter Faden durch meinen Lebenslauf. Und es hat nicht erst mit unserem Überleben im Regenwald angefangen. Nein. – Oder doch …?
Im Grunde genommen ist es eine ganz normale Geschichte, was ich dir hier erzähle.
Glaubst du nicht? Du sagst, sie sei außergewöhnlich.
Aber denken wir das nicht alle? Jeder denkt seine Geschichte sei außergewöhnlich. Dabei ist sie es nicht. Vielleicht, wenn du liest und mich dabei vor Augen hast – dann wird sie es.
Also schreibe ich noch ein bisschen weiter. Füge noch etwas hinzu …

VALPARAÍSO

Die Sonne kitzelt meine Nase. Ein angenehmes Gefühl.

Ich öffne die Augen und betrachte meine Umgebung, auch wenn ich sie anfänglich kaum als das wahrnehme, was sie ist: irgendwie vertraut. Ich entdecke sie mit einem Rest Zweifel. Bin ich tatsächlich wieder hier? Oder doch nur hochgeschreckt aus dem Albtraum? Vielleicht bin ich nie weggewesen? Der Gedanke verführt, die Realität zu verklären.

Sie liegt jedoch auf der Hand. Ich brauche nur an mir heruntersehen. Mir ist etwas mehr als ein Drei-Tage-Bart gewachsen. Meine Haare sind lang und zerzaust, als hätte ich die letzten Wochen wie ein Schiffbrüchiger gelebt.

Hier dagegen, in meinem Bett, in diesem Zimmer, ist alles irgendwie unschuldig. Von draußen höre ich die vertrauten Geräusche des Hafens. Dahinter das Meer. Freiheit, denke ich.

Freiheit, ja. Und doch nicht ganz. Heute beginnt er erneut: der Alltag. Es geht nicht, denke ich – und doch, es muss.

Langsam richte ich mich auf. Alles in meinem Zimmer ist noch so, wie ich es in Erinnerung habe. Als hätte ich es nie verlassen. Auf dem Boden entdecke ich die schmutzige, mitgenommene Hose, das durchlöcherte T-Shirt, meine Unterwäsche. Ich liege nackt im Bett, habe nur schnell geduscht und alles andere einfach an Ort und

Stelle liegenlassen. Auch der Rucksack steht noch an derselben Stelle, unberührt.

Dabei ist es nicht wie vorher, denke ich. Etwas ist anders. Ich sehe mich um. Vielleicht ist es nur eine winzige
Kleinigkeit. Ich spüre, dass etwas anders ist.

Durch das geöffnete Fenster zieht eine sanfte Brise vom
Meer. Es riecht nach Meer. Ich liebe diesen Geruch. Ich
liebe ihn gerade jetzt.

Ein unnatürlich schriller Ton lässt mich zusammenfah-
ren. Das Telefon. Richtig, ich hatte mir einen Anschluss
legen lassen. Wie lange ist das her? Verwirrt betrachte ich
das Gerät an der Wand. Es klingelt noch immer. Ich sehe
mich nicht in der Lage hinzugehen und den Anruf entgegen zu nehmen. Nicht jetzt.

Valparaíso erscheint mir an diesem Morgen wie ein Laby-
rinth aus Gassen und Hängen. Die *Ascensores* fallen vom
Himmel wie bunte Seifenkisten.

Vor dem Eingang zu unserem Bürogebäude stoße ich
auf Clarisse und Nora, beide Assistentinnen des projekt-
leitenden Ingenieurs Maurice Narbel, ein Franco-Kana
dier. Nora zieht an ihrer Zigarette.

»Lennard, auch mal wieder im Land? Das war aber ein
langer Trip«, bemerkt sie etwas abfällig, so mein Eindruck.

Clarisse schenkt mir nur einen kurzen, flüchtigen Blick.
Ich hatte mal was mit ihr. Ist schon etwas her, lange her.
Nicht in diesem Leben. In irgendeinem anderen, weit ent-
fernten Leben. Abdrücke hat es nicht hinterlassen. Nicht,
dass ich wüsste. Vielleicht betrachtet sie mich als eine Art
männliche Hure.

Drinnen schlendere ich an den Türen der projektleiten-
den Ingenieure vorbei. Die erste Tür ist die von Maurice

Narbel. Es folgt die von Felipe Gonzalez. Und als letzte, die Tür von Dr. Thomas Joshua Andrade – kurz Josh. Vorsichtig klopfe ich an seine Tür.

Ich vernehme einen dumpfen, tippenden Ton, irgendwo hinter der Tür. Er hat mich nicht gehört.

Ich klopfe erneut. Das Tippen stoppt.

»*Adelante*!«

Ich betrete den Raum. Josh schaut mir von seinem Computer aus entgegen, sieht mir direkt ins Gesicht.

»Lennard! Du bist es tatsächlich.« Er erhebt sich augenblicklich, stürzt auf mich zu, umarmt mich. »Mein Gott Lennard, das ist alles nicht wahr.«

»Du hast von dem Flugzeugabsturz gehört?«

»Mit einiger Verspätung ging es gestern durch die Presse. Wochenlang hieß es, das Flugzeug wäre verschollen. Wir waren hier in ungeduldiger Sorge.«

Ich muss an die gleichgültigen Gesichter von Nora und Clarisse von eben denken. Sorge sieht anders aus. »Tatsächlich?«

»Es hieß, es hätte kaum Überlebende gegeben.«

»Drei.«

»Es ist ein Skandal. Kaum zu glauben, dass du es geschafft hast. Die Geschichte möchte ich unbedingt hören! Die Fluggesellschaft sollte übernommen werde. Die Übernahme wurde nachverhandelt. Es gab massenweise Meldungen und negative Presse, den ganzen Tag.«

Was um alles in der Welt veranlasst ihn dazu, in einer Tour zu reden. Völlig ungeachtet dessen, dass ich vielleicht auch etwas sagen möchte. Es ist mein gutes Recht etwas zu sagen, Einwände zu erheben, die aber scheinbar niemanden interessieren.

»Und dann der Skandal um die Drahtzieher der Geschäfte. Sie waren unter anderem in Menschenhandel und Gerüchte um ein Kinderheimprojekt involviert. Ein Skandal jagt den nächsten. Aber Hauptsache, dir geht es gut. Und die Projekte hier laufen ungebremst – stell dir vor! Es wartet eine Menge Arbeit auf dich. Ich denke Ablenkung wird dir guttun.«

»Das Kinderheimprojekt? Hat man die Kinder denn gefunden, sind sie frei?«, frage ich. Meine erste Empörung ist verraucht und ich muss plötzlich an die Kinder denken. Ich schäme mich fast ein bisschen dafür, dass sie mir erst jetzt wieder in den Sinn kommen.

»Es gab gestern einen langen Artikel im *El Mercurio*. Wenn du magst, suche ich ihn dir heraus. Aber du findest ihn sicher auch online.«

»Internet – nein, bitte verschone mich heute Morgen mit diesen Dingen. Papier ist mir lieber.«

Ich habe noch immer dieses plötzliche Zittern in den Gliedern. Aber Josh bemerkt es natürlich nicht. Für ihn gibt es nur das Hafenprojekt. Und was sonst im Land passiert, rauscht nur flüchtig an ihm vorbei. Seine Frau und seine beiden Töchter führen ein kostspieliges Leben in den Vereinigten Staaten. Eine Kürzung der Gelder für das Projekt, würde ihn womöglich in den Ruin stürzen. Ihn und die anderen leitenden Ingenieure gleich mit.

Was mich betrifft, bereitet mir dieser Gedanke zurzeit keinerlei Unbehagen. Meine Existenz hängt nicht am Geld. Nein ganz sicher nicht. Ich habe gerade andere Dinge erlebt, die ich jetzt erst einmal verdauen muss.

»Es wäre schön, wenn du mir den Artikel raussuchen könntest.«

»Aber natürlich.« Er steht auf und verlässt das Büro.

Ich gehe um seinen Schreibtisch herum, ziehe ein leeres Blatt aus dem Faxgerät, fische nach einem Kugelschreiber und setze mich wieder hin. Ohne lange zu zögern, schreibe ich. Meinen Namen und die E-Mail-Adresse. Zwei Sätze, das reicht. Meine Unterschrift.

Die Tür geht auf und Josh kommt zurück. Ich falte das beschriebene Blatt Papier und stecke es in einen leeren Umschlag.

»Hier ist der Artikel. Die Seite ist aufgeschlagen. Du kannst die Zeitung behalten.«

»Danke dir.« Ich erhebe mich und reiche ihm den Umschlag. »Ich danke dir aufrichtig für alles. Für die gute Zeit. Ich kann hier nicht weitermachen.«

Sprachlos sieht er mich an. »Das ist nicht dein Ernst, Lennard!«

»Mein voller Ernst. Das da«, ich deute auf den Umschlag, »ist meine Kündigung.«

Reisemomente

Lennard. Eltern geben ihren Kindern Namen. Len, Lenni, Lenn-
chen — Kosenamen. Es ist lange her, dass mich jemand liebevoll ge-
rufen hat: »Lenni, das Frühstück steht auf dem Tisch« ... und es
duftet verführerisch nach heißer Schokolade.
Das ist lange her, wie gesagt.
Jetzt gibt es diese zwei Lennards: dich und mich. Der für immer und
ewig durch einen Flugzeugabsturz traumatisierte Lennard. Und der
andere — der, der durchs Leben stolpert, Fehler macht und dabei
hofft irgendwann irgendwo anzukommen.
Später.

Draußen ist es bereits hell.
Ich nehme den Laptop auf meinen Schoß, klappe ihn auf und fange
wieder an zu schreiben ...

CUZCO

EINS

Ich habe den Artikel ein paarmal überflogen. Ich lese langsam, Zeile für Zeile, bis es vor meinen Augen flimmert. Als ich ihn ein weiteres Mal lesen möchte, lösen sich die Zeilen auf, verschwimmen. Die Zeitung rutscht auf meinen Schoß, gleitet mir aus den Händen – als eine Hand im letzten Moment den Absturz verhindert. Es ist Julios Hand.

»Lennard, du schläfst ja.«

Er steht plötzlich da, breitet die Arme aus und stürzt sich regelrecht auf mich – vor Freude. »Mensch Amigo, du lebst ja tatsächlich noch!«

»Julio!« Nicht weniger aufrichtig freue ich mich ihn zu sehen, sein herzlich ehrliches Lachen. Es tut sehr gut, nach der Tour, die hinter mir liegt. Wir fallen uns in die Arme.

»Du machst Sachen.« Er schüttelt den Kopf. Dann setzt er sich mir gegenüber. Wir sitzen oberhalb der Arkaden auf einem von Cuzcos zahlreichen spanischen Holzbalkonen, in einem Straßencafé, unweit der *Plaza de Armas*. Trotz der Weitläufigkeit des Platzes empfinde ich es als relativ laut dort. Straßengeräusche, Hupen, Menschen tummeln sich auf der *plaza*.

»Die sind davon ausgegangen dieser Marcel hätte sämtliche Überlebenden des Flugzeugabsturzes erledigt. Somit wären die Geschäfte reibungsloser gelaufen.« Julio lacht.

»*Die* ...?«, frage ich.

»Na diese Vermittler. Die PAA hatte sich definitiv den falschen Verbündeten ausgesucht. Die haben denen falsche Versprechungen gemacht – *den* Deal schlechthin. Aber nichts war. Der Verkauf wurde neu verhandelt. Jetzt müssen sie natürlich erstmal zahlen. An die Hinterbliebenen und an die Überlebenden. Für die Sanierung des Konzerns gibt es einen kleinen Zuschuss vom Staat. Du bekommst auch eine Entschädigung.«

»Oh danke … aber kein Bedarf. Für was will man mich denn entschädigen, geht das mit Geld? Ich bin eine gescheiterte Existenz. Kein Job, keine Familie, kein Zuhause, Playboy vom Dienst. Ich brauche nicht auch noch Geld.«

Julio fängt lauthals an zu lachen. »Das mit dem Playboy war mir neu.«

Er deutet auf die Zeitung. »Hast du´s gelesen?«

»Mehr als einmal. Aber was da steht, ist nichts. Nichts gegen das Chaos in meinem Kopf. Ich kriegs noch nicht ganz zusammen. Geschweige denn, irgendwie aus dem Kopf«

»Das dauert. Böse, was mit den beiden Deutschen passiert ist. Sie haben gute journalistische Arbeit geleistet und dabei ihr Leben gelassen.«

»Louisa saß neben mir im Flieger. Sie ist mit mir abgestürzt. Ich frage mich, wie sie das alles geschafft hat. Doch am Ende … Ich dachte als Überlebende wären wir sowas wie unverwundbar.« Kurz starre ich nachdenklich vor mich hin. »Aber gut zu wissen, dass die Kinder in Sicherheit sind. Dass es ihnen gut geht und sie jetzt in einem wirklich sicheren Heim leben.«

Julio stimmt mir kopfnickend zu.

»Es wird schon aufhören. Das in deinem Kopf, meine ich. Der entscheidende Hinweis kam übrigens aus der Casa Santa Magdalena, von einer Cristina. Ich weiß nicht, ob das da drin steht.« Er deutet wieder auf die Zeitung.

Ich erinnere mich an die lange E-Mail, die ich Cristina geschrieben hatte.

»Sie haben die Villa gestürmt und alle verhaftet. Insbesondere auch den Hausangestellten, diesen Marcel, der dich verfolgt hat und der die beiden Deutschen auf dem Gewissen hat.«

»Marcel? Er ist also noch mal auf die Beine gekommen, nach unserer letzten Begegnung.«

»Sieht so aus. Marcel Alba-Garillo. Der hatte ein Endlos-Strafenregister: Dealer, Zuhälter, Betrüger, Schläger. Das ganze Übel der Menschheit, geballt in einer Person.«

»Und Elena?«, frage ich vorsichtig.

»Sie lebt hier in Cuzco. Das wusstest du schon. Sie hat es dir gesagt. Ich nehme an, deshalb bist du auch *eigentlich* hier und nicht wegen mir.« Wieder lacht er. »Letztlich geht es doch immer nur darum – um irgendeine Frau.«

Julio bietet mir eine Zigarette an. Ich nehme an.

Stumm rauchen wir, jeder seine Zigarette. Es ist schon ewig her, dass ich geraucht habe. Eigentlich wollte ich es nie wieder tun. Jetzt aber, in dieser Situation, scheint es mir angebracht.

»Geht es ihr gut?«

»Sie hat eine Abfindung von der PAA bekommen.«

»Aha.«

Er betrachtet mich von der Seite. »Und …?«, hakt er nach, als ich stumm wie ein Fisch bleibe.

»Und was?«

»Du willst sie doch sehen?«

»Nicht gleich. Es gibt da noch was …«

»Was?«

Ich wühle in meiner Hosentasche, ziehe etwas hervor.

»Aha. Ihr Armband.«

»Genau. Es gibt irgendein Geheimnis um dieses Armband. Etwas, das mich seit geraumer Zeit verfolgt und beschäftigt. Hast du eine Idee, wie ich mehr darüber herausfinden könnte?«

Julio betrachtet das Armband. Dann schüttelt er den Kopf und lacht. »Nein Lennard, das ist nicht dein Ernst! Du bist tatsächlich dem altindianischen Aberglauben verfallen.«

»Nein«, bestreite ich vehement, »nein, das ist es nicht!«

»Doch! Das ist es, Lennard. Doch doch … Also?«

»Was?«

»Bereit für das große Geheimnis, das Wunder deiner Rettung. Das Geheimnis, das alles erklärt. Und zugleich die Quelle des ganzen Übels ist.«

»Du nimmst mich hoch.«

»Wenn du einen weisen Inka befragen würdest, der sähe da einen Zusammenhang.«

»Ich frage aber *dich*.«

»Ich bin eine andere Generation. Ich habe ein Smartphone und chatte im Internet mit Frauen aus Europa.«

»Kennst du jemanden?«

»Du meinst eine *Bruja Indígena*, einen *Bokor*, einen *Spiritual Guide* – jemand der sich mit postkolonialer Schwarzer oder Weißer Magie auskennt?«

»Gibt es hier noch Menschen, die sich damit beschäftigen?«

»Natürlich. Mehr als du denkst. Du bist in Cuzco – dem magischen Zentrum der Inkas!«

»Zeigst du mir, wo?«

»Was hast du vor, Lennard Krupp? Brauchst du ein neues Ziel. Ist das alte abgenutzt? Oder geht es tatsächlich nur um dieses Armband?«

Nervös ziehe ich an der Zigarette.

»Möglicherweise beides.«

»Du musst dir im Klaren darüber sein, was du wissen willst und was das mit dir zu tun hat.«

»Ich verstehe nicht, warum dieses Armband jemandem Angst einjagt.« Ich denke an die junge Frau an der bolivianischen Grenze. Die Frau aus dem Hostal.

»Gut. Es gibt nur ein Problem.«

»Welches?«

»Was auch immer man dir als Erklärung geben könnte; es ist vielleicht auch nur eine ganz banale Erklärung. Nur, was nützt sie dir, wenn du nicht daran glaubst?«

»Ich kann es versuchen.«

Julio sieht mich zweifelnd an.

»Komm schon, gib dir einen Ruck.«

»Also gut«, gibt er schließlich, nach einigem Zögern nach. »Ich weiß da jemanden. Ich weiß nicht, ob du wirklich die Antwort bekommst, die du suchst – denn ich denke, du suchst etwas anderes. Aber es ist einen Versuch wert.«

ZWEI

Julio führt mich durch einen Teil der Stadt, den ich noch nicht kenne. Das Cuzco der Einheimischen. Es geht über eine Vielzahl kleiner Treppchen immer weiter aufwärts. Dorthin wo man den Göttern am nächsten ist, so dachten die Inkas. Die Stadt liegt ähnlich hoch wie La Paz, ist jedoch weitaus ruhiger als die bolivianische Hauptstadt. Wir laufen durch Gassen von hohen Mauern, vorbei an immer wieder freien Plätzen, von wo aus man über die Dächer der Stadt sieht. Hier und da gibt es kleine Wasserspiele. Die Sicht wird nach jedem Schritt in die Höhe atemberaubender – und das im wahrsten Sinne der Worte. Wir laufen durch von Mauern eingerahmte Gassen, passieren immer wieder kleine *plazas* mit Wasserspielen. Es riecht nach Kreuzkümmel und gebratenem Meerschweinchen – *Cuy* genannt. Immer wieder kann man im Vorbeigehen einen kurzen Blick in die zahlreichen Läden und Restaurants werfen. Eine alte Frau steht an einem einfachen Gasherd, rührt in einem riesigen Kochtopf. Ihr Gesicht ist mit Falten übersät. Eine Weile lässt mich ihr magischer Blick nicht los. Fast bin ich verführt sie mir als *bruja* vorzustellen, ihre Zutaten: Schlangenzungen, Hundemägen … Alles gut in der Suppe vermischt.

Julio führt mich durch Arkadengänge und dann weiter in ein dahinter liegendes System von Mauern, Patios und offenen Gebäuden. Die Umgebung wird bunter. Farbenfrohe Teppiche, Ponchos und Taschen hängen an Wänden zum Verkauf. Jemand klappert mit Geschirr. Ein

Fernseher läuft, jemand hört Musik, Kinder zanken auf einem Balkon über uns. Bilder aus meiner Kindheit ziehen plötzlich an mir vorbei. Jedoch nur kurz. Etwas muss sie ausgelöst haben. Eine Melodie, ein Geruch ...

»Ist es noch weit?«, will ich wissen.

Wir biegen noch ein paarmal ab. Ein Straßenverkäufer spricht uns an. Frauen hocken am Boden, lehnen mit ihren Einkaufstüten an der Steinmauer. Verschnaufpause in der Höhe. Julio hastet weiter, ich hinterher.

Durch einen Kräuterladen gelangen wir zu den versteckten Räumen eines dahinter liegenden Hauses. Ein Patio, eine Glastür, die uns den Zugang zu einem anderen Reich ermöglicht. Ich rieche und höre es gleich: *Ayahuasca*, ein berauschender Pflanzensud, der für rituelle Zeremonien verwendet wird, um sich in den Trancezustand zu versetzen; dazu afrikanische Trommeln.

»Hier ist es.«

Hinter einer offenen Tür nur mit einem Vorgang behängt, kommen wir in besagten, afrikanisch inspirierten Raum. Unter den Kräutergeruch mischt sich jetzt auch noch das Aroma von exotischen Ölen und Räucherstäbchen. Ich komme mir vor wie in einem spirituellen Tempel. Man erwartet Menschen, die sich auf ihre Meditation vorbereiten.

Aber nichts dergleichen. Ein sehr dunkelhäutiger Mann kommt auf uns zu. Ich schätze ihn auf etwa fünfzig.

»Gibt mir das Armband«, flüstert Julio mir zu. Ich ziehe es aus meiner Hosentasche.

Julio wechselt ein paar Worte mit dem Mann, reicht ihm Elenas Armband. Der andere nimmt es, ohne es lange zu studieren. Er befühlt es, riecht auch kurz daran. Dann legt er es auf einen Tisch, der lediglich mit einem weißen

Tischtuch bedeckt ist. Sein Altar, wie Julio mir erneut zu-
flüstert. Ein Altar ganz ohne Reliquien. Kurz verfällt er in
eine Art Meditation, schließt die Augen und sieht dabei
aus, als würde er in Gedanken beten. Als er sie wieder öffnet, sagt er etwas zu Julio, das ich jedoch nicht verstehe.

»Ich werde draußen auf dich warten«, bemerkt Julio und
deutet in die Richtung, aus der wir gekommen sind. »Er
heißt Maracaí und ist Priester einer seltenen, afrikanischen
Sekte. Dieses Armband stammt von einem afrikanischen
Händler, sagt er. Das Material ...«

»*Ven ven!* Komm mit«, fordert Maracaí mich bereits auf,
bevor Julio weiterreden kann. Ich folge seiner Aufforderung und gehe mit ihm.

In einem anderen Raum gibt es einen weiteren Altar mit
einem weißen Leinentuch. Zu sehen sind auch darauf
keine Heiligenbilder oder Kreuze, wie man das von christ-
lichen Kirchen kennt. Stattdessen: die Räucherstäbchen,
die ich bereits gerochen hatte. Dazu Kerzen in verschiedenen Größen. In Fläschchen abgefüllt sind rätselhafte
Sekrete, Pulver, Öle – diverse Heilwässerchen. Wild auf
dem Tisch verteilt finden sich außerdem: Muscheln, Federn und Tierknochen. Bei Letzterem tippe ich auf Huhn.
Der Altar ist niedriger als der andere. Vielleicht werden
hier die Opfer erbracht. Welche auch immer das sind.

Maracaí deutet mir, mich hinzuknien. Er selbst wendet
sich dem Altar zu, legt das Armband zu den anderen Ge-
genständen. Dann nimmt er einen langen Zug von einem
selbstgedrehten, qualmenden Joint. Stechender Tabakge-
ruch drängt sich mir in die Nase. Betäubend. Marihuana?
Er reicht mir den Joint, ich soll einen Zug davon nehmen.

Einen Moment lang verfluche ich meine Entscheidung hergekommen zu sein. Was soll das hier? Und wer ist dieser Maracaí? Ein versponnener, selbsternannter Schamane? Ein debiler Sektenanhänger? Jemand, der eigentlich in eine Entzugsklinik gehört.

Unglaublich, aber die Fotos an den Wänden zeugen von einem halben Dutzend ergebener, tanzfreudiger Anhänger.

Ich schaue mich um. Nur ein Mensch mit viel Fantasie und gewaltigem abstrakten Vorstellungsvermögen, wäre in der Lage eine derartige Atmosphäre zu erzeugen. Und das hat der Raum: Atmosphäre.

Ich nehme einen langen Zug von seinem Joint, inhaliere, begrabe meine Zweifel und gebe mich vollständig hin. Ich fühle wie die Droge meinen Körper erobert. Es durchströmt mich von innen. Ich fühle mich leicht, schwebend.

Maracaí, ich bin bereit. Mach alles mit mir, hypnotisiere mich – was immer dir beliebt. Ich nehme es an. Die Hölle liegt hinter mir. Das hier kann nur noch das Paradies sein.

Maracaí dreht mir den Rücken zu. Er bereitet etwas auf seinem Altar vor. Vielleicht befragt er seine Muscheln. Ich habe einmal gelesen, dass die afrikanischen Priester das so machen.

Es dauert eine halbe Ewigkeit, bis er sich zu mir dreht. Ich erkenne ihn durch Rauchschwaden, lasse mich einnebeln. Voll und ganz, gebe ich mich dem Rausch hin – dabei sind es eigentlich nur Räucherstäbchen.

»Dieses Armband …«, fängt er schließlich an, »ist ein besonderes Armband.«

Das ist nicht wirklich eine Neuigkeit.

»Die Federn und Knochen sind afrikanisch, die Perlen und Bänder indianischen Ursprungs. Du hast etwas

Schlimmes erlebt und bist gerade so mit dem Leben davongekommen.«

Aha, das weiß er also. Von Julio? Egal.

»Das Armband begleitet den Schutzbedürftigen, den Neuankömmling in der fremden Welt. Es will dir helfen, die Richtung zu finden. Einen Weg zu dir. Das Armband ist von einem Zauberer aus Nigeria. Dazu kamen zwei Inkapriester. Zusammen haben sie es geweiht. Die indianischen Symbole überwiegen. Die Kräfte der afrikanischen Symbole aber sind die machtvolleren. Die Erklärung liegt in der Geschichte. Der Kolonialismus, Rebellion, Spiritualität. Das findest du in diesem Armband. Es schützt nur den Reisenden. Wenn es dem Falschen in die Hände gerät, könnte es sogar Unheil bringen und auch Tod. Im afrikanischen Glauben gibt es beide Kräfte: positive als auch negative, Leben oder Tod. Es liegt also in deiner Hand, was du damit machst. Wenn sich dein Schicksal wendet, bist du vom Weg abgekommen.«

Er reicht mir das Armband. Eventuell sollen mir seine Worte Angst einjagen. Ich frage mich, wie weit seine psychologischen Kenntnisse reichen.

Ganz unbeeindruckt bin ich jedoch nicht. Es ist tatsächlich was dran an dem, was er sagt. Es ist eine Variante, eine Möglichkeit die eigene Wahrheit zu finden und sie mag durchaus, in anderen Fällen, sehr effektiv sein.

Vielleicht bin ich ein hoffnungsloser Fall.

DREI

Ich verbringe eine etwas längere Zeit in Cuzco. Die
Magie der Stadt ist es, was mich hier hält.

Und noch etwas anderes …

Ich stürze mich ins Leben, insbesondere das Nachtleben
der Stadt. Partys, Frauen, erotische Abenteuer. Der ewige
Hunger.

Maracaís Therapiestunde, so will ich unser Treffen mal
nennen, hat tatsächlich nicht lange nachgewirkt.

Nach nur drei Wochen bin ich am Ende. Physisch als
auch psychisch. Nur will ich mir das nicht eingestehen.

Die Fluggesellschaft hat mir tatsächlich eine beachtliche
Summe überwiesen. Eine Art lebenslange Absicherung.
Nur leider war keine Gebrauchsanweisung dabei, wie man
damit umgeht. Keine vertragliche Vereinbarung, an die ich
gezwungen wäre mich zu halten.

Geld hat nie eine Rolle gespielt. Ich sehne mich nach
etwas, das man mit Geld nicht kaufen kann: ein Zuhause.

Es ist November und ich werde diesen Tag nicht vergessen.

Es ist der Tag, an dem ich mir dieses Notizbuch und den
Füllfederhalter zulegte, der Tag an dem ich beschloss,
mein Leben aufzuschreiben.

Was war der Auslöser dafür?

Das werde ich jetzt erzählen. Und ich erzähle es in einer
Rückblende, weil es das letzte Erlebnis aus meinem alten
Leben ist, was ich hiermit abschließen möchte.

Ich nenne ihn daher den Tag Null. Aber der Tag Null war nicht der Tag, an dem das Flugzeug abstürzte, wie man denken könnte, sondern ein Tag weit danach.

Ich befand mich noch immer in Cuzco. Ich saß in einem Straßencafé an der *Plaza de Armas*, in das ich morgens immer zu gehen pflegte, nach einer durchzechten Nacht. Keins der sonst eher kuscheligen Cafés. Das Gegenteil: mittendrin. Der leicht dröhnende Klang von der Straße vibrierte über die Wände. Es vertrieb meine Gedanken und ich glaubte mich inmitten des Geschehens. Das zerstreute und lenkte mich von meiner Einsamkeit ab.

Einsamkeit. Ja, ich war tatsächlich soweit mir einzugestehen, dass ich einsam war. Etwas fehlte in meinem Leben. Das was fehlt, war wie das wärmende Gefühl von flackerndem Feuer. Der salzige Geschmack einer glücklichen Träne. Das heimliche Seufzen zwischen den Blicken frisch Verliebter. Kurz: Es fehlte die Essenz, der wirkliche Geschmack des Lebens – und noch mehr als das. Denn ich war allein. Und ich hasste es. Ich wollte nicht länger allein sein. Julio hatte seinen Job. Alle anderen Bekanntschaften blieben nur oberflächlich.

Vor mir auf dem Tisch lag eine ungelesene Zeitung. Gewohnheit. Ich suchte gewöhnlich nach Skandalen, Flugzeugabstürzen, Erdbeben und anderen Katastrophen. An diesem Tag aber interessierten mich die Skandale dieser Welt nicht. Ich war mit mir selbst beschäftigt und starrte gedankenverloren den Menschen nach, die an der Tür vorbeihasteten. Globetrotter aus der ganzen Welt, Alte und Junge. Kaum jemand hielt sich länger an einem Fleck auf. Es war ein Kommen und Gehen. Ein (an diesem Tag) ungewohnt hektisches Kommen und Gehen. Es passte gerade nicht zu meinem eigenen Rhythmus, den ich sonst immer in Cuzco fand.

Darum fiel *sie* mir ins Auge. Sie stand dort an einer Straßenecke, inmitten der Menschen, bewegte sich kaum. E-lena. Mein Herzschlag setzte aus. Sie wartete offensichtlich auf jemanden, sah sich immer wieder suchend um. Wenige Meter neben ihr, spielte ein kleiner Junge mit einem Gegenstand in der Hand. Vielleicht die Fernsteuerung zu seinem Spielzeugauto. Das musste Ramón sein.

Elena sah sich erneut suchend um. Ich suchte mit ihr. Nur kurz, denn die Faszination, die von ihrem Gesicht ausging, war Magie. Mein Blick klebte an ihr. Einige Zeit, unbestimmte Zeit. Dann drängelte Ramón sich ins Bild. Auch er wollte ihre Aufmerksamkeit. Sie sollte die Fernsteuerung halten, sie sollte schauen, wohin sein Auto fuhr. Geduldig kam sie den Wünschen ihres Sohns nach, lachte dabei.

Ich war wie gebannt – und beneidete Ramón um sein intimes Verhältnis zu seiner Mutter. Mal fuhr sie ihm durchs Haar. Dann sah sie ihn mit zärtlichem Blick an. Gab es ein größeres Glück im Leben eines kleinen Jungen? Wohl kaum. Ich konnte nicht anders, als die beiden permanent anstarren. Dabei hätte ich ganz einfach dazu stoßen können. *Hallo, ich bins Lennard! Und du bist Ramón?*

Eine Weile beschäftigte mich der Gedanke, was genau ich sagen konnte.

vollkommen unerwartet stand plötzlich ein Mann neben ihr. Er war aus dem Nichts gekommen, verharrte unmittelbar an Ramón Seite, bückte sich zu ihm herunter, drückte ihm einen Kuss auf die Wange.

Mein Herz blieb ein weiteres Mal stehen.

Er redete kurz mit Ramón. Dann richtete er sich wieder auf.

Jetzt stand Elena an seiner Seite. Ich hätte lieber weggesehen, aber ich konnte nicht anders, ich musste es wissen, auch wenn es schmerzte.

Ja, er umarmte sie. Der Kuss fiel jedoch eher flüchtig aus. Er küsste sie rechts und links, mehr nicht.

Ramóns Vater? Ich hatte nie darüber nachgedacht, dass es auch einen Vater zu ihrem Kind geben musste. Und wenn sie wieder liiert waren?

Elena und der Mann unterhielten sich eine Weile. Dann nahm er Ramón, wie selbstverständlich, an die Hand, verschwand mit ihm im Gewimmel.

Mit einem Anflug von Entrüstung, sah ich den beiden nach, versuchte sie nicht aus den Augen zu verlieren. Aber es war aussichtslos.

Ich erinnerte mich daran, dass ich nur eine unberechtigte Randfigur war, ein Fremder und kein Familienmitglied. Eine zufällige Begegnung, mehr nicht. Vermutlich dachte sie nicht einmal mehr an mich. Und an unsere Liebesnacht. Vielleicht war es nur ein flüchtiges Abenteuer für sie gewesen, denn auf ihren Flügen begegnete sie sehr vielen Menschen. Wie sollte sie auch jeden in Erinnerung behalten. Dabei war ich nicht *jeder* ... ich war derjenige, dem sie das Leben gerettet hatte.

Die Frau, die seit geraumer Zeit durch meine Fantasie spazierte, war gerade im Begriff, wieder aus meinem Blickfeld zu verschwinden, derweil ich hier saß und nicht dagegen unternahm. Wie lange und intensiv hatte ich mich nach ihr gesehnt, und jetzt ...?! Ich ließ den Moment einfach vergehen, als wäre es irgendein x-beliebiger.

Aber das war es nicht. Momente wie dieser können über alles entscheiden. Manchmal über ein ganzes Leben. Das weiß ich aus Erfahrung.

Eilig kramte ich meine Geldbörse hervor, zog einen Geldschein heraus und klemmte ihn unter meine leere Tasse. Ich machte dem Kellner ein kurzes Handzeichen, dann sprintete ich über die Straße.

Elena war bereits um die nächste Hausecke verschwunden. Eine Weile sah ich mich suchend nach ihr um. Dann entdeckte ich sie wieder. Ich drängelte mich an den Menschen vorbei. Alle standen sie plötzlich im Weg, ich kam nicht voran. Dennoch gab ich mir alle Mühe ihren Haarschopf im Auge zu behalten, prägte mir jene Ecke ein, an der sie als nächstes abbog. Als ich jedoch besagte Stelle passierte, war sie bereits weg – wie vom Erdboden verschwunden.

Es gibt Momente im Leben eines Mannes; sie kommen nicht häufig vor, aber wenn sie vorkommen, dann hat es meistens mit einer Frau zu tun – ich fühlte mich wie ein Versager. Ein totaler Versager. Ich hatte es vermasselt, restlos vermasselt, wie es restloser gar nicht ging.

Ich stand etwa auf halber Höhe der Straße und war geneigt in grenzenloses Selbstmitleid zu verfallen.

Dann aber ...

Manchmal will es das Schicksal doch anders.

»Lennard?«, hörte ich ihre Stimme plötzlich hinter mir.

Ich fuhr herum.

»Was machst du denn hier?« Ihre Augen leuchteten. Das fiel mir deshalb auf, weil ich nichts anderes sah, als ihre Augen, ihr Gesicht.

»Elena«, krächzte ich beinahe. Atemlos. »Ja ... ich bin hier.« Etwas Besseres fiel mir gerade nicht ein. Zweifellos hätte ich Geistreicheres von mir geben können. Das aber ist, in solchen Situationen, oft vollkommen ausgeschlossen.

»Das sehe ich. Du hättest dich ruhig mal melden können.« Es klang nicht wirklich vorwurfsvoll. Elena kannte mich.

»Ich wollte ... Ich habe an dich gedacht«, gab ich stammelnd, dabei leicht zappelig zu. Es brauchte dem nicht mehr hinzugefügt werden.

Kurz wirkte sie fast verlegen. »Wie siehts aus«, fragte sie dann, »Ramón ist bei seinem Vater. Ich habe Zeit. Wollen wir die Stadt unsicher machen?«

Vermutlich verwandelte ich mich gerade in den vierjährigen Ramón, als ich strahlend zustimmte: »Sehr gerne.«

Wir verbrachten tatsächlich den ganzen Tag miteinander, klapperten zum wiederholten Male – ich werde Cuzco niemals leid werden (!) – historische Bauten, Museen und Bars ab, alberten herum. Sie erzählte mir die ganze Geschichte von der Fluggesellschaft, von ihrer Familie, die jetzt in Peru lebte. Ich erzählte ihr meine Geschichte. Tatsächlich erzählte ich ihr *meine* Geschichte, die ganze Wahrheit.

Elena hatte schweigend zugehört. Dann nahm sie mich in den Arm und küsste mich.

Gegen sechs verabschiedeten wir uns, weil sie Ramón abholen musste. Wir würden uns bald wiedersehen. Sie wollte mir Ramón vorstellen. Ich sollte ihn kennenlernen.

Wie ist das, wenn eine Frau einem Mann ihr Kind vorstellen will? Hat sie dann nicht ein ernsthaftes Interesse?

Auch wenn ich zunächst voller Euphorie darauf reagieren wollte, für mich ist es ein Gedanke, an den ich mich langsam gewöhnen muss. Nicht überstürzt. Denn Dinge, die ich gerne Hals-über-Kopf erleben möchte, tun mir nicht gut.

Elena hat mir Zeit gegeben.

Gegen acht nahm ich dann den Bus Richtung Süden: Tacna. Und von dort über die Grenze nach Chile. Ich wollte runter bis an den äußersten Zipfel des Kontinents. Einige Tausend Kilometer. Genug Zeit, um mein Leben aufzuarbeiten und aufzuschreiben. Kapitel für Kapitel. Meine Geschichte. Mein Abenteuer.

Am Busterminal in Cuzco ging ich in einen Laden, wo ich das Notizbuch und den Füllfederhalter kaufte. Beides befindet sich jetzt in meinem Rucksack, unbenutzt, denn ich hatte mich ja für die elektronische Variante entschieden. Ich werde es aber irgendwo aufbewahren. Als Erinnerung an meine Reise.

Das ist alles. Und hiermit ist meine Geschichte zu Ende.

Ein letzter Blick zurück

Nein, es war noch nicht ganz alles …
Ich stehe im tiefen Süden, bin beinahe in der Polarzone angekommen. Punta Arenas, Patagonien. Um mich herum tummeln sich unzählige, kleine Magellanpinguine. Liebenswerte Vögel im Frack.

Ich habe meine Geschichte beendet, noch bevor ich wieder im Norden angekommen bin.

Es ist keine Lebensgeschichte im authentischen Sinne geworden. Es ist meine Geschichte. Ja, irgendwie.

Aber ich habe sie etwas verändert.

Viele Details stimmen, wie meine Gefühle für Elena, meine Freundschaft mit Julio, mein an den Nagel gehängter Job in Valparaíso, mein Hunger nach Abenteuer, Vergnügen, Erotik und die Sucht nach dem Adrenalin-Kick. Meine Suche nach mir selbst. Und mein Trauma.

Anderes entstammt einer spontanen Idee auf meiner Reise. Der Blick aus dem Fenster, eine Nachricht in der Zeitung, eine Unterhaltung mit einem Mitreisenden und Teile seiner oder ihrer Lebensgeschichte, die mich inspiriert haben. Manchmal halte ich mit mir selbst Dialoge, frage mich: *Und Lennard? Wie findest du das?*

Es ist eine dumme Angewohnheit von mir, mich selbst zu fragen. Weil es lange Zeit niemanden gab, den ich sonst hätte fragen können.

Tatsächlich hat es einen Flugzeugabsturz gegeben. Einen einzigen Flugzeugabsturz in meinem Leben. Aber nicht ich saß in der Maschine, es waren meine Eltern. Und sie haben nicht überlebt.

Das ist die traurige Wahrheit. Die Wahrheit, mit der ich nie wirklich klargekommen bin und nur sehr schwer leben konnte. Darum dieses Leben, mit den vielen Aufs und Abs. Ich hatte nie einen Ansprechpartner.

Damals, als es passierte, war ich acht Jahre alt. Gerade mal vier Jahre älter als Ramón. Ich habe Vater und Mutter gebraucht. Aber sie waren plötzlich weg, für immer aus dem Leben gerissen.

Ich wuchs in Heimen auf. Das Geld für die Hinterbliebenen, also für mich, lag auf der Bank und ich erhielt es, als ich achtzehn war.

Es ist gut, wenn man versucht jemanden für etwas zu entschädigen. Aber wird der Mensch jemals begreifen, dass es für den Verlust eines geliebten Menschen keine Summe gibt?

Meine Eltern waren Entwicklungshelfer. Das Reisen liegt mir im Blut und zumindest hierin, versuche ich ihnen nachzueifern, ihnen nahe zu sein. Mit diesem Gefühl, dass das Reisen in mir erzeugt und auch in ihnen erzeugt hat. Wir werden uns immer nahe sein.

Ich bin kein Mensch, der gerne über Gefühle redet. Aber die Zeit ist reif, mit mir ins Reine zu kommen. Und ich spreche durch diese Zeilen, durch meine Geschichte.

Der andere Flugzeugabsturz war nur eine Panne. Eine Buspanne über etliche Stunden, die mich tatsächlich in den peruanischen Urwald führte. Nichts Ungewöhnliches in Südamerika.

Dort lernte ich Elena kennen und wir fantasierten darüber, was hätte passieren können, wenn der Flieger abgestürzt wäre und wir als einzige überlebt hätten.

Elena ist Flugbegleiterin bei einer peruanischen Fluggesellschaft. Den Namen der anderen Fluggesellschaft habe ich erfunden.

Julio lernte ich tatsächlich bei den Ruinen von Machu Picchu kennen. Er ist ein später Student. Kunstgeschichte. Hauptberuflich aber leitet er Touren zur Inka-Ruinenstadt, ist ein sehr erfahrener Bergführer. Und ein toller Freund.

Ich möchte diese, über etliche Kilometer und Stunden aufgeschriebene Geschichte in einem Buch veröffentlichen. Es ist ein großer Traum von mir einmal ein Buch zu veröffentlichen. Und mit diesem Werk soll das geschehen.

Darüber hinaus, hat sich beim Schreiben etwas in mir gelöst. Ich habe einen Teil von mir befreit. Zumindest ist es ein Ansatz.

Widmen möchte ich das Buch meinen besten Freunden, Julio und Elena. Ich denke sie werden mein weiteres Leben begleiten.

Ich stelle mir vor Ramón aus meinem Buch vorzulesen, sobald er es versteht. Jungen mögen Abenteuer. Ramón ist ein sehr lebhafter Junge, sagt Elena. Ähnlich wie ich es damals war – und noch immer bin.